全球视域下的
"魔幻现实主义"

〔哥伦比亚〕关沧海（John Gualteros）__ 著

北京大学出版社
PEKING UNIVERSITY PRESS

图书在版编目（CIP）数据

全球视域下的"魔幻现实主义" / (哥伦) 关沧海 (John Gualteros) 著. —北京: 北京大学出版社，2024.1

ISBN 978-7-301-34536-8

Ⅰ.①全… Ⅱ.①关… Ⅲ.①拉丁美洲文学—文学研究 Ⅳ.①I730.6

中国国家版本馆 CIP 数据核字（2023）第 191432 号

书　　　　名	全球视域下的"魔幻现实主义"
	QUANQIU SHIYU XIA DE "MOHUAN XIANSHI ZHUYI"
著作责任者	〔哥伦比亚〕关沧海（John Gualteros）　著
责 任 编 辑	张文礼
标 准 书 号	ISBN 978-7-301-34536-8
出 版 发 行	北京大学出版社
地　　　址	北京市海淀区成府路 205 号　100871
网　　　址	http://www.pup.cn　新浪微博:@北京大学出版社
电 子 邮 箱	编辑部 wsz@pup.cn　总编室 zpup@pup.cn
电　　　话	邮购部 010-62752015　发行部 010-62750672
	编辑部 010-62767315
印 刷 者	三河市博文印刷有限公司
经 销 者	新华书店
	650 毫米×980 毫米　16 开本　14.25 印张　202 千字
	2024 年 1 月第 1 版　2024 年 1 月第 1 次印刷
定　　　价	69.00 元

目　录

序

李 杨

　　读者面前的这本书是一位哥伦比亚学者用汉语写作的学术著作,系毕业于北京大学中文系的关沧海(John Gualteros)博士根据自己完成的博士论文修改而成。对习惯于通过译著阅读外国学者著作的中国读者而言,这种体验并不多见。这也是我作为关沧海的博士导师,在北大出版社编辑的坚邀之下,最终打破自己从不给学生与朋友写序的惯例,向同行和读者推介这部著作的原因。

　　1980年代的中国作家,几乎无一例外接受过拉美"魔幻现实主义"的影响。《百年孤独》的著名开篇——"多年以后,面对行刑队,奥雷里亚诺·布恩迪亚上校将会回想起父亲带他去见识冰块的那个遥远的下午"———时间变成了打开中国文学宝藏之门的阿里巴巴咒语,被一代又一代的中国作家仿写、复制与挪用。《百年孤独》及其代表的拉美"魔幻现实主义"的神奇魔力也因此引发了包括作家、批评家与文学史家在内的中国文学研究者的持续关注。在众多相关研究成果中,关沧海的这部《全球视域下的"魔幻现实主义"》,在一系列已成中国学界共识的问题上提出新的见解,为国内外学术界理解"魔幻现实主义",提供了一种难能可贵的全球视角。

　　在本书的后记中,关沧海回忆了我当年建议他以"魔幻现实主义"作为博士论文选题的过程。取了一个地道中国名字的关沧海并不是拥有哥伦比亚国籍的华人,而是哥伦比亚的原住民,他甚至还是马尔克斯的校友。在考入北京大学中文系攻读中国现当代文学博士学位之前,关沧海不仅在马尔克斯的母校哥伦比亚国立大学获得了西班牙语与古典语言学学士学位,随后又获得了文学研究和拉丁美洲文学专业的硕士学位,还获得了中国复旦大学的政治学硕士学位。通过相关课程,关沧海接触了马克思主义、依附理论、现代化理论、"第三世界"政治理论、西方与"第三世界"关系、新殖民主义、世界革命和民族独立进程等方面的知识。这一中国学者很难具备的族裔背景、学术经历与知识结构,使他成为研究马尔克斯乃至拉美"魔幻现实主义"的不二人选。尽管在潜意识深处,我一直对美国学者何伟亚在《怀柔远人》一书中表达的一个观点深表认同:"生在某一国并说那一国的语言并不意味着对当地之过去有着特许的接近能力。"但我仍然控制不住从事这种跨文化研究时很难克服的朴素的(其实常常是肤浅和没有道理的)好奇。

关沧海出色地完成了他的工作。他不仅回应了中国学者的关注,更重要的是,他展示了与中国学者不同的问题意识。在本书中,按照博士论文的写作惯例,关沧海总结了他写作这篇博士论文时采用的研究方法,分别是"比较文学""知识考古学"与"政治无意识"。这种方法论的自觉,使得关沧海对拉美"魔幻现实主义"的认知从一开始就拉开了与中国学者的距离。即,在关沧海的视域中,"魔幻现实主义"并非只是一种影响了中国当代文学的"拉美文学"思潮。对他而言,"魔幻现实主义"恰恰是一个"西方文学"概念。关沧海从德国评论家、历史学家弗朗茨·罗(Franz Roh)1925年首次提出"魔幻现实主义"一词开始,追根溯源,勾勒出"魔幻现实主义"的起源、发展和流变,尤其是厘清了"魔幻现实主义"与同时期的欧洲三个艺术先锋派运动——德国"魔幻现实主义"、意大利"魔幻现实主义"以及法国"超现实主义"的内在关联。显然,"魔幻现实主义"在关沧海的视域中,是一个更接近于"现代主义"的范畴。他是在现代性的内部,而不是像许多研究者那样,仅仅将其视为作为地理概念的"拉丁美洲"这一空洞抽象的本质化概念的表征。关沧海对"魔幻现实主义"的评论,让人联想到英国诗人奥登1941年对卡夫卡的评价:"如果要举出一个作家,他与我们时代的关系最近似但丁、莎士比亚、歌德与他们时代的关系,那么,卡夫卡是首先会想到的名字。……卡夫卡之所以对我们重要,是因为他的困惑,亦即现代人的困惑。"奥登的句式同样可以用于描述流行于 1980 年代的"魔幻现实主义"。在这一视域中,马尔克斯作品所表达的"魔幻感",就不只是拉丁美洲的"百年孤独",而是弥漫于包括中国在内的 20 世纪末期的"全球视域"的"现代人的困惑"。关沧海的看法,与中国"寻根文学"的代表作家韩少功表达过的一个观点极为近似。2004 年,在接受一次有关"寻根文学"起源的访谈时,韩少功断然否认当年宣告"寻根文学"诞生的"杭州会议"上有过拉美文学热,他甚至否认会议之前有任何作家看过加西亚·马尔克斯的作品。韩少功这一让许多同时代的学者觉得不可思议的观点,竟然在很多年后关沧海的论述中,得到了有力的背书。

换言之,关沧海将"魔幻现实主义"视为 20 世纪在欧美、拉丁美洲和中国几乎同时出现的一种世界性思潮。在关沧海看来,尽管"魔幻现实主义"在不同地域和文化中表现为不同的形式,但它们的共同主题,是不同文明对全球化的最新应答,用他的话来说,"'魔幻现实主义'揭示出现代性进程的本质矛盾,即'现代'对人类心灵非理性元素的压迫"。关沧海认为,"魔幻现实主义"尝试通过改变知识规则来取消理性的合法性。与福柯的"知识考古/谱系学"一致,关沧海强调权力和话语的互文性,他认为一种话语总是通过建构其他话语的"他者性"来确立自身的认同。拉丁美洲作家把拉美文化这种欧洲文化的"他者性"(otherness)当成一种新的拉丁美洲身份,使得"魔幻现实主义"概念发生了重大的改变。如果说在 18 世纪和 19 世纪,被理性霸权批判的拉丁美洲的"他者性"是一种落后的表现,20 世纪的拉美作家则通过"魔幻现实主义"将这种"他者性"转换成一种激进的文学形式。即,20 世纪的拉美"魔幻现实主义"在创造了一种新的意识形态斗争的媒介的同时,还创造了一种新的拉丁美洲的身份认同(identity)。

对关沧海而言,对"魔幻现实主义"这一概念展开知识考古,对了解这一概念的生产与传播过程,尤其是对于了解和认知全球化乃至殖民主义时代、帝国主义时代的"反现代的现代性",包括"非西方"的"西方性"都有着至关重要的意义。

关沧海显然不认可批评家以一种本质化的"非西方性"或"反西方性"来定义"魔幻现实主义"。他的思想轨迹,明显打下了福柯等西方后结构主义乃至后殖民主义的理论印迹。与强调原生态或"原初性"本身就包含了未被西方污染的自然本质,即本身包含了非西方对帝国主义的文化与政治反抗不同,亦不同于加莱亚诺在《拉丁美洲被切开的血管》中以文学语言讲述的拉美数百年来被西方欺凌和掠夺的辛酸史,在萨义德那里,包括东方(当然也应当包括拉美)在内的"非西方"本身就是一个西方创造与发明的范畴,因为如果没有这些"他者","西方"无法确认自己的主体性。在这一意义上,强调西方与非西方的政治对抗,即在"西方"建立的这种以"东方学"或"东方主义"为名的二元框架中展开非西方对西方的反抗,不仅不可能终结西方观念、思想以及背后的权力对全球的宰制,反而只可能导致一个后果,那就是强化这种不合理的权力结构。

或许对关沧海而言,对"拉美性"的解构,并不需要萨义德式的这种在"东方"与"西方"、"特殊性"与"普遍性"、"主体"与"他者"之间展开的繁复的理论辩证。一个为我们习焉不察的事实是,包括拉美"魔幻现实主义"在内的所有的拉美文学采用的写作语言其实并非生活在这片土地上的人民所使用的"原初"语言,而是属于欧洲拉丁语系的西班牙语与葡萄牙语。这也正是作为现代政治地理概念的"拉丁美洲"的由来。如果我们假设拉美作家正在通过"魔幻现实主义"来展开对美国与欧洲的文学反抗与政治反抗,这些作家用于反抗的语言恰恰是西方殖民者的语言。在海德格尔"语言是存在的家园"的意义上,我们当然可以而且应当将拉美文学视为"西方的文学",而不是与西方文学完全绝缘乃至势不两立的"第三世界文学"。其实认识到这一点，并不需要特殊的理解力。因为无论是"文学"还是"政治"，对西方反抗最激烈的思想，其实一直来自于"西方"的内部，无论是"文学"中作为 20 世纪文学主潮的"现代主义"，还是现代西方思想中最杰出的政治遗产"马克思主义"，概莫如此。

墨西哥历史学家恩里克·克劳泽就曾在《救赎者》一书中尖锐地指出，所谓的"拉美文化"说到底其实就是中世纪伊比利亚半岛文化的延伸。近 600 年来，拉美社会的内在精神秩序的基石始终是来自欧洲中世纪的"君主制和教会，剑与十字架"。拉美"文学爆炸"的四位大师——加西亚·马尔克斯、巴尔加斯·略萨、富恩特斯、科塔萨尔不仅频繁旅居欧洲，甚至长期生活在巴黎、马德里这样的西方文化之都，卡彭铁尔光在法国就生活了九年。正如关沧海讲述的："与卡彭铁尔和阿斯图里亚斯一样，'超现实主义'也改变了彼特里认识和描述拉丁美洲'现实'的方式。'超现实主义'激发了他寻找拉丁美洲文化的魔幻元素的欲望，让他开始进行文学创作的实验。"马尔克斯亦从不讳言自己对卡夫卡、福克纳的继承。这些拉美作家是在欧洲，或者说是在欧洲的知识中，"发现"了"自我"，或者更准确地说，是"发明"了"拉美"。

因此，在关沧海看来，即使是比"拉美文学"更具历史感的"第三世界文学"，亦应作如是观。一方面，兼具"实在""想象"与"象征"等多重意义的"第三世界文学"作为西方文学的"他者"，具有不可替代的批判与解放的功能，另一方面，"第三世界文学"被符号化的特质，譬如那种通常被用于进行文学反抗的方式——作家创造与发明出的属于特定文化传统的"浪漫"或"怀旧"，又使其在无意识中不断返归西方文学，成为世界文学——西方文学不可分割的重要组成部分，因为"传统的发明"历来就是西方普遍主义乃至殖民主义的题中之义。基于这一理解，如何面对两种看起来互为镜像的文学，乃至文化政治在"现实"与"虚构"层面的辩证互动，就成为在我们解读"魔幻现实主义""现代主义"乃至"第三世界文学"这些现代性范畴时，很难在一种我们熟悉的二元对立的框架中展开的原因。

如果说关沧海对"魔幻现实主义"的"拉美性"的解构带有明显的"现代主义"与"后现代主义"的思想印迹,那么,詹姆逊的"政治无意识"理论对他的影响则更进一步表现为对"文学性"的反思与批评。与拉美同行不同,亦与大多数中国作家不同,对关沧海而言,"魔幻现实主义"从来就不仅仅是一场美学运动或一次"文学爆炸",而是詹姆逊意义上的属于这个时代特有的集体无意识——"政治无意识"的集中表达。因此,关沧海在将"魔幻现实主义"的形式实践看作拉美历史、社会与文化变迁的表征的同时,又一直在努力尝试厘清"魔幻现实主义"与当代西方文化政治的内在关联。本书的写作过程,不仅再现了詹姆逊在《政治无意识》一书中反复强调的"永远历史化"的原则,再现了詹姆逊对历史与现实的"文本性"的关注,更重要的是,关沧海始终将"政治性"作为他进入"魔幻现实主义"研究的最终视角。在他看来,"魔幻现实主义"始终处于与建立在西方理性主义基础上的意识形态的斗争中,"魔幻现实主义"始终在为一种新的文化政治奠基。在"后学之后"坚持马克思主义,通过"本文"进入"现实"与"历史",关沧海通过对"魔幻现实主义"的重新解读,让我们有机会切身感知和体会詹姆逊"政治无意识"理论卓越的思想与实践潜能。

关沧海自然谈到了"魔幻现实主义"的中国实践,但这个成为关沧海博士论文选题起因的"比较文学"话题却被他放置在本书的倒数第二章。这种研究结构上的本末倒置,可视为关沧海的方法论自觉、问题意识与学术视野的集中体现。当关沧海将"魔幻现实主义"纳入"全球视野",即将其视为一个全球性的文学乃至文化政治症候加以讨论的时候,中国学者非常熟悉的建立在国别文学之上的"比较文学"学科显然已不再适用。在关沧海的分析中,无论是"影响研究"还是"平行研究"都无法有效表述"拉美魔幻现实主义"与"中国式魔幻现实主义"如"寻根文学"与"先锋小说"之间的关系。如埃里希·奥尔巴赫所言,在许多没有任何接触的文化中,我们可以通过文学阅读,发现共同的规律。关沧海将这一方法用于"魔幻现实主义"的中国实践,他试图解答何种"政治无意识"成了拉美"魔幻现实主义"与"中国当代文学"之间的纽带,尝试从这一总体性角度为"中国当代文学",比如更多像陈忠实或阎连科这样的中国作家的"政治无意识"提供解释。在这一意义上,关沧海认为中国当代文学中的"魔幻现实主义"实践不应该被视为对拉美"魔幻现实主义"的被动接受与模仿,而是对"魔幻现实主义"这一现代性范畴的丰富与拓展,标志着"魔幻现实主义"的最新发展。

本书无疑丰富了我们对"魔幻现实主义"的理解,尤其是对各种以"魔幻现实主义"为名的理论与观点的辨析和梳理让人印象深刻。但如果将本书仅仅视为一部理论著作却显然并不全面。对包括中国作家和读者在内的文学受众而言,"魔幻现实主义"不是抽象的学术概念与理论,而是一种文学想象与文学表达。这也就是《百年孤独》在中国如此有名的原因。正是在这一意义上,作品解读成为关沧海的重要工作。本书不仅包括了对《百年孤独》这样的经典作品的再解读,同时还重点分析了一些对"魔幻现实主义"而言重要性不在《百年孤独》之下却很少被中国读者与批评家关注的作品,比如卡彭铁尔的小说《消失的足迹》。关沧海甚至还专门讨论了在中国文学界影响力不在马尔克斯之下的博尔赫斯,明确指出博尔赫斯并不属于"魔幻现实主义",这一提醒绝非多余。它帮助我们了解"魔幻现实主义"的边界与限度。通过这种方式,关沧海不仅完成了对马尔克斯的祛魅,亦完成了对拉美"魔幻现实主义"的祛魅。

博士论文常常是一位年轻学者进入学术界的敲门砖或试金石。在本书的后记中,关沧海将本书视为自己学习生涯的一个总结,将其看作他本人力图跨越两大领域——"文学"和"政治"的一次实践,尤其是与读者一起分享他与中国的缘分,即通过他的个人经历表现出地理距离那么遥远的两个大陆之间,有着如此深切的关联。他将自己视为这种关联的一个见证,同时还表达了为中国与拉美人民的相互沟通和理解做出贡献的良好愿望。我们由此有理由对他怀有更多的期待。

关沧海因为获得中国教育部中外语言交流合作中心的"新汉学计划"博士生项目的支持得以来到北大中文系学习,通过答辩后,他的博士论文又幸运地获得了"新汉学计划"的优秀博士论文出版资助,在通过了北京大学出版社的严格评审之后,列入北大出版社出版计划。已有十余年历史的"新汉学计划"旨在支持外国学生来华进行博士阶段的学习和研修,培养具有国际学术视野、通晓国际学术规则、能够参与国际学术交流与研究的青年汉学家,为中外文化沟通,为讲好中国故事做出了重要的贡献。在"新汉学计划"近年培养的青年学者中,关沧海的独特性在于,就他在本书中表现的知识背景与学术潜质而言,他未来的目标,不应该只是一个以中国历史或现实为讲述对象的"汉学家",或者说,他不应该仅仅满足于成为一个中国故事的讲述者,他完全具备了成为一个跨文化的人类文明的思考者与研究者的潜能。我们不能肯定关沧海是否最终能够实现这一宏愿,但中国的"新汉学计划"却有理由像国外的洪堡基金、富布莱特项目那样,以培养真正的具有"全球视野"的人文学者为己任。这或许是关沧海的另一重意义所在。

是为序。

前　言

在曾经影响中国现当代文学的外国文学思潮中，拉美"魔幻现实主义"不同凡响，尤其是在 20 世纪 80—90 年代的中国"新时期文学"阶段。"魔幻现实主义"的影响并非仅仅局限于勃兴于 20 世纪 80 年代中期的"寻根文学"，事实上，20 世纪 80—90 年代几乎所有重要的中国作家都曾感受到"魔幻现实主义"的冲击，中国的翻译家、理论家和批评家也曾对这一思潮进行过广泛和深入的探讨。本人在研究相关问题的过程中，一方面为众多中国作家和学者在相关研究领域所进行的具有开创意义的"跨语际实践"所感动，另一方面，也感受到中国作家与批评家对"魔幻现实主义"的认知与拉美同人的本土认知之间的距离。因此，作为一个土生土长的拉美人，向中国同行讲述拉美人对"魔幻现实主义"的理解，以增进中国和拉美这种虽相距遥远，但具有极为相似经历的"命运共同体"之间的相互了解，也就成了本人的责任与宿命。

本书依据第一手资料，追溯了拉美"魔幻现实主义"在欧洲先锋运动中的起源，详细阐述了"魔幻现实主义"在拉美的后续发展，梳理了"魔幻现实主义"对中国当代作家产生的影响及中国学者产出的相关研究成果。需要强调的是，在拉美"魔幻现实主义"方面，与中国学者多从艺术风格乃至文学技巧角度探讨拉美"魔幻现实主义"的意义不同，本书集中讨论这一"文学思潮"背后的文化政治意义，即通过探讨特定时期的拉美的"政治无意识"，讨论拉美社会反抗和超越"西方"的努力是如何影响了"魔幻现实主义"的发生，以及这种共同的"政治无意识"如何在拉美当代文学与中国"新时期文学"中建立了一种独特的联系。希望通过这种跨地域、

跨文明的 "知识谱系" 的考察，为我们重新理解拉美 "魔幻现实主义" 提供一种新的视域，或一种新的角度。

本书在如下问题上，提出了对 "魔幻现实主义" 的诸多新解：

其一，不同于许多研究者将拉美 "魔幻现实主义" 视为拉美本土历史与文化的产物，在拉美本土，"魔幻现实主义" 被认为是欧洲 "先锋派" 或西方 "现代派文学" 的变体，是西方文化与拉美文化的融合。

其二，受超越西方的拉美 "政治无意识" 的影响，拉美 "魔幻现实主义" 创造了一种拉美文化的 "本土性"。"魔幻现实主义" 致力于以一种 "魔幻" 与 "现实" 相互作用、破坏西方理性的复杂的融合结构来表达拉丁美洲的 "现实"。

其三，本书在介绍了拉美 "魔幻现实主义" 理论的主要观点之后，还对拉美理论的局限进行了剖析。比如，拉美理论对 "魔幻现实主义" 的意识形态性论述不够充分。此外，在分析拉美的社会和文化特征时，拉美的批评家未能将这些特征与小说的形式探索联系起来。本书从 "政治无意识" 的角度研究 "魔幻现实主义"，对加西亚·马尔克斯、卡彭铁尔等人的作品进行了新的解读，致力于分析这些拉美 "魔幻现实主义" 代表作中所包含的 "形式的意识形态"。

其四，本书对中国学界有关 "魔幻现实主义" 的一些共识做出了辨正。譬如本书指出通常被中国学界视为拉美 "魔幻现实主义" 代表作家的博尔赫斯，其实并不属于 "魔幻现实主义" 行列。

其五，拉美 "魔幻现实主义" 在西方文坛的巨大影响以及 20 世纪 80—90 年代的中国文化政治的特点，催生了拉美 "魔幻现实主义" 的中国之旅。而中国文学的 "魔幻现实主义" 实践进一步丰富和拓展了 "魔幻现实主义" 这一概念的内涵，标志着 "魔幻现实主义" 的最新发展。

本书的主要角度对相关研究的推进

虽然不少中国研究者都将拉美"魔幻现实主义"的兴起归因于西方世界和第三世界的文化对抗，但相关研究未能充分解释这种对抗如何塑造了小说的意识形态元素，以及这种意识形态元素与"魔幻现实主义"写作技巧之间的关系。这正是本书努力的方向。本书尝试借用"政治无意识"理论，揭示拉丁美洲人超越西方的愿望，这不仅是"魔幻现实主义"的主要动因，同时也是理解"魔幻现实主义"文学特征的基本要素。

弗雷德里克·詹姆逊（Fredric R. Jameson）[①]在 1983 年出版的《政治无意识》一书中阐述了"政治无意识"的概念。詹姆逊提出"永远历史化"的观点，目的是重建历史实践，这种历史实践限制了作家的文学选择。詹姆逊将文学视为一种历史实践。在"论阐释：文学是社会的象征性行为"一章中，詹姆逊从三个层面论述了这种研究方法：第一，从人类学的观点来看，在原始社会，艺术的目标是解决那些在日常生活中无法解决的矛盾；第二，从马克思主义的角度看，每一部文学作品都体现了不同阶级或社会群体之间的斗争；第三，从马克思主义的角度看，它主张在每一部文学作品中，生产方式之间都存在着对抗。这三个方面的解释定义了文学作品的"政治无意识"。在文学术语中，第一个方面是詹姆逊所说的象征的行为：文学作品为日常现实的矛盾提供了一个虚拟的解决方案；第二个方面是小说中的不同声音——巴赫金的众声喧哗或意识形态的对抗；第三个方面，决定剧情在人类发展阶段的位置的元素只有一个，那就是"历史"。

以往关于"魔幻现实主义"的研究经常侧重于小说的艺术技巧，强调借鉴印第安人神话、通俗文化或西方文学。20 世纪 50 年代和 60 年代，弗洛雷斯和莱阿尔在拉丁美洲关于灵感来源和"魔幻现

---

① Jameson F. *The Political Unconscious*. London：Cornell University Press，1983.

实主义"叙事技巧的争论是这一趋势的重要表征。许多中国作家对"魔幻现实主义"的研究也采取了类似的方法,这并不难理解。这种方法最明显的缺陷之一是,它倾向于指出"魔幻现实主义"与其他文学形式(神话或现代主义)的相似性,但它不能解释什么是"魔幻现实主义"的独特性。

意图超越西方文学的"政治无意识"也是理解中国当代文学的基本概念。我们可以观察中国 20 世纪 80 年代文学是否具有拉美文学类似的"政治无意识"。如果答案是肯定的,我们将思考这种共同的"政治无意识"如何成了拉美"魔幻现实主义"与中国当代文学之间的重要纽带。从这个角度认识中国当代文学,可以为寻根文学、先锋小说以及更多像陈忠实或阎连科这样的作家提供新的诠释。

研究方法

本书采用的研究方法主要有三种。第一种是比较文学的影响研究。影响研究与平行研究是比较文学研究的两种基本方法。平行研究注重研究对象的空间关系,影响研究注重研究对象的时间关系。两种研究成为区分比较文学两大学派——法国学派与美国学派的标志。法国学派以影响研究建构出学科的初始轮廓,称其为"国际文学关系史"。二战后,美国学派对其进行了重新定义,将平行研究和跨学科研究囊括其中。影响研究的对象是存在着事实联系的不同国家的文学,其理论支柱是媒介学、流传学和渊源学;它的研究目标是通过清理"影响"得以发生的"经过路线",寻找两种或多种文学间的同源性关系。本书即是在这种影响研究视域中展开的渊源学追踪。首先,从中国寻根文学等 20 世纪 80 年代文学思潮溯源到拉美"魔幻现实主义",既而,寻找欧洲先锋派中"魔幻现实主义"概念的起源,指出其中的"魔幻"和"神奇"的概念确立了"魔幻现实主义"的基础。"魔幻现实主义"的起源与三个先锋派运动有关:(1)德国"魔幻现实主义"(绘画作品),(2)意大利"魔幻现实主义"(文学作品),(3)超现实主义(文学作品)。厘清这三个概念在欧洲文学中的意义对理解拉美"魔幻现实主义"至关重要，只有在此基础上我们才可能解释欧洲先锋派小说与拉美小说之间的互文关系，也由此帮助我们理解拉美"魔幻现实主义"在中国的"跨语际实践"。

与影响研究不同，美国学派主张的平行研究，更有兴趣寻找普遍的真理和原型，它强调这些共同的原型在不同的时代和空间中产生意义的可能性。平行研究的对象是没有直接影响和亲缘联系的不同国家或民族间的文学；研究目的是寻找各国文学之间的功能性规律，并上升为理论认识。埃里希·奥尔巴赫（Erich Auerbach）《摹仿论：西方文学中现实的再现》（*Mimesis：The Representation of Reality in Western Literature*）表明，在许多没有任何接触的文化中，我们可以通过文学阅读，发现共同的规律。将这一方法用于"魔幻现实主义"的中国实践，无疑同样有效。中国当代文学和拉美文学虽然没有分享语言或文化特征，但却因为在世界政治经济秩序中的特殊位置，分享了共同的意识形态因素，从而产生了令人惊讶的相关性以及意义。

本书使用的第二种方法是詹姆逊的"政治无意识"理论，尤其是其中包含的"第三世界"理论。在他的作品《政治无意识》中，詹姆逊将"第三世界"视为无意识的卓越领地。"第三世界"也被定性为自然在"客观和主观上持续"存在的地方。从这个意义上，"第三世界"不断受到占领和规训的威胁，这是所有殖民化进程的特点。此外，"第三世界"代表了西方价值观的对立面。詹姆逊还认为，就在拉丁美洲文学能够描述自己的世界之后，我们可以看到西方文学关于"第三世界"的"攻击性和听觉"表现（例如约瑟夫·康拉德[Joseph Conrad]的作品）。将该理论运用到对拉美"魔幻现实主义"以及中国当代文学的分析，我们会加深对于这种"第三世界""他者性"的认知。一方面，"第三世界文学"旨在解构西方文学所阐述的他者形象；另一方面，"第三世界文学"通过创造传统文化的"浪漫"或"怀旧"理念，又使其在无意识中返归西方文学，成为世界文学——西方文学的重要组成部分。詹姆逊还指出，"魔幻现实主义"艺术的一个重要特点就是其表现方式，即对时间——历史的重叠。这在西方文学中是很难实现的，"因此，不是美国20世纪50年代的'失去了的欲望对象'，而是目前整个过去时代的明确叠加（印度或前哥伦布现实、殖民时代、独立战争、考迪罗主义、美国统治时期——如阿斯图里亚斯的《危地马拉的周末》，关于1954年的政变）是出现这种新叙事风格的正式前提"①。这种分析为本书理解"魔幻现实主义"表现历史的方式提供了重要启示。

《政治无意识》中的"历史化"概念也为评价拉丁美洲文化政治提供了一个新的视角。詹姆逊把"历史化"定义为文学分析的终极视域，他的注意力不在文学文本中，而是在所构建的解释框架中。此外，詹姆逊还强调了作者在形式和主题维度上做出的明确选择，以及这些选择是如何由一个无意识的框架指导的。艺术家总是受到历史因素的制约，这些因素决定着他的工作性质。在其他学者看到审美选择的地方，詹姆逊看到了受历史制约的政治实践。"历史化"的概念要求对拉丁美洲的文化政治采取新的方法。通过分析影响拉丁美洲作家主题和形式的历史因素，可以理解的是，拉美"魔幻现实主义"深刻受制于与西方文化的对抗。本书对拉美"魔幻现实主义"的意识形态的分析，揭示了拉美文化的"矛盾性"与"建构性"，而在以前的研究中，一种具有代表性的倾向却认为"魔幻现实主义"代表拉丁美洲文化本处于和谐与自然的状态（例如俄勒玛·蔷彼［Irlemar Chiampi］）。

为了确定一套既代表拉丁美洲世界又代表第三世界的共同价值观，本书应用了詹姆逊所提出的"第三世界文学"概念。根据詹姆逊的说法，第三世界文学应该从政治和社会的角度来阅读和分析。

① Jameson F. "On Magic Realism in Film." *Critical Inquiry*, 1986, 12(2), 311.

在西方文学中，政治和社会问题停留在无意识领域，而在第三世界文学中，政治和社会问题则出现在文学作品的意识形态方面。不同文化中，意识形态斗争表现的意识程度均不相同。例如，拉美文学似乎比寻根文学更加意识到了对西方理性主义的反抗，尽管两者都强调有必要在文学材料和文学形式上明显区别于西方文学。文学材料和形式的差异往往成为意在带有政治意义的寓言：一些不可能用非文学的其他形式来表达的东西。詹姆逊在《跨国资本主义时代的第三世界文学》①一文中强调，必须找到这些能够发展第三世界文学理论的要素。拉丁美洲和中国的"魔幻现实主义"的某些方面无疑有助于更好地了解第三世界文学的"政治无意识"。

本书采用的第三种方法论是米歇尔·福柯（Michel Foucault）的"知识考古/谱系学"②。鉴于本书不仅关注"魔幻现实主义"的美学特征，而且还特别关注文学背后的政治（无意识），福柯的"话语"和权力的概念尤其重要。从某种意义上说，福柯的"知识考古/谱系学"也是詹姆逊理论的重要基石。福柯的理论表明，分析意识形态的起源和发展总是很重要的，而且最重要的是意识形态的不连续性。本书指出，"魔幻现实主义"为拉丁美洲的历史和政治问题创造了想象的解决方案。通过从新的角度描述西方世界和"第三世界"之间的矛盾，"魔幻现实主义"成为试图改变殖民主义和资本主义创造的权力结构的论述。"魔幻现实主义"质疑西方世界创造的"第三世界"形象，表明这一形象的功能就是使西方文明的优越性合法化。在西方殖民过程中，拉丁美洲一直被视为一个客体。"魔幻现实主义"致力于重塑"第三世界"的文化主体性。通过让"第三世界"发声，"魔幻现实主义"成功地改变了"第三世界"的定义。福柯对"知识考古/谱系学"的精彩分析为本书讨论殖民化与文化独立的

---

① Jameson F. "Third-World Literature in the Era of Multinational Capitalism." *Social Text*, Autumn 1986, No. 15, 65–88.

② Foucault M. *The Archaeology of Knowledge*. London：Routledge，2004.

关系提供了重要的方法论启示。

本书将"魔幻现实主义"视为出现于 20 世纪的欧洲、拉丁美洲和中国的一种世界性思潮，涉及审美以及文化政治多个层面，尽管在不同地域，"魔幻现实主义"表现为不同的形式，但它有着共同的主题，即是对全球化的最新应答。"魔幻现实主义"揭示出现代性进程的本质矛盾，即"现代"对人类心灵非理性元素的压迫。在福柯的视域中，"魔幻现实主义"当然是一种话语（discourse），它对"人"的定义是双向的，即人应该同时生活在理性和非理性组成的平行世界中，因此非理性元素（与"魔幻"思想和古代神话紧密相连）的缺失代表了西方现代主义的失败。正如福柯所言，话语不仅仅是一种表达方式，还是一套赋予表达意义的规则。正是在这一意义上，"魔幻"与"现实主义"的结合，就不能不体现出一种新的政治理解与权力关系。由于"魔幻现实主义"在不同的历史时代和不同的文化中的显影，所以完全应该明确地将这一概念作为世界史的一部分来把握和研究。正是基于这一点，福柯由早期的"知识考古学"转向后期的"知识谱系学"，他变得非常关注历史，从哲学和心理学转向历史分析，或者说他试图在哲学、心理学乃至文学分析中融入历史分析。对应到我们的研究中，一方面，福柯的"知识考古/谱系学"能够帮助我们理解"魔幻现实主义"的复杂性，这是一种在艺术和文学史上具有叙事连续性的现象；另一方面，它允许将这一概念的"不连续性"视为理解不同空间的思想和文化的坐标。

从 20 世纪 20 年代开始，一些西方知识分子开始通过精神分析的方法来解释无意识，而另一些人则用"魔幻现实主义"作为一种艺术手法，将神话作为人类无意识的独特表现。也是从这个时候开始，人类学成为欧洲人文学的一门新学科，而魔幻和神话成了重要的关注对象。最重要的是，人类学将"他者性"（otherness）这一全新的概念作为研究的核心概念。魔幻思想、神话、无意识以及人类学等新学科的出现，显示了西方理性主义的断裂。以"知识考古/谱系学"的认知，"魔幻现实主义"作为一种艺术表现，表达了一种政治意义，因为它向"现代性"本身发出了挑战。借用福柯的话，"魔幻现实主义"尝试通过改变知识规则来取消理性的合法性。在这一意义上，"魔幻现实主义"之所以具有政治意义，是因为它始终处于与西方理性主义的意识形态的斗争中，同时它在为一种新的文化政治形式奠基。

"知识考古/谱系学"突出了权力和话语的互文性，特别体现于一种话语总是通过压制其他话语来建立自身的统治。在这个意义上，谴责对方是"错误的"或"不道德的"是所有话语建构自身合法性的基本方式。这在《疯癫与文明：理性时代的疯狂史》(*Madness and Civilization*：*A History of Insanity in the Age of Reason*)中表现得尤为明显，福柯令人信服地表明，理性通过不断压迫异己来确立其合法性和权威性，也就是说，通过将后者定性为"疯狂"将其放逐。到19世纪，"理性"和"疯狂"的概念已经完全分离，疯狂的人注定要被限制和被视为病态。拉美"魔幻现实主义"可以视为这种"疯狂"对"理性"的反抗。拉丁美洲作家把拉美文化这种欧洲文化的"他者性"当成一种新的拉丁美洲身份的中心，使得"魔幻现实主义"概念产生了最重大的改变。在18世纪和19世纪，虽然理性霸权谴责拉丁美洲的"他者性"是一种落后的表现，但拉美"魔幻现实主义"概念仍在20世纪把"他者性"当成一种丰富文学的方式。这种"不连续性"是至关重要的，因为拉美"魔幻现实主义"在指出了一种新的意识形态斗争或一系列获取知识的新规则的同时，还成为拉丁美洲新身份的前提。

第一章 欧洲"魔幻现实主义"

一 弗朗茨·罗与"魔幻现实主义"

在中国读者的理解中,"魔幻现实主义"指的就是拉美"魔幻现实主义",很少有人知道或意识到的一个事实是:"魔幻现实主义"这一概念的最早诞生地其实是欧洲。厘清这一概念,对了解这一概念的生产与传播过程,尤其是对于了解和认知全球化乃至殖民主义时代、帝国主义时代的"反现代的现代性",包括"非西方"的"西方性"都有着至关重要的意义。

1925 年,德国评论家、历史学家弗朗茨·罗(Franz Roh)首次提出了"魔幻现实主义"一词。这个概念旨在描述德国的后表现主义运动,尤其是绘画作品。这一节的首要目标,旨在确定这一概念被冠于绘画作品的过程,以及它对我们理解拉美"魔幻现实主义"的影响有何帮助。对这一"起源"的确认,将使我们有关这一概念的常识面临至少三个层面的挑战:(1)"魔幻现实主义"并不是诞生于拉丁美洲的,它最初的发展与欧洲的先锋思想有关,特别是"表现主义"和"超现实主义"。(2)尽管该概念的最初含义影响了人们对拉美"魔幻现实主义"文学的理解,但该原始概念和随后在拉丁美洲的概念阐述实际上是完全不同的。(3)值得注意的是,"魔幻现实主义"从一开始就不是文学流派,甚至不是作家创造的文学团体。它是作为一种艺术的理论概念而产生的。

　　认清这些事实可以使我们更好地理解"魔幻现实主义"概念发展的不同阶段，包括其在欧洲的起源以及在拉丁美洲的发展。此外，我们还可以区分不同历史时期对这一概念的解释并在文学理论和文学作品中来证明"魔幻现实主义"的不平衡发展。实际上，不难发现，在20世纪70年代之前，尽管大多数拉丁美洲的"魔幻现实主义"杰作已经出版，"魔幻现实主义"的理论却还不能完全解释其思想和艺术形式的复杂性。此外，尽管那些在70年代之前出现的理论作品差异明显，而且不够完善，甚至相互矛盾，但它们却都成了研究"魔幻现实主义"最有影响力的作品。这种情况不仅对拉丁美洲学者理解"魔幻现实主义"文学的方式产生了负面影响，而且还对其他国家(例如中国)的学者理解"魔幻现实主义"产生了误导。为了澄清与以上三个事实有关的一些误解，我们必须首先分析"魔幻现实主义"作为一种理论概念的历史发展。

　　1925年，罗在德国出版了《后表现主义：魔幻现实主义；当前欧洲绘画的若干问题》(*Nach Expessionismus：Magischer Realismus；Probleme der neuesten europäischen Malerei*)，阐述这种取代了表现主义运动的新绘画风格。尽管罗的书是"魔幻现实主义"研究中最常被提及的作品之一，但他的想法并没有得到很好的理解。许多学者倾向于在不分析该概念的理论体系的情况下分析这本书。值得一提的是，罗对"魔幻现实主义"一词的采用并不像人们想象的那样是经过预先考虑的。实际上，罗并没有以"魔幻现实主义"作为该书唯一的称呼，这一概念的确定是在他写完书之后才做的："我并没有赋予'魔幻现实主义'这一标题以特殊的意涵。考虑到'后表现主义'从字面上(相较表现主义)只是一种时间上的承续关系而不含任何本质界定意义，所以在作品完稿许久之后，我加上这个令人瞩目的名词。对于我来说，这个词相较'理想现实主义'或'现实主义'或'古典主义'这些只说明这场运动的一个方面的概念更为准确。'超现实主义'在现在已经有他用了。'魔幻'这一词不同于

‘神秘’，我想要显示神秘并非陷入表现的世界中，而是隐藏并跳跃其间。”① 这段话引用自西班牙语版本的前几页，表明标题原本不是以“魔幻现实主义”为基础的，而且罗所理解的新欧洲绘画风格实际上还具有另外两个名称：“后表现主义”和“新古典主义”。因此，罗在他的书中使用这三个名称来称呼同一现象。这一特征表明，在罗的理论中，“魔幻现实主义”并非像后人理解的那样一开始就具有清晰和不同凡响的意义。正如我们稍后将看到的那样，罗本人也并不青睐“魔幻”一词。这种情况实际上也得到了证实：1958 年，罗将 Magischer Realismus(魔幻现实主义)更改为 Neue Sachlichkeit，后者被解释为“新客观性”：

> 在 1924 年发表的一篇文章中，我创造了魔幻现实主义(Magischer Realismus)这个短语——当然，魔幻不是指人类宗教心理学意义上的魔幻。1925 年，它成了我的《后表现主义》(*Nach expressionismus*)一书的副标题。同年，哈特劳布(Hartlaub)在他位于曼海姆的画廊组织了一场重要的展览，展览的标题是“新现实主义的新客观性”(Neue Sachlichkeit)，这是我一直回避的说法，这意味着我们在这里不打算重复库尔贝(Courbet)或莱布(Leibl)更为中性的现实主义。这个新方向的最初特征来自意大利形而上学的艺术或与建构主义有关的方面，这些方面有时会利用客观性。然而，一旦这些前提被抛弃，平庸现实主义很快在第三帝国蓬勃发展。②

显然，罗自始至终并不热衷于将其理论称为“魔幻现实主

---

① Roh F. *Realismo Mágico*: *Post Expresionismo*; *Problemas de la pintura europea más reciente*, translated by Fernando Vela. Madrid: Revista de occidente, 1927.

② Roh F. *German Art in the 20th Century*, translated by Catherine Hunter. Connecticut: Graphic Society Ltd, 1968, pp. 112, 113.

义",也就是说,"魔幻现实主义"是经由西班牙语的翻译才成为一个流行的理论术语的。

　　罗的"魔幻现实主义"的基本思想是什么?简言之,他以"二元对立"模式定义了人类艺术的整个历史。这种对立源于两个方面的争论:(1)对现实世界的艺术态度;(2)画家与对象之间谁占据主导地位。在现代,"印象派"和"表现主义"之间的对立,体现了人类艺术表达的根本矛盾。过去也有过著名的先例,如文艺复兴艺术和巴洛克艺术之间的斗争。在"印象派"中,对现实世界的艺术态度是忠于对象的本质并忠实于现实世界;而"表现主义"则使现实世界的形式屈服于人类的精神,忽略对象的本质,创造出不存在或被改变的物体。因此,罗认为"印象派"意在通过剥夺空气和光线的精神特质来表达现实世界,而"表现主义"则通过把图像立体化来表达现实世界。① 第二个争论点,即关于画家与对象之间谁为主导的问题,在"印象派"的技巧中,观察对象占主导地位且高于画家,而在"表现主义"中,画家将主观视野强加于观察对象。对于罗来说,新合题(synthesis)辩证地解决了这种矛盾关系("印象派"代表正题[thesis],"表现主义"代表反题[antithesis]),这也就是指"后表现主义"或"魔幻现实主义"。

　　"魔幻现实主义",作为"印象主义"和"表现主义"的综合,旨在调和上述倾向的两方面的特征。首先,"魔幻现实主义"对世界的态度是发现可感知的物体("印象主义"),就好像它们曾经不存在一样。其次,在"魔幻现实主义"中,画家与对象之间,画家占主导地位,因为是他们来主观地选择绘画对象,并且因为重新发现被遗忘的对象这一过程是理性的,因此画家有权利对对象进行特定的观察或修改。

　　"在后表现主义中,一个奇迹展示于我们面前:分子的振动—永

---

① Roh F. *Realismo Mágico*: *Post Expresionismo*; *Problemas de la pintura europea más reciente*, translated by Fernando Vela. Madrid: Revista de occidente, 1927, p. 15.

恒的流动性—现存事物持续的此消彼长。后表现主义所推崇并强调的，正是在普遍的变化和瓦解中，一种显而易见的维持和延续的奇迹。"① 在这段引文中，我们可以观察到罗的 "魔幻现实主义" 的另外两个特征：（1）相较于世界本身，罗更倾向于认为特定对象是 "魔幻现实主义" 的原材料；（2）这些对象处于自相矛盾的阶段，因为它们的形式是永久的，但在结构上却是可变的。尽管它们每天看起来都一样，但与此同时又一直处于变化之中。这些物体在日常生活中被认为是永恒的，但是通过细致的观察和理性的了解，艺术家可以看到它们的可变性。因此，这些物体再次以一种经过重新修整的能量呈现在艺术作品中，就好像它们是今天才被创造和发现一样。罗把这些现实对象的重新呈现称为 "现实背后的魔力"。正如罗伯托·冈萨雷斯（Roberto González Echavarría）所指出的那样，罗的目标是创造一种艺术机制，以减少对物体的单调、熟悉的感知。② 这种形式的艺术机制被俄国形式主义者称为 "疏离"，其主要目的是允许读者通过新的隐喻来更好地感知这些物体。罗的理论还倡导艺术的 "简单性" 和最低程度的使用："……我们可以感知到一个普遍的回返：从激进走向简化；从突进的伟大革命到在新征服领土上的稳步安置。平静的声音代替了刺耳的尖叫。"③ 对于罗而言，这种 "简单性" 不仅决定了艺术家的创作方式，而且还决定了他们所选择主题的特征。按照罗的理论，日常生活被视为艺术材料的主要来源。因此，"魔幻现实主义" 在日常生活中寻找物体的神秘灵魂，而 "超现实主义" 则将日常生活视为生活中最可憎的内容，"虽然'魔幻现实主义'将日常生活变成了令人恐惧的形式，但在短短几年后发

---

① Roh F. *Realismo Mágico*：*Post Expresionismo*；*Problemas de la pintura europea más reciente*，translated by Fernando Vela. Madrid：Revista de occidente，1927，p. 33.

② González Echavarría R. "Isla a su vuelo fugitiva：Carpentier y el realismo mágico." *Revista Iberoamericana*，1974，15(86)，24.

③ Roh F. *Realismo Mágico*：*Post Expresionismo*；*Problemas de la pintura europea más reciente*，translated by Fernando Vela. Madrid：Revista de occidente，1927，p. 120.

展起来的'超现实主义'却在'达达主义'的启发下，彻底摧毁了我们现有的世界。'超现实主义'与'魔幻现实主义'都拥有强烈的感情，即不加任何掩饰，尽可能地把握所有事物。但是它进一步建立了一个我们从未有过的新世界，甚至在我们的想象中也可能没有"①。

不过，罗的理论中有一个基本矛盾，这解释了两个重要事实：（1）他对使用"魔幻"一词来命名自己的理论存有疑问；（2）罗的理论不可能被用于描绘拉丁美洲文学。在努力以理想的方式调和"现实主义"（在我们称之为"印象派"和"表现主义"的和解之前）的同时，罗意识到，"印象派"和"表现主义"这两种倾向的相遇会创造出奇迹般或魔术般的现实感，使得画家可以感知到日常生活现实之外的另一种"现实"。因此，罗似乎使用了"魔幻"一词来描述这一特殊过程，但他使用该词是因为他希望避免使用任何超自然的术语。"魔幻"终归和宗教神秘是不一样的。换句话说，罗对于把日常生活中的奇迹归类于宗教经验持怀疑态度。不过由于"魔幻"一词也可能具有超自然的或宗教的含义，罗于1958年将其理论的名称更改为"新客观性"。

这场争论中所涉及的问题非常简单：对罗而言，将其理论与任何超自然现象联系起来都是不可取的，因为在他的理论中，除了人类的感知和客观世界之外，没有任何其他东西存在。罗认为那些被认为是奇迹的现象总是以理性为导向，并无法超越理性。在他的定义中，奇迹不是宗教，魔幻也不是超常的。相反，在拉美"魔幻现实主义"中，超自然和宗教元素在画家与物体之间的关系中至关重要。拉丁美洲作家对于奇迹概念的使用超出了理性的范围，因为他们接受了超自然世界的存在，"罗的理论对拉丁美洲作家并未产生多大影响，因为拉美作家追寻的奇迹不是中立的，而是渴望通过这种

---

① Roh F. *German Art in the 20th Century*, translated by Catherine Hunter. Connecticut: Graphic Society Ltd, 1968, p. 137.

奇迹融入一个超自然的秩序——只是这种秩序不再由西方传统提供。罗必须诉诸中立主义，而他无法构想出欧洲传统之外的另一种超自然秩序，因此他着眼于现象论……"① 罗的反宗教和反超自然对"魔幻现实主义"并未产生影响，因为他的理论方法不能放弃欧洲传统对"现实"的理性理解。

我们需要注意，"魔幻现实主义"作为一种理论概念，其发展过程中存在两种倾向，拉美学者借用了哲学概念来分析这些倾向。一种是"本体论"倾向，以"本体论"说明"魔幻"来源于"现实"，也就是说，"魔幻文学"是魔幻现实的再现，"魔幻"就是 being，即"存在"本身；而以"现象学"来定义"魔幻"的"文学性"，则是将其视为一个非客观存在的主观范畴。"现象学"来源于胡塞尔，被人们看成一种典型的笛卡尔主义，即"我思故我在"，强调"思"对于"在"的决定意义，这其实是一种现代主体性形而上学的变种。在另一部分拉美学者眼中，"魔幻"并非现实的产物，而是作家的创造。即"魔幻现实主义"文本中的"魔幻"是一种主观的"我思"，罗把这种观点叫作"现象学"，以区分于将"魔幻"理解为现实魔幻的"本体论"。从这个意义上讲，罗是"魔幻现实主义""现象学"方法的先驱，因为在他看来，"魔幻现实主义"中的"奇迹般的现实"是由艺术家的特殊感知所决定的。

罗的"现象学方法"影响了拉丁美洲的一些理论著作，尽管他的书在拉丁美洲特别流行，但他的影响力在文学著作中却体现得不多。由于《西方杂志》(Revista de occidente)在此方面的杰出贡献，拉丁美洲的读者在 1927 年(即在德国出版两年后)便能够阅读其著作《后表现主义：魔幻现实主义；当前欧洲绘画的若干问题》的全译本。该版本的翻译是由奥尔特加·伊·加塞特(Ortega y Gasset)委托进行的，而且在很长一段时间中，它似乎是唯一由德语翻译而来的作品。

---

① González Echavarría R. "Isla a su vuelo fugitiva: Carpentier y el realismo mágico." *Revista Iberoamericana*, 1974, 15(86), 24-25.

恩里克·安德森·因伯特(Enrique Anderson Imbert)解释了"魔幻现实主义"一词在 20 世纪 20 年代末在阿根廷大为流行的原因:"在我青春时期常常接触的布宜诺斯艾利斯文学圈中,这个术语广为人知。我第一次听说它是在一部小说中,1928 年,当时我的朋友阿尼巴尔·桑切斯·勒特(Anibal Sánches Reulet)向我推荐了让·科克多(Jean Cocteau)的《可怕的孩子》(*Les enfants terribles*),之后我和我的朋友们就把让·科克多、吉·切斯特顿、弗朗茨·卡夫卡、马西莫·邦滕佩利和本杰明·贾内斯等人都看作'魔幻现实主义'派作家。而我,自 1927 年来一直发表反现实主义的短篇小说,那时我便清楚地意识到有的小说逼真性非常低,而有的小说令人深信不疑。"① 安德森的说法证实了罗提出的"魔幻现实主义"概念在部分拉丁美洲圈子中得到了非常及时的响应。更具体地说,它表明了罗和其他作家的西班牙译本,如《神庙》(*Massimo Bontempelli*),使得拉丁美洲人认为在欧洲存在一种称为"魔幻现实主义"的文学。这也说明了安德森并没有将"魔幻现实主义"与拉丁美洲文化联系起来,也就是说,在最初,"魔幻现实主义"只具有欧洲文化特征。

二　"超现实主义"

欧洲"魔幻现实主义"发展的第二阶段与"超现实主义"运动有关。有人甚至认为,是"超现实主义"而不是罗的"魔幻现实主义"对拉丁美洲的"魔幻现实主义"文学作品产生过重要影响。这种看法产生的首要原因是安德烈·布勒东(André Breton)和"超现实主义"诗人提出的"神奇"概念,它在卡彭铁尔"神奇现实主

---

① Imbert E. A. "'Magical Realism' in Spanish-American Fiction." *Boston: The International Fiction Review*, Harvard University, 1975, p. 2.

义"① 美学中占有中心地位。再者,因为大多数所谓的早期拉丁美洲 "魔幻现实主义" 作家,如阿斯图里亚斯、卡彭铁尔和彼特里都曾在 20 世纪二三十年代的巴黎以艺术家的姿态出现。他们不仅在法国积极推动 "超现实主义" 运动的发展,还受其影响开始了自己的创作。这三位作家开创了一种新的艺术风格,以崭新的人类学视角观察拉丁美洲。另外,从有关三人的传记中也不难发现,他们相关的文化和文学实践发生在法国。

阿斯图里亚斯于 1924 年 7 月 14 日抵达巴黎,起初似乎只是段短暂的文化体验,后来却成为持续了六年(1924—1930)的艺术之旅,这对阿斯图里亚斯后来的文学作品和他对拉丁美洲土著文化的新态度至关重要。在乔治·雷诺德教授的指导下,阿斯图里亚斯开始研究中美洲宗教和土著文化。雷诺德鼓励他翻译基切人的圣书《波波尔·乌》,基切人是居住在危地马拉一带的玛雅部落。此外,阿斯图里亚斯还翻译了《卡奇克尔年鉴》,书中讲述了卡奇克尔民族——一个位于危地马拉高地的后古典玛雅文明的传说。在巴黎的六年,翻译工作助力阿斯图里亚斯完成了自己的第一部作品《危地马拉传说》(*Leyendas de Guatemala*)②。他也开始了短篇小说《政治乞丐》的创作,这篇小说后来扩展为长篇小说《总统先生》(*El señor presidente*)③。原本在 1933 年他便完成了小说的全部内容,但出于政治原因,直到 1948 年才得以出版。阿斯图里亚斯的早期作品明显受到了 "超现实主义" 的影响,因为他编造了梦一般的情节,并将诗歌语言运用于散文之中。

阿斯图里亚斯预感到总有一天,这些作家(保罗·埃卢德、

---

① 虽然有些理论家认为 "神奇现实主义" 不同于 "魔幻现实主义",但本书更倾向于把 "神奇现实主义" 理解为 "魔幻现实主义" 一般概念发展的一个阶段。

② Asturias M. Á. *Leyendas de Guatemala*. Madrid:Cátedra,2014.

③ Asturias M. Á. *El señor presidente*. Madrid:Alianza Editorial,2018.

安德烈·布勒东、罗伯托·德斯诺斯)汹涌生长的创造性思维会
被全世界讨论。他受到了激励，想要继续学习和研究这种新的
知识和审美感受。他还发现超现实主义思维与自己的祖传文化
之间有着惊人的联系。于是，他把不同文化结合的原因和意义
看作知识创造力更新的不竭源泉。艺术以及文学广阔而多变的
视野在他自己的印第安人的感知中找到了表达自身可能性的无
限场所。①

　　至于卡彭铁尔，他在法国生活了十一年(1928—1939)。他的大
部分时间都用来在当地杂志上发表有关音乐和文学的文章。卡彭铁
尔对音乐抱有特别兴趣，所以他和法国作曲家达律斯·米约、巴西
作曲家维拉·罗伯斯和古巴作曲家亚历杭德罗·加西亚·卡图尔拉
在不同音乐项目中都有合作。像《西印度群岛的诗歌》(卡彭铁尔作
词，盖拉德谱曲的新歌)便是在这个时期创作的。因为结识了罗伯
托·德斯诺斯，卡彭铁尔成为"超现实主义"运动的一员。在这
一运动的影响下，卡彭铁尔用西班牙语写了他的前两篇短篇小说《学
生》和《电梯的奇迹》，还用法语创作了《星期一的故事》。更重要的
是，他加入了《超现实主义革命》杂志，通过这本杂志，他认识了
一些举足轻重的"超现实主义"诗人，如路易·阿拉贡、特里斯
坦·查拉、保尔·艾吕雅，以及画家乔治·德·基里科、伊夫·唐
吉和巴勃罗·毕加索。1933 年，卡彭铁尔出版了《埃古—扬巴—
奥》，他试图将古巴音乐中的原始主义与"超现实主义"的美学融
合在一起。自 1940 年起，卡彭铁尔创作的所有文学作品都与"超现
实主义"有着极为密切的关系，他"开始将'他所置身的神奇的美
洲现实'与他在 1928 年至 1939 年间接触的超现实主义者的欧洲历
史、艺术现实进行对比，这些超现实主义者的意识形态层面的目的、

---

① Lonoël-d'Aussenac A. *El señor presidente*. Madrid：Alianza Editorial，2018，p. 32.

信仰和假设被系统地瓦解了，无论是用尖锐的指控还是责难"①。

彼特里是这三人中最年轻的，他在巴黎住了五年（1929—1934）。作为二人最亲密的朋友，他见证了阿斯图里亚斯的作品《总统先生》的诞生。此外，他参加了"超现实主义者"倡导的各种艺术活动，并赞扬俄国革命等新的政治现象。20世纪30年代早期，彼特里与活跃于法国的最重要的"超现实主义"艺术家拉法埃尔·阿尔维蒂、路易斯·布努埃尔、萨尔瓦多·达利、布勒东和保尔·瓦雷里关系密切。与卡彭铁尔和阿斯图里亚斯一样，"超现实主义"也改变了彼特里认识和描述拉丁美洲"现实"的方式。"超现实主义"激发了他寻找拉丁美洲文化中的魔幻元素的欲望，让他开始进行文学创作的实验，他的这类作品集中创作于20世纪40年代。

尽管许多早期"魔幻现实主义"作家，比如卡彭铁尔，在言语间并不认可"超现实主义"的理论主张，但他们的艺术实践仍然回避不了"超现实主义"思想。是什么因素让拉丁美洲的作家们不自觉地以"超现实主义"作为他们作品的灵感来源？"超现实主义"运动在何种意义上预示了拉美"魔幻现实主义"的一些美学和意识形态主张？问题的关键在于"超现实主义"和拉美"魔幻现实主义"都是对抗欧洲理性主义的颠覆性力量。

从一开始，"超现实主义"就改变了诗歌和艺术最普遍的概念。艺术就不仅是一种创造性活动，同时还蕴含着解决人类生存矛盾的可能性。诗人由此具有了全新的意义，并因此得以摆脱社会束缚，成为自由这一人类最大理想的追求者。这就是为什么"超现实主义"把自己视为在生活的各个方面解放人类感知能力的方式。"超现实主义"批判欧洲一切僵化的价值体系，因为它们认为人的欲望才是唯一可以崇尚的权威。"超现实主义"还指出了一种被我们日常

---

① Müller Bergh K. "El prólogo a El reino de este mundo, de Alejo Carpentier (1904-1980) Apuntes para un centenario." *Nueva revista de Filología Hispánica*, 2006, (2), 501.

生活遮蔽了的更为真实的"现实",人类应当立志于揭示它。从罗的"魔幻现实主义"视角来看,理性主导下的细致观察能够实现这一理想,但"超现实主义"却认为,机会和偶然性是实现它的根本方法。确切地说,"超现实主义"是由其最特别的发现——潜意识和梦一般的技巧构成的。诗人必须努力寻找一种超越世界理性稳态的隐蔽"现实",如此才能发现宇宙的秘密秩序。为达到这一目的,诗人理应去探索内心不确定的区域。事实上,整个"超现实主义"都是基于一个假设,即潜意识是人类思维唯一真实的存在。因此,艺术创作必须避免任何心理活动向理性转变。"实际上,超现实主义通过诗歌考验人类能力,扩大并丰富它们。人们设想了这样一个过程:让诗人和他的读者超越人们因传统和习惯而熟悉的存在形式,达到让·路易·贝都因所说的'真正的生活,终于值得活下去'。"①

"超现实主义"还宣称"神奇"的存在,就是艺术创作的功能与价值所在。"超现实主义"诗人反对在诗人和世界之间建立的机械反映。这与我们之前在罗的理论中分析过的"疏离"概念相似。在这里,"神奇"实际上并不是对"现实"的否定,而是与现实的一种新的关系,一种升级了的关系。"神奇"不仅解放了已被单调的日常生活遗忘了的"现实",同时也解放了人类对于日常"现实"相伴的神奇"现实"感到惊叹的能力。稍后还将提及的文章《阿莱霍·卡彭铁尔与"超现实主义"》(Alejo Carpentier y el surrealismo)则向我们提供了一系列"超现实主义"确立的"神奇"与卡彭铁尔所阐述的"神奇"之间的密切联系。②但卡彭铁尔最终超越了这些联系,建立了一种人类学的方法,把通俗的、宗教的和魔幻的事物融合成"神奇"的形式。更重要的是,他还通过强调拉丁美洲和欧洲的对立区分了"原始文明"和"现代文明"。

---

① Matthews J. H. "Poetic Principles of surrealism." *Chicago Review*, 1962, 15(4), 42.

② Chiampi I. "Alejo Carpentier y el surrealismo." *Revista de la Universidad de México*, 1981, (5):1-10.

总之,欧洲的"先锋派"运动,尤其是由罗提出的"魔幻现实主义"和"超现实主义",都为20世纪40年代以来的拉美"魔幻现实主义"奠定了决定性的理论基础。值得指出的是,罗的理论代表着对"魔幻现实主义"的现象学研究方法,其中的"魔幻"源于画家或艺术家的认知,而在"超现实主义"视域中,"神奇"或"魔幻"是现实固有的,只是需要诗人或艺术家去发掘它。罗的"魔幻现实主义"理论对"魔幻现实主义"在拉丁美洲理论发展的不同阶段都产生了重要影响(如彼特里和莱阿尔)。"超现实主义"对卡彭铁尔本人的"神奇现实主义"理论化以及在他的"神奇现实主义"思想引领下其他作家发表的学术著作都发挥了更为具体的作用(如冈萨雷斯和蔷彼)。我们在接下来的第二章将会看到,拉美"魔幻现实主义"最显著的矛盾似乎和导致欧洲"先锋派"运动失败的原因有着相似的特征。

三 马西莫·邦滕佩利与"魔幻现实主义"

欧洲"魔幻现实主义"发展的第三个阶段出现在1926年的意大利。在罗为解释后表现主义绘画而创造"魔幻现实主义"这一概念的次年,马西莫·邦滕佩利(M. Bontempelli)开始形成自己的"魔幻现实主义"理论。这一次"魔幻现实主义"概念不再局限于绘画,而是转向了文学作品。与库尔齐奥·马拉帕尔特(Curzio Malaparte)一起,邦滕佩利创办了国际杂志《900——来自意大利和欧洲的笔记》,这本杂志在1927年之前都是用法语出版的,面向他那个时代所有的国际知识分子。

邦滕佩利将"魔幻现实主义"归结为一种创造新的虚构故事的尝试,是为了解释并简化现代社会的复杂性。他相信现代艺术家的重要任务是发现潜意识的魅力,寻求不可预知的冒险,从而揭开隐藏在日常生活背后的神秘"现实"。因此,邦滕佩利的"魔幻现实主义"结合了罗的"魔幻现实主义"发现日常生活背后的神奇"现实"的主张和"超现实主义"与潜意识相关联的特点。不过，邦滕佩利较这两者的创新之处在于，他坚持一种观念，即"魔幻现实主义"必须构建一个虚构体系来简化现代生活令人窒息的烦冗。那些新的虚构故事会把现代"现实"转化为寓言和简单的叙事结构。从这个意义上说，它们都是现代艺术家从日常生活中提炼形成的。

> 我们的工作唯一将使用的工具是想象力。我们有必要谴责建筑艺术，创作新鲜的虚构故事，让我们赖以生存的新氛围得以流通。……虚构的世界将不断地注入现实世界，以丰富和充实现实世界，因为 20 世纪的艺术努力重建和完善存在于人类外部的现实世界并非没有原因。其目的是要学会支配它，以至于能够随心所欲地破坏法律。现在人们对自然的控制充满了魔幻……①

邦滕佩利强调了魔幻和艺术的关系，因为在他看来，艺术可能是人类唯一可能表演的魔幻。也就是说，邦滕佩利并不认为魔幻是一种迷信。他指出，艺术是唯一一种创造那些人类所称的迷信相关现象的方式。"魔幻不仅仅限于巫术：任何法术都是魔幻；艺术的声音只是其中一种法术。也许艺术是人类唯一被赋予的法术，而这种法术拥有各种各样的类型和特点：它能唤醒死去的事物，能带来遥远的事物，能预言未来的事物，能颠覆自然法则；这些都来源于想象力。严格意义上说，魔幻只是原始状态的艺术。"② 在一定程度上，这一解释表明，对于邦滕佩利来说，所有与魔幻有关的现象实际上都是艺术。

邦滕佩利还指出了将迷信和艺术联系起来的第二个因素：惊奇（Astonishment）。这种惊奇感主要与为人类带来完全不熟悉的体验的

---

① Bontempelli M. *Realismo magico e altri scritti sull'arte*. Milano：Abscondita, 2006, pp. 16-17.

② Bontempelli M. *Realismo magico e altri scritti sull'arte*. Milano：Abscondita, 2006, p. 35.

奇迹有关。这种艺术体验打破了事件的因果关系,在人类体验中不断创造惊喜。我认为,奇迹的概念赋予了艺术体验一种宗教意义。"大自然告诉我们,惊奇——对奇迹的感觉——与对奇异事物的感觉截然不同;的确,人类觉得奇迹是异乎寻常的、不断复制的事实(比如,自然界的一切生命)。现在,艺术必须与人类相关是对的,没有人曾经想过说相反的话(……)艺术作品必须准确地展示人类的生活——一个持续不断的奇迹,就像我们看到大自然的生命一样。"① 邦滕佩利觉得,所有与魔幻和迷信有关的想法都可以成为打破现代生活单调发展的新艺术。

邦滕佩利的 "魔幻现实主义" 与拉丁美洲的 "魔幻现实主义" 的区别主要表现在两个方面。第一,邦滕佩利拒绝引用任何古代或过去的神话或寓言,他认为那可能是一种违背现代性的落后元素,"想象力,幻想,但都不像童话,不是像《一千零一夜》②一样的故事。我们渴望冒险故事,而不是童话故事。生活变得更加普通并且日复一日,我们希望将生活视为冒险的奇迹:不断的风险,不断的英雄式努力,不断创造新的手段去脱离日常生活"。第二,虽然邦滕佩利提到了潜意识的重要性,但在他的 "魔幻现实主义" 理论中,理性才是 "现实" 最高的组织原则。事实上,邦滕佩利自己的一些文学作品就出现了一种分裂,一半是正常的 "现实",另一半是人类只能在特殊情况下才会看到的 "现实"。③ 邦滕佩利对 "第二现实" 的感知是神秘的,不是因为这种经验是精神的或先验的,而是因为它已远非我们日常生活中所发生的事件。从他的一些作品中能够依稀看出,"神奇现实" 成为两者中最有价值和最丰富的部分,它将自己的影子投射到日常现实之上,并最终声称自己是真正的 "现

① Bontempelli M. *Realismo magico e altri scritti sull'arte*. Milano: Abscondita, 2006, p. 40.

② 值得注意的是,《一千零一夜》对加西亚·马尔克斯的文学创作至关重要。实际上,《百年孤独》重新演绎了《一千零一夜》中的一些故事。

③ Bajoni M. G. *Apuleio e Bontempelli: Alcune note sul reale e sul magico*. Milano: Aevum, 1989, p. 547.

实"。现实与经验之间的紧张关系在邦滕佩利的短篇小说《镜子前的国际象棋》中表现得尤为明显，小说中的镜子连接了两种"现实"①。在故事的结尾，小男孩从梦中醒来，这证实了一个观点，即人类的理性必须始终在控制叙事材料的过程中占据上风。这些特点使邦滕佩利的作品更接近于欧洲的"奇幻文学"，而不是拉丁美洲的"魔幻现实主义"。同样地，《镜子前的国际象棋》和(欧洲奇幻文学的代表作)《爱丽丝梦游仙境》的相似之处也印证了这一点。

当我们比较邦滕佩利的"魔幻现实主义"和拉丁美洲的"魔幻现实主义"时，我们一定要考虑两个重要的特点。首先，为了以简单的叙述框架组织现代世界，邦滕佩利一定要创造新的神话故事。他拒绝使用已经存在的神话故事为原型进行创作。其次，他继承了罗的"魔幻现实主义"思想，认为理性在感知神秘的"现实"的艺术创作中扮演了最重要的角色，反对将"魔幻"变成形而上学。拉美文学的"魔幻现实主义"则截然不同，不仅非常重视古老的神话和反理性的创作，甚至认为"魔幻现实"超越了理性。

邦滕佩利对"魔幻现实主义"理论的创立做出的真正贡献体现在两方面。首先，他是第一个在文学评论中使用"魔幻的现实主义"这个概念的人(罗在绘画作品中用到这个术语)。其次，针对如何解释"魔幻现实主义"这一罗没有解决的问题，邦滕佩利尝试采用一种新方法，就是创造一个新的神话。他相信每个艺术家都可能创造新的神话故事。当然，个性的创作离不开理性的支持。他提倡创造独特而理性的新神话，并借此消解现代理性世界的复杂性。这一自相矛盾的主张也就成为他失败的关键原因：他不能逃离这个他想要攻击的理性世界。一方面他从罗身上继承了对理性的崇尚，认为理性胜于"魔幻"，另一方面他又拒绝采用古老传说对抗现代的理性。他没有意识到神话并非来自个人的创作，不能在短时间内被创

---

① Bajoni M. G. *Apuleio e Bontempelli*: *Alcune note sul reale e sul magico*. Milano: Aevum, 1989, p. 547.

造,也不能被理性地控制。神话是一个特定文明大众文化的表达,包含了历代不断积累、更改和丰富的宗教仪式、魔幻和神奇的元素。更重要的是,它们代表了特定族群的集体无意识,因此来自不同文化的神话故事会使用相似的主题和素材。罗和邦滕佩利尝试建立一个理论框架来解决这些问题,但是他们失败了,因为他们不想找到一个反理性的源泉。事实上,他们反对所有宗教的、神秘的、超自然的题材,因为这些题材违反理性。这就是欧洲的"魔幻现实主义"和拉丁美洲的"魔幻现实主义"的最大差别。

第二章 拉美 "魔幻现实主义"

一 博尔赫斯："魔幻" 与小说

学界通常认为，由罗、邦滕佩利于 20 世纪 20 年代提出的欧洲 "魔幻现实主义"，在 40 年代由彼特里、卡彭铁尔进一步发展出拉美 "魔幻现实主义" 的第一个理论成果。但是在这个过程中，很多人忽视了博尔赫斯这个重要人物，尤其是他的文章《叙事的艺术和魔幻》(El arte narrativo y la magia，1932)。博尔赫斯指出了长久以来被忽视的构成小说结构的潜在机制，他的文章试图揭示叙事机制和叙事作品的建构过程。这种对小说技术层面的关注将是 "魔幻现实主义" 作品的一个基本特征，从这一角度，博尔赫斯的文章提供了不同于拉丁美洲以往论辩的新角度，这也正是他的文章最具突破性的部分。

首先，博尔赫斯指出了小说叙事中 "逼真性" 的问题，即说服读者相信小说中看似不可能的事实。"它需要有坚强的真实外表，才能有自然而然中断怀疑的能力。这种能力，柯尔律治把它称作诗意信仰。莫里斯达到了醒悟这个诗意信仰的目的。我想分析一下他是如何达到的。"[①] 博尔赫斯关于信仰的看法是他文章中的一个出彩之处，他认为信仰可以帮助读者接受小说中的 "超现实"。不同于欧洲

---

① 博尔赫斯:《博尔赫斯全集·散文卷》(上)，王永年、徐鹤林等译，杭州:浙江文艺出版社,1999 年,第 155—156 页。译文有改动。

"魔幻现实主义"理论家在理解艺术时避免分析"魔幻"与"超自然"的联系,博尔赫斯却认为信仰是解决叙事艺术真实性的核心。"信仰"和"逼真性"在拉美"魔幻现实主义"未来的理论发展过程中也至关重要,比如卡彭铁尔的理论。根据博尔赫斯的说法,作者是通过使小说从最合理和熟悉的细节逐渐转移到最不可能的细节而建立起这种信任的。例如,描述神秘的野兽时,先描述更人性化的特征,然后突出其超自然特征,通过这种叙述方式来加强读者的信任。

其次,对于博尔赫斯而言,叙事艺术仍涉及因果关系。也就是说,叙述遵循某种逻辑顺序发生。博尔赫斯对这个问题的独特看法再次令人称奇。对于他来说,叙事艺术的逻辑与"魔幻"的逻辑相同,"古人的这个野心或手法由弗雷泽归结成一条普遍的合适的规律,即通感,即距离相异的事物间有着不可避免的联系,或者由于它们的形象相似——模仿巫术、顺势疗法——或者由于以前是相邻的——传染巫术。表明第二种巫术的例子是凯内伦·迪格比的治疗油膏,它不是用在模糊不清的伤口上,而是用在造成伤口的那把刀上——与此同时,伤口不经严格的治疗就逐步收口结疤。有无数第一种巫术的例子。内布拉斯加的红种人们身披嚓呷作响的带角和鬃毛的美洲野牛皮,白天黑夜在荒原上跳着回旋疾转的舞蹈,用来吸引野牛的到来。澳洲中部的巫师在前臂划开一个伤口使鲜血流淌,为的是使天空学他们的样或同他们相通也血流成雨水降下来"①。

对于博尔赫斯来说,"魔幻"的思维方式提供了一种有趣的方式来解释特定事件之间的顺序和关系。实际上,这种逻辑与自然法则完全不同。这里的因果关系遵循诸如对象之间的相似性或接近性之类的概念。因此,"魔幻"建立了一个旨在组织混沌世界的独立规则

---

① 博尔赫斯:《博尔赫斯全集·散文卷》(上),王永年、徐鹤林等译,杭州:浙江文艺出版社,1999年,第160—161页。译文有改动。

体系。这也是叙事艺术的特征。在这两种情况中，来自信徒和读者的信仰赋予了这些法则以可信度。总之，在"魔幻"和"叙事"过程中，读者或信徒都愿意接受超越理性的联系的存在。通过对叙事过程的这种新的理解，博尔赫斯克服了罗和邦滕佩利无法解决的三个难题：(1)寻找一种反理性的体系来挑战欧洲理性的巨大压力；(2)接受古代神话和魔幻故事是诗意材料和叙事技巧的来源；(3)接受超自然的或宗教元素(信仰)成为艺术创作的基础。冈萨雷斯指出，博尔赫斯描述的叙事系统的特征类似于亚里士多德的诗学和关于宇宙的假设。根据亚里士多德的观点，悲剧的情节以完整的整体呈现，并按照和谐的顺序进行，包括开端、发展和结尾三部分。从某种意义上说，宇宙是由不同的力量组成的，这些力量受制于上帝的统治规则。①

因此，博尔赫斯对"魔幻"的表述，作为一种叙事原则，使亚里士多德宇宙观的有序结构与"魔幻"的逻辑相协调。这两个系统都创造性地假设了一种规定宇宙秩序的超自然原则的存在。

为了接受叙述的因果关系，读者必须做类似于信仰行为的事情，就像处于"魔幻"体验之中。身处被混乱统治的"现实"中，这是博尔赫斯理解一种超自然的更完整的"现实"的唯一方式。以这种方式，博尔赫斯成为第一位指出"魔幻"体验的超自然性是艺术创作的基本要素的拉丁美洲作家。对于博尔赫斯来说，在创造艺术或表现"魔幻"时，必须将"信仰"而非"理性"视为"魔幻"的基石。

博尔赫斯将另外两个叙事元素描述为魔幻逻辑的一部分。首先，博尔赫斯确定了存在于每个书面或口头言语中的创造力，就好像能够通过故事讲述而实现对"现实"的创造。这种"魔幻"的逻辑相信对"现实"的叙述可以创造出"现实"本身。其

---

① González Echavarría R. "Isla a su vuelo fugitiva: Carpentier y el realismo mágico." *Revista Iberoamericana*, 1974, 15(86),29.

次，他确定了"预兆"在组织故事过程中的重要作用。在下一章我们将会看到，这两个特征在拉美"魔幻现实主义"中不断再现。博尔赫斯对魔幻的叙事机制的分析为理解"魔幻现实主义"的诸多技巧提供了关键要素，特别是那些为消除对"现实"的理性诠释而运用的技巧：

> 我想把上面说的归纳一下。我分辨了两个因果过程：一个是自然的，指不可控制的和数不清运动产生的不停歇的结果；另一个是巫术的，指精心组织和受限制地预先说出细节的。我认为，在小说中惟一可能的诚实是在第二个过程。第一个过程归于心理歪曲。①

关于博尔赫斯文章的最后一个值得一提的事实是，博尔赫斯对"魔幻"的理解与后来的拉美"魔幻现实主义"既有显著的相似之处，也存在着重大差异。这些差异源于博尔赫斯与欧洲哲学传统以及某些"先锋派"运动之间的某种亲缘。例如，冈萨雷斯指出了博尔赫斯与"超现实主义"之间的相似之处。② 尽管博尔赫斯对拉美"魔幻现实主义"的理论发展有所贡献，但本书认为他并不像一些学者所认为的那样是一个"魔幻现实主义"作家，至少在以下三个方面，博尔赫斯与拉美"魔幻现实主义"作家有所区别：(1) 博尔赫斯拒绝了欧洲衰落的观点（奥斯瓦尔德·斯宾格勒），也不认为拉丁美洲能够替代欧洲成为新文化中心。(2) 在博尔赫斯看来，"魔幻"和其他类似的迷信活动并不是拉丁美洲文化（卡彭铁尔）特有的，而是世界文化共有的一个普遍现象。因此，博尔赫斯并没有在欧洲中心主义危机中捍卫拉美文化的新特权地位（卡彭铁尔）。(3) 博尔赫

---

① 博尔赫斯：《博尔赫斯全集·散文卷》(上)，王永年、徐鹤林等译，杭州：浙江文艺出版社，1999 年，第 163 页。

② González Echavarría R. "Isla a su vuelo fugitiva: Carpentier y el realismo mágico." *Revista Iberoamericana*, 1974, 15(86), 32.

斯没有将人类视为历史的存在。在他的作品中，"现实"与叙事文本不存在一个最基本的关系；在他的思想体系中，历史只是他经常用于讽刺的一种次要的叙述形式。在博尔赫斯那里，人类被呈现为一个普遍性的存在，其个人的历史特性在如尼采所说的"永恒轮回"中被消弭。

这三个方面使博尔赫斯的作品与 20 世纪 40 年代以来被视为拉美"魔幻现实主义"的作品有着截然不同的面貌。在拉美"魔幻现实主义"中，"魔幻"与拉丁美洲的原始文化和土著文化有关，人类被描绘成悲剧性的历史人物。此外，对于一些像卡彭铁尔这样的作家来说，拉丁美洲被认为是唯一可以进行"魔幻现实主义"创作的地方，而博尔赫斯认为"魔幻"是存在于一切文化中的普遍因素。正是基于上述原因，本书认为博尔赫斯虽然堪称拉美"魔幻"理论的主要代表人物，但其文学作品却不能被归为"魔幻现实主义"，后者实际上是弗洛雷斯（Á. Flores）、恩里克·安德森·因伯特和安东尼奥·普拉尼尔斯（Antonio Planells）等学者对博尔赫斯思想及作品的错误理解。

二　彼特里：拉美"魔幻现实主义"的根源

20 世纪 40 年代末，彼特里和卡彭铁尔开创了拉美"魔幻现实主义"的理论解释。值得一提的是，在这个历史时期，拉美"魔幻现实主义"作品已经开始在阿斯图里亚斯、彼特里和卡彭铁尔等人的创作过程中成型，因此，彼特里和卡彭铁尔不仅是拉美"魔幻现实主义"理论发展的先驱，而且是"魔幻现实主义"的代表作家，他们代表了 20 年代末 30 年代初在法国成长起来的拉美青年艺术家。到 20 世纪 40 年代末，这些知识分子中的大多数已经离开了欧洲，并反叛与之联系紧密的"超现实主义"运动，同时，他们已成为拉丁美洲新叙述方式的体现者。其主要目标是：（1）创造一种与拉丁美洲文化和历史有关的可靠的文学；（2）赋予拉丁美洲语境下的"先锋派"遗产以新的意义，以对抗"社会现实主义"①。卡彭铁尔创造了一种与"超现实主义"紧密相连的美学，而彼特里则试图在拉丁美洲重现罗的"魔幻现实主义"。

众所周知，"魔幻现实主义"的概念于 1948 年在拉丁美洲由委内瑞拉作家彼特里首次提出。彼特里在《委内瑞拉的文学与人》（*Letras y hombres de Venezuela*）中采用了该术语，以描述短篇小说的委内瑞拉新风格。如果不是因为彼特里以古老的欧洲"魔幻现实主义"概念来描述拉丁美洲的现象，那么这篇文章很可能已经被遗忘了。

> 到 1925 年，一位非常年轻的作家卡洛斯·爱德华多·弗里亚斯（Carlos Eduardo Frias）发表了短篇小说"Canicula"。在其故事中，对现实的政治直觉更甚以往地占据上风。这是一条日后将不断延伸的路径。受其影响，一群年轻作家通过 *Valvula*、*Fantoches* 和 *Elite* 杂志开始沿着这条路前行。彼特里于 1928 年出版的《巴拉巴斯与奥特拉斯的历史》预示着这一趋势的初步成形，而这一时刻恰逢先锋派文学形式的蔓延：法国立体主义、西班牙极端运动（Ultraist Movement）和超现实主义。处于现实的浪潮中，在其故事里占主导地位并留下恒久印记的一个特点是：将人看作一个谜。这是一个诗意的预言或是对现实的一个诗意的否认。在找到其他名称之前，不妨称其为魔幻现实主义。②

值得注意的是，彼特里的"魔幻现实主义"概念正确地指出了"魔幻现实主义"的两个技术特征。首先，他展示了诗歌散文在未来拉丁美洲叙事中的核心作用。其次，他还谈到了"疏远"感的重要

---

① González Echavarría R. "Isla a su vuelo fugitiva: Carpentier y el realismo mágico." *Revista Iberoamericana*, 1974, 15(86), 20.

② Pietri A. U. *Letras y hombres de Venezuela*. Ciudad de México: Fondo de Cultura Económica, 1948, p. 162.

性，这种疏远感是由人类的模棱两可和异常表现所造成的。正如我之前所提到的，"疏离"概念在罗的理论化中处于中心地位，它也是"超现实主义者"创造的"神奇"的特征之一。关于"魔幻现实主义"本身的哲学分析，彼特里的理论似乎有些犹豫。首先，彼特里无法确定"魔幻现实主义"在何种情况下发生：（1）当"现实"被认为是神秘的，并且叙述者旨在发现它时；或者（2）当叙述者认为"现实"是平淡的，并试图否认它时。① 这里似乎面临的风险是将"魔幻现实主义"定义为本体论或者一种"现象学"。一方面，如果"魔幻现实主义"是叙述者否定平淡现实的行为，那么我们必须将"魔幻现实主义"理解为一种"现象学"。因为在这种情况下，"魔幻"元素来自叙述者，而不是来自"现实"本身。另一方面，如果"现实"掩盖了叙述者想要发现的神奇方面，那么我们必须将"魔幻现实主义"称为一种本体论行为。因为在那种情况下，"魔幻"来自"现实"，而不是来自观察对象。彼特里对"魔幻现实主义"哲学本质不确定的态度在他对多部拉丁美洲文学著作的讨论中得到了体现。

审视彼特里关于"魔幻现实主义"的相关概念，我们不难发现其他问题：（1）彼特里混淆了"现实"与"现实主义"，忽略了"现实主义"是一种文学论述，不能与"现实"画等号。（2）导致这种混淆出现的原因，是彼特里忽略了"现实"与"现实主义"的关系实际上是一种意识形态，这正是马克思主义的核心思想。用拉康的话来表述，这是通过语言创建符号化的过程，因此在拉康看来，要通过语言达到"现实"是不可能的。总而言之，对"现实"的定义绝不是"现实"本身。因此，蔷彼就认为，彼特里"并不是在逃离现实，恰恰相反他认为现实是必要的"②。（3）蔷彼更愿意将"魔幻现实主义"视为一种以意识形态为特征的特殊话语

---

① Chiampi I. *El realismo maravilloso*. Caracas：Monte Avila Editores, 1983, p. 25.
② Chiampi I. *El realismo maravilloso*. Caracas：Monte Avila Editores, 1983, p. 25.

表达形式,这种意识形态在"现实"与叙述者之间进行斡旋。因此,发现"现实话语"的意识形态性比定义何为"现实"要重要得多。

从蔷彼的角度来看,彼特里将本体论意义上的"现实"与"现象学"意义上的"现实"完全对立起来是不对的。若以现象学方法来理解"魔幻现实主义","魔幻现实主义"其实更接近于"创作",作者通过此过程否认"现实"并以自己的感知去丰富"现实"。在这种情况下,"魔幻现实主义"最重要的元素与其说是文本,不如说是作者。反之,如果使用本体论的方法来分析"魔幻现实主义","魔幻现实主义"看起来则更像是对"现实"的破译——是作者"发现"了已经存在的"现实"。

至此,"现实"取代了"文学文本"成为"魔幻现实主义"的意义所在。尽管彼特里在他的文章中没有提及或引用罗的观点,但他对"魔幻现实主义"的表述与罗是一致的。事实上,彼特里和罗的哲学观点不允许他们将注意力集中在艺术作品本身,或艺术作品在作者与世界、读者与世界之间的协调方式上。从彼特里和罗的视角看,作者的角色和"现实"掩盖了艺术作品的特征。尽管存在这一局限,但彼特里对"魔幻现实主义"一词的运用以及将其与拉丁美洲叙事相关联的尝试,却使拉美"魔幻现实主义"步入了自己的理论时代。

三 卡彭铁尔与"神奇现实主义"

1948 年,也就是彼特里发表《委内瑞拉的文学与人》的同一年,卡彭铁尔以他的"神奇现实主义"(realismo maravilloso)理论,在拉丁美洲掀起了一场真正的文学革命。这一理论是卡彭铁尔在加拉加斯《国民报》(*El Nacional*)上发表的一篇文章中提出的。1949 年,这篇文章成为他的著名小说《人间王国》(*El reino de este mundo*)①的序言。虽然有些理论家认为"神奇现实主义"不同于"魔幻现实主义",但本书仍倾向于将"神奇现实主义"理解为"魔幻现实主义"概念发展的一个阶段。虽然在蓄彼看来,以"神奇现实主义"来命名拉美"新小说"其实更加贴切②,但考虑到"魔幻现实主义"这一概念的广泛传播与影响力,继续使用"魔幻现实主义"显然更容易被读者理解和接受。《人间王国》的序言构成了"神奇现实主义"的第一个系统的、独创的理论,"神奇现实主义"成为一个自主的和独创的拉丁美洲概念。此外,卡彭铁尔为新的拉丁美洲文学提供了哲学、美学和历史基础。

《人间王国》的序言引人注意的第一个特征是卡彭铁尔决定将拉丁美洲定义为充满自然、人文和历史奇迹的地方。第二,序言的主要内容是卡彭铁尔对"超现实主义"运动的批评。矛盾的是,卡彭铁尔在 20 世纪 30 年代初成为"超现实主义"的成员后,就采取了这种激进的立场。然而,更矛盾的是,尽管序言是对布勒东和"超现实主义"先锋思想的猛烈抨击,但如果没有"超现实主义"本身的影响,"神奇现实主义"就会根本无法理喻。我们甚至可以说,在拉丁美洲的背景下,"魔幻现实主义"或"神奇现实主义"是"超现实主义"的延续和演化。尤为值得关注的是,到了 20 世纪 40 年代,"超现实主义"运动已在欧洲宣告结束。

《人间王国》一书讲述了一个名为蒂·诺埃尔(TiO Noël)的黑人奴隶的故事,蒂·诺埃尔经历和见证了拉丁美洲第一位黑人国王亨利·克里斯托夫(Henri Christophe)(1807—1820)统治前后的诸多事件。小说描述了非洲、法国以及西班牙的文化融合,同时栩栩如生地描绘了海地黑人奴隶与法国殖民者之间激烈的战争。在这部小说的序言中,卡彭铁尔首先对作家与"现实"之间的古老争论进行了深入探讨,由此得到了"先锋派运动"的认同与赞赏。蓄彼确定了

① Carpentier A. *El reino de este mundo*. Madrid:Alianza Editorial, 2018.
② Chiampi I. *El realismo maravilloso*. Caracas:Monte Avila Editores, 1983, p.49.

卡彭铁尔对"神奇现实主义"所阐述的两个层次,即,卡彭铁尔考虑了作家感知"现实"的方式方法,以及文学作品与拉丁美洲"现实"的神奇元素之间的关系。

关于作家与"现实"之间的关系,卡彭铁尔确定了"神奇现实主义"与"现实"的相互作用的两种方式:(1)作家通过改变或放大"现实"而使"现实"变形。(2)"现实"被认为是神奇的对象,作家试图将其呈现并感知它。正如前文曾提到的,罗的"魔幻现实主义"采用的现象学方法,认为作家的态度是"魔幻"的来源。在对彼特里的思考中,我们曾讨论了他无法在本体论或现象学方法之间进行选择,因为他无法确定"魔幻"的来源是作家还是"现实"。这一难题被卡彭铁尔的"神奇现实主义"破解。卡彭铁尔宣布了一个事实:拉美"神奇现实主义"既是"本体论"又是"现象学"。即,"魔幻"既来源于作家又来源于"现实"本身。正如蔷彼所说:"现象学和本体论的角度相互交织,以致变形与展现之间(鲜明)的矛盾被消解。"① 在这一视域中,最重要的出发点是要去理解一种关系,即能改变"现实"的作家与拥有神奇元素的"现实"之间的关系。卡彭铁尔不仅找到了本体论和现象学方法之间的融合,而且还找到了使两种方法共存的关键要素。因为作家始终无法接近"现实",除非意识形态或符号化过程使这种接触成为可能。这种象征意义在卡彭铁尔"神奇现实主义"概念中至关重要。他发现了什么元素使拉丁美洲作家能够修改"现实";同样,他确定了什么元素可以使"现实"被认为具有"魔幻"本质。这两种情况下的答案都是相同的,那就是"信仰"。实际上,宗教隐喻散布在《人间王国》的序言中:"不信圣人的自然不能靠圣人创造的奇迹来治病,不是堂吉诃德,就不会尽其所有、全身心地投身阿马迪斯·德·高拉或白骑士蒂兰特的世界。"② 总之,"信仰"使作家成为"现实"奇

---

① Chiampi I. *El realismo maravilloso*. Caracas:Monte Avila Editores, 1983, p. 38.

② Carpentier A. *El reino de este mundo*. Madrid:Alianza Editorial, 2018, p. 12. 中译文参见卡彭铁尔《人间王国》,江禾译,《世界文学》1985 年第 4 期,第 52 页。

迹的信徒，但也使他能够通过自己的感知来改变"现实"。但是，要理解"信仰"这个卡彭铁尔的关键词，我们仍然必须回到他与"超现实主义"的早期关系中。

为了创造"神奇现实主义"，卡彭铁尔是如何否认自己作品所受的"超现实主义"的影响呢？大多数情况下，他是通过接受"超现实主义"的基本原则，以及对拉丁美洲的原始文化和悠久历史的出色理解而做到的。这种理解使他通过提出自己的概念（例如"神奇的事物"）来对抗"超现实主义"的影响。蕾彼在她的文章《阿莱霍·卡彭铁尔与"超现实主义"》①中研究了卡彭铁尔与"超现实主义"运动之间的特殊关系。在文章中，蕾彼将《人间王国》的序言与理论作品 *The Mirror of the Marvellous*（*Le miroir du merveilleux*，1940 年初次出版）②及由法国"超现实主义"思想家皮埃尔·马毕（Pierre Mabille）所创作的 *Egrégores ou la vie des civilisations*（*Egregores or the Life of Civilizations*）进行了比较（1938）。这两本书都对卡彭铁尔有关"神奇现实主义"的表达产生了重要影响。

根据蕾彼的观点，卡彭铁尔与"超现实主义"之间的关系可以解释如下：马毕指出了一系列的属于"神奇"的创作主题，如世界的创造和破坏（通过自然因素和死亡），神奇的旅程，圣杯的命运与寻找，等等。此外，马毕将这种神奇之处解释为人类在看待事物时改变"现实"的一种能力。而且，神奇事物的存在是"现实"所固有的。因此，只有通过人类特殊的观察能力和先前存在的神奇"现实"的结合，才能实现它。从哲学角度看，这是一元论的论点，即作家与对象之间没有区别。二者在这一共同经历中融合。马毕用"镜子"一词隐喻这一过程。在镜子中，物体和人相互融合。卡彭铁尔在作家和"现实"之间建立了相似的关系，在此，神奇的事物同

---

① Chiampi I. "Alejo Carpentier y el surrealismo." *Revista de la Universidad de México*, 1981, (5):1-10.

② Mabille P. *Le Miroir du merveilleux*. Paris: Les Éditions de Minuit, 1962.

时属于两者。然而，因为日常生活的"现实"是介于作者和神奇的"现实"之间的，因此根本的问题仍是如何越过日常生活的"现实"，到达神奇的"现实"。一方面，马毕认为对此问题有两种解决方案。第一，作家可以使用不同的方法来解放自己的感官。在这些方法中，他提到了"神奇"的形式，即做集中精力的练习或去实践创造迷幻。第二，他解释了心理异常如何帮助作家获取信息。另一方面，卡彭铁尔相信"信仰"是刺激发现神奇事物的基本方法。同时，对他来说，"信仰"也是作家或信徒获得提升感的极端方法。由此可见，马毕和卡彭铁尔对"神奇"的定义非常近似，虽然他们在达成共识的路径上存在明显的差异。

在表述了"信仰作为神奇事物的关键要素"的观念之后，卡彭铁尔对"超现实主义"和"欧洲幻想"发起了攻击。卡彭铁尔认为，"神奇现实主义"解决了不可能发生的事件的真实性的问题。这个问题也曾经是博尔赫斯所面临的困境。博尔赫斯通过逐渐增加不可思议的叙事元素，以及使用神奇的因果关系来提升读者的"信仰"来解决问题。这是蕾彼在自己的文章中未提及的一个方面。事实上，"信仰"是将博尔赫斯和卡彭铁尔所讨论的"神奇"联系起来的一个特殊纽带。因此，"信仰"可以视为拉美"神奇现实主义"早期理论化过程中的一个核心关键词。当然，卡彭铁尔和博尔赫斯对"信仰"的理解并不完全相同。博尔赫斯认为信仰独立于"现实"，也就是说，它是小说中才产生的行为。此观点显然并不为卡彭铁尔所认可。在卡彭铁尔眼中：（1）每一个奇怪的现象都对应着一个科学的解释。例如，狼人的存在被精神病学记录为一种精神障碍。而这种观点有悖于欧洲的理性传统和幻想文学。（2）拉丁美洲人民相信奇迹，因此，奇迹存在于他们的"现实"中。卡彭铁尔在小说中通常同时用科学和神话两种方式来解释"神奇"或者"魔幻"现象，他的读者就是这样看待这些神奇的事件，并且开始去相信它们。

因此，对于博尔赫斯来说，读者对小说的信仰是通过叙事艺术的内在机制建立的。而在卡彭铁尔那里，这种对"神奇现实主义"
小说的信仰源于神奇的"现实"的存在以及拉丁美洲对这种"现
实"的信仰。这意味着对博尔赫斯而言，真实性问题始终处于读者
与小说之间的关系中。正是这种态度导致卡彭铁尔对欧洲"幻想文
学"的拒绝。对于卡彭铁尔来说，真实性是对拉丁美洲"现实"的
非凡特征的表达。卡彭铁尔认为欧洲"现实"缺乏神奇的事物，
"超现实主义"通过技巧创造神奇——这也正是他否定"超现实主
义"的原因。

> 这些魔法师想要不顾一切地创造神奇，结果却成了只能照
> 搬条条的"官僚"。应用老一套的公式创造出来的绘画作品成了
> 表现饴糖状的钟表、女裁缝的人体模型和崇拜生殖力的模糊纪
> 念碑的乏味廉价品：遵循这种公式，所谓神奇就不过是解剖台
> 上的雨伞、龙虾、缝纫机或别的东西，不过是一间阴暗房间的
> 内部或是一片布满岩石的荒漠。①

"神奇现实主义"的概念使得卡彭铁尔更着重强调拉丁美洲大众
文化和土著文化，其中包括神话、魔幻故事、宗教传统和各种仪式。
如蕾彼在她的作品中所展现的一样，这个特点也被"超现实主义"
思想家马毕所强调，他认为所有集体无意识的表现都是"神奇"最
重要的起源，还认为"信仰"是"神奇"中的关键要素。因此，卡
彭铁尔为了证明"神奇"存在而利用的民族学理论都出现在了马毕
的作品中。马毕还宣布反对长期浸淫在学院派中的学者所提出的
"神奇"技巧。与卡彭铁尔同样，他抨击了对于受某些欧洲运动所鼓
舞的对于创作风格的过度强调。总而言之，"超现实主义"的人类学
视角与卡彭铁尔的"神奇现实主义"之间没有实质性差异。但通过
将"神奇现实主义"定位在拉丁美洲，卡彭铁尔否认了欧洲"超现

---

① 卡彭铁尔：《人间王国》，江禾译，《世界文学》1985 年第 4 期，第 51 页。

实主义"表现"神奇现实"的可能性。对于卡彭铁尔来说,"神奇现实主义"存在的地方只有一个,那就是拉丁美洲。"这是因为美洲神话的源头远未枯竭,而这是由美洲的原始风光、它的构成和本源、恰似浮士德世界中的印第安人和黑人在这块大陆上的存在,新大陆给人的启示以及各个人种在这块土地上的大量混杂所决定的。"①

以同样的方式,马毕在全球范围内给神圣文化与世俗文化划出了界线,区分开文化中心与文化边缘。他认为,文化边缘处于世界的各个地方,其中也包括欧洲的某些小地区。这些边缘地区才是"神奇现实主义"最真实的诞生地。卡彭铁尔则特别指出,真正的对立是在拉丁美洲与欧洲之间。通过指出拉丁美洲与欧洲之间的区别,卡彭铁尔可以创造出其他一些二元对立,这些二元对立最终成为"神奇现实主义"的核心,例如真实与虚假、信仰与不信仰、虚拟与幻想。② 卡彭铁尔和"超现实主义"的辩论的潜在背景是,拉丁美洲在欧洲逐渐衰落的过程中对"神奇现实主义"历史与文化所有权的争夺。因此,尽管"超现实主义"通过一系列技术和对边缘文化的探索努力接近"神奇现实主义",但卡彭铁尔的理论旨在消除任何让欧洲文化进入"神奇现实主义"的可能性。

卡彭铁尔关于"神奇现实主义"的理论以欧洲的衰落为基石。事实上,这些理论在 20 世纪 20 年代的文化圈很普遍,尤其受到了斯宾格勒的理论支持。斯宾格勒在他 1918 年出版的《西方的没落》一书中所展现的观点对于理解"神奇现实主义"至关重要。正是斯宾格勒推广了这种思想——理性被认为是人类历史上的消极力量。马毕的 *Egrégores ou la vie des civilisations* 和卡彭铁尔的《人间王国》前言都与斯宾格勒的理论相呼应,斯宾格勒认为:

---

① 卡彭铁尔:《人间王国》,江禾译,《世界文学》1985 年第 4 期,第 55 页。

② Chiampi I. "Alejo Carpentier y el surrealismo." *Revista de la Universidad de México*, 1981, (5), 7.

对这些文化形式(引者按：指哥特式、多立克式、爱奥尼亚式、巴洛克式)的陌生感；觉得这些形式只是创造的自由需要摆脱的负担；企图彻底清点已有的形式库存，以便借理性之光使它变得更容易计算；过分地把思维强加于创造力的不可思议的品质之上——所有这一切都是心灵开始厌倦的症状。只有病人能感觉到自己的身体。当人们建构一种非形而上的宗教来对抗已有的祀拜和教义的时候；当人们建立一种"自然规律"来对抗历史定律的时候；当在艺术中发明了一种风格来取代再也不能被生产和驾御的那种风格的时候；当人们把国家设想为一种不仅能被改变而且必须加以改变的"社会秩序"的时候——在这种时候，显然有某种东西确定地崩溃了。①

最后，很明显，卡彭铁尔对"超现实主义"的争论体现了他的一种强烈愿望，即产生独立的拉丁美洲文学。考虑到拉丁美洲的殖民历史，不难理解卡彭铁尔会阻止"超现实主义"以任何方式参与到创造"神奇现实主义"的过程中。可以理解的是，在渴望摆脱殖民统治的过程中，卡彭铁尔试图忘记并否认自己以前与"超现实主义"的任何联系。但是，正如蕾彼提到的，这种态度"为反思拉丁美洲作家与欧洲文化之间充满冲突甚至痛苦的关系提供了有趣的材料"②。

四　安赫尔·弗洛雷斯：使虚幻现实化

1955 年，弗洛雷斯发表了他著名的文章《西语美洲小说中的魔幻现实主义》，标志着这一研究领域取得的进步与突破。弗洛雷斯创

---

① 奥斯瓦尔德·斯宾格勒：《西方的没落》(第一卷)，吴琼译，上海：上海三联书店，2006 年，第 338 页。

② Chiampi I. "Alejo Carpentier y el surrealismo." *Revista de la Universidad de México*, 1981, (5),9.

造了"魔幻现实主义"的概念,将其定义为"这些人(博尔赫斯和爱德华多·马利亚[Eduardo Mallea])以及其他当代拉丁美洲小说家和短篇小说家所处的大趋势"①。弗洛雷斯的这篇文章在纽约现代语言协会的大会上发表,"魔幻现实主义"也由此正式进入了学术领域,开始了自己的世界之旅。

弗洛雷斯的文章可分为三部分。首先,弗洛雷斯对拉丁美洲文学研究中主题和传记方法所具有的缺点进行了广泛的探究。他谴责以"地理"或"历史"为基础的拉丁美洲叙事分析。其次,弗洛雷斯开创了他认为是拉丁美洲文学中具有正面意义的范例的研究。在这群新作家中他提到了博尔赫斯和马利亚,将之定义为"魔幻现实主义"文学的新趋势。最后,弗洛雷斯继续寻找"魔幻现实主义"的欧洲起源。在这些"魔幻现实主义"的先驱中,他也提到了罗或者"超现实主义"。但弗洛雷斯认为作家马塞尔·普鲁斯特、弗朗茨·卡夫卡和画家基里科才是"魔幻现实主义"的真正祖先。这些作品本质上是已步入死胡同的欧洲"现实主义文学"的反叛。由此我们可以通过博尔赫斯洞见欧洲"魔幻现实主义"先祖与拉美"魔幻现实主义"之间的隐形联系。按照弗洛雷斯的思路,卡夫卡对博尔赫斯作品的影响是诞生拉美"魔幻现实主义"的引爆力量。

那么,对弗洛雷斯来说,什么是"魔幻现实主义"呢?弗洛雷斯主张"魔幻现实主义"是"现实主义与幻想的融合"②。这就是卡夫卡和博尔赫斯的美学在"魔幻现实主义"发展中独树一帜的原因。对弗洛雷斯来说,卡夫卡的文学技巧源于他有能力掌握"将单调的现实与噩梦般的虚幻世界融合在一起的艰难艺术"③。弗洛雷斯认为,"现实主义"和幻想之间这种模糊的二分法也存在于新拉美叙事文学中,尤其是博尔赫斯的作品中。通过将"魔幻现实主义"定义

---

① Flores Á. "Magical realism in Spanish American Fiction." *Hispania*, 1955, 38(2), 188.

② Flores Á. "Magical realism in Spanish American Fiction." *Hispania*, 1955, 38(2), 189.

③ Flores Á. "Magical realism in Spanish American Fiction." *Hispania*, 1955, 38(2), 189.

为虚幻与"现实主义"的融合，弗洛雷斯以此延续了邦滕佩利的相关思考。但是，弗洛雷斯进一步指出，"现实主义文学"和"魔幻文学"在拉丁美洲共存了几个世纪。弗洛雷斯追溯了"魔幻文学"的演进，从早期的哥伦布的书信和编年史一直延伸到有异国情调的"现代主义"；第二种文学，即"现实主义"文学，开始于19世纪末的殖民时期。因此，博尔赫斯及其追随者的作品是"魔幻文学"与"现实主义"文学的一种历史综合体，在20世纪完成了最终的融合。对此，蔷彼后来曾提出过批评。在蔷彼看来，所谓"魔幻文学"的历史连续性，所谓从美洲大陆的发现到现代拉丁美洲的诗歌和小说这种脉络，是没有理论基础的夸大其词，"试图描绘一个连续不间断的美洲'神奇'文学传统的努力导致作者错误地将现代主义的异国情调（象征性的和帕纳斯式的联系）与编年史中的'神奇'调和起来，后者的（伪）超自然是欧洲人被迷惑以及中世纪传说的影响的结果"[1]。

　　弗洛雷斯的错误显而易见。当他试图在卡夫卡的文学和拉美"魔幻现实主义"之间创造一个循序渐进的联系时，弗洛雷斯突然地不经任何解释，把"虚幻"变成了"魔幻"。也就是说，他把卡夫卡的"虚幻"和他所谓的拉丁美洲的"魔幻文学"联系起来。这种概念的偷换经常出现在"魔幻现实主义"的研究中。在弗洛雷斯把美洲发现时期的文学与现代拉丁美洲文学联系起来时，也犯了同样的错误。"魔幻现实主义"的主题、技巧以及文化起源和欧洲的"虚幻主义"是完全不同的概念。同样，欧洲人在发现新大陆的过程中所带来的"魔幻"观念，也与现代拉丁美洲的异国情调完全不同。现代拉丁美洲的异国情调受到法国和英国现代美学运动的独特影响，与美洲发现时期的文学几乎没有关系。

　　不幸的是，这些错误并不是弗洛雷斯文章中的最后一个重要错

---

① Chiampi I. *El realismo maravilloso*. Caracas：Monte Avila Editores, 1983, p. 25.

误。第二个也是最明显的错误是把博尔赫斯的作品纳入了"魔幻现实主义"经典。在弗洛雷斯眼中,博尔赫斯不仅是"魔幻现实主义"文学的先驱,还是最重要的作家。正如我们在之前对博尔赫斯关于魔幻的文章的分析中所看到的那样,博尔赫斯将人类视为非历史存在的观点、他对"魔幻"作为一种原始力量的否定以及他对宇宙的亚里士多德式的阐述都不同于"魔幻现实主义"。弗洛雷斯犯的第三个错误是把博尔赫斯的《恶棍列传》(*Historia universal de la infamia*)视为"魔幻现实主义"的起点。一方面,如果我们认为"魔幻现实主义"是一个解释拉美叙事新趋势的理论概念,那么在 1948 年卡彭铁尔首次提出系统的理论方法之前,"魔幻现实主义"的出发点是不存在的。另一方面,如果我们认为"魔幻现实主义"是拥有非常精确的意识形态和形式基础的拉丁美洲文学表达,那么其起点也可以在阿斯图里亚斯 20 世纪 30 年代初期完成的小说《总统先生》中发现。与此同时,将博尔赫斯的文章《叙事的艺术和魔幻》(1932)视为拉美"魔幻现实主义"仍然只会使博尔赫斯与"魔幻现实主义"之间的关系更加混乱。我们当然可以说,如果没有博尔赫斯的叙事实验,那么"魔幻现实主义"作家的作品可能都不会出现。但我们必须把博尔赫斯有关魔幻的理论阐述置于一处,而把他对新拉美叙事的影响置于另一处——在讨论"魔幻现实主义"的影响时,我们将对这个问题做进一步深入的探讨。

弗洛雷斯文章的第三部分毫无疑问是最有价值的。他在一些理论方面取得了重大突破。第一,他确认了一组受到"魔幻现实主义"影响的新锐作家:Arreola、Rulfo、Felisberto Hernández、Onetti、Ernesto Sábato、Julio Cortázar、Novas Calvo 等等。尽管这个名单不是那么确切——尤其是因为"魔幻现实主义"和童话之间的混淆——弗洛雷斯的分析研究仍然是将"魔幻现实主义"与拉丁美洲各国文学发展过程联系起来的首次尝试。第二,弗洛雷斯定义了"魔幻现实主义"最基本的艺术:"时间存在于没有时间的流动中,而虚幻成为现实的一部分。"① 换句话说，弗洛雷斯肯定了"魔幻现实主义"需要依赖一种使虚幻现实化的叙述手段。他认为，这显然是卡夫卡的文学留给"魔幻现实主义"的宝贵遗产。

弗洛雷斯是第一个抛弃了从主旋律或者哲学角度，而是从文学作品的叙事结构出发来解释"魔幻现实主义"方法的人。但是他不赞同"魔幻现实主义"作品的另一个技巧——使现实虚幻化："魔幻现实主义作家坚持贴近现实，似乎是为了防止文学成为他们的绊脚石，又似乎是为了防止他们的作品像童话故事那样脱离现实而进入超自然领域。"② 像罗和邦滕佩利那样，弗洛雷斯也反对在"魔幻现实主义"中加入神话元素。这个错误导致他对"魔幻现实主义"的系统阐述始终存在缺陷，同时也导致了一些重要的"魔幻现实主义"理论家对这类作品中神话故事元素的强烈抵触。蔷彼认为这个错误也导致弗洛雷斯未能将一批"魔幻现实主义"小说归入该类别中，如《人间王国》、《消失的足迹》(*Los pasos perdidos*)③、《玉米人》(*Hombres de maíz*)④，以及加西亚·马尔克斯的作品。在这些作品中，作家均运用了使现实虚幻化的叙述手段。

五　路易斯·莱阿尔：使现实虚幻化

我们可以称作"魔幻现实主义"理论化的第二个阶段发生在1967年，莱阿尔写了一篇名为《西语美洲文学中的魔幻现实主义》(El realismo mágico en la literatura hispanoamericana) 的文章⑤。很显然，莱阿尔的研究是对上述罗的研究的颠覆。但是，莱阿尔的主要

---

① Flores Á. "Magical realism in Spanish American Fiction." *Hispania*, 1955, 38(2),191.

② Flores Á. "Magical realism in Spanish American Fiction." *Hispania*, 1955, 38(2),191.

③ Carpentier A. *Los pasos perdidos*. Madrid：Alianza Editorial, 1998.

④ Asturias M Á. *Hombres de maíz*. Madrid：Alianza Editorial. 2006.

⑤ Leal L. "El realismo mágico en la literatura hispanoamericana." *Cuadernos Americanos*, 1967, 153(4), 230-235.

目的并不只是修正弗洛雷斯对"魔幻现实主义"的研究中的不准确之处，而是为了给这个概念下一个更加恰当的定义。

事实上，我们可以说在罗和弗洛雷斯之后，莱阿尔可能是作品被引述最多的"魔幻现实主义"理论家。莱阿尔承认，一个令人不安的事实是，在 1967 年他撰写其文章时，弗洛雷斯的研究是关于拉美"魔幻现实主义"的研究中唯一赢得了学界共识的理论资源。莱阿尔反对弗洛雷斯提出的"童话"和"魔幻现实主义"之间的联系，更不同意将拉美"魔幻现实主义"溯源到卡夫卡。他还驳斥了将博尔赫斯的作品作为"魔幻现实主义"开端的设定。同时他指出弗洛雷斯对"魔幻现实主义"代表作家的认定也是相当错误的。最后，莱阿尔指出了弗洛雷斯研究中存在的两个缺陷，即弗洛雷斯没有提到"魔幻现实主义"这个术语的创造者罗和拉美第一个使用该术语的彼特里。

矛盾的是，莱阿尔的研究方法与弗洛雷斯的研究方法非常相似。他在定义何为"魔幻现实主义"时取得了突破，而后却在定义哪些不是"魔幻现实主义"时犯了一系列理论性错误。对于莱阿尔来说，"魔幻现实主义"是一种作家可以通过它来揭露"现实"中的神秘因素的现象，"在魔幻现实主义中，作家面对现实并试图阐明现实，以期发现蕴含于事物、生活、人类的行为中神秘之处"。与此同时，"魔幻现实主义"也是艺术家的决定，"魔幻现实主义不是别的，而是一种看待现实的态度……"① 显然，正如彼特里一样，莱阿尔在现象学方法和本体论方法之间犹豫不决。的确，莱阿尔回到了弗洛雷斯避免的关于作家与"现实"之间关系的问题（也是欧洲先锋派争论的老问题），就像那些将罗的研究作为其研究基础的学者一样不可避免地陷入这场争议的陷阱。

蔷彼指出了关于作家与"现实"之间关系的争议如何使莱阿尔

---

① Leal L. "El realismo mágico en la Literatura hispanoamericana." *Cuadernos Americanos*, 1967, 153(4), 232.

放弃了对文学作品的分析，同样的情形也出现在弗洛雷斯之前的研究中。蔷彼称这种趋势为表现手法的问题，也就是说，是一种"必须在文本之外进行分析"的观点。如果理论家专注于"现实"，他会忘记文学文本是"现实"的一种表述方式，而不是"现实"本身，以致试图去定义一个"现实"，而不是去探究"现实"在"魔幻现实主义"中的表现方式。此外，这种趋势促使人们过分关注主题方面，而忽略技巧分析。"因此，莱阿尔并没有超越主题层面去考虑魔幻现实主义文本的复杂情节的建构、人物的命运抉择或叙事语码等相关方面……"①

　　莱阿尔的突破之处在于他发现了"魔幻现实主义"的第二种叙事手法：将真实的事物虚幻化。他否定了弗洛雷斯发现的第一种叙事技巧：使不真实的事物看起来像是真实的。他抛弃了"魔幻现实主义"将虚幻的东西变成真实的可能性，但与此同时，又引用了《佩德罗·巴拉莫》中的几个例子，在这些例子中，书中的人物角色见到鬼魂和亡灵没有表现出丝毫的惊奇之感。在《佩德罗·巴拉莫》中，许多人物都是死去的鬼魂，他们像生活在现实世界一样，生活在科马拉的隐喻地狱中。我们在鬼魂面前站着，他们就像活人一样说话和行动。莱阿尔在这方面的主张显然经不起考验。但他捍卫了"魔幻现实主义"中的"现实主义"，通过这种方式，他还试图在"魔幻现实主义"和其他类型的文学（例如"幻想文学"或传统"现实主义"）之间做出清晰的区分。

　　总之，弗洛雷斯和莱阿尔两人有关"魔幻现实主义"叙事方法的解读是互补的，他们共同为拉美"魔幻现实主义"的艺术手法创造了一个初始框架。更具体地说，"魔幻现实主义"结合了两种叙述方法，一种是使虚幻的东西看起来像真实的（弗洛雷斯），另一种是使真实的东西看起来像不真实的（莱阿尔）。有时，这些方法是被分

---

① Chiampi I. *El realismo maravilloso*. Caracas：Monte Avila Editores，1983，p.30.

开使用的，有时它们被同时使用。

综上所述，拉美"魔幻现实主义"的理论化与自我认知经历了不同阶段，可以概括如下：(1)"魔幻"与叙事艺术之间的关系对于拉丁美洲人具有特殊意义。"魔幻"与"叙事"之间的关系可以追溯到1932年，当时博尔赫斯将"信仰"与"魔幻"的逻辑假定为现代小说创作中的核心问题。(2)在先锋派艺术论争中扮演重要角色的，有关"作家"与"现实"之间的分裂，仍然是拉美"魔幻现实主义"理论化的核心问题。这种分裂导致许多理论家在拉美"魔幻现实主义"的现象学本质或本体论本质之间犹豫不决。在彼特里和莱阿尔的理论著作中，这一特征显而易见。(3)卡彭铁尔对"神奇现实主义"的阐述必须被视为一种尝试，即尝试通过强调"信仰"的力量调和这种分裂，同时将"魔幻"置于"作家"和"现实"中。(4)卡彭铁尔的"神奇现实主义"概念成功地将拉美"魔幻现实主义"的小说结构与拉丁美洲历史、文化和地理的固有奇幻特质联系在一起。换句话说，卡彭铁尔将拉美"现实"的人种学特殊性与"魔幻现实主义"小说的创作联系起来，将关注点集中到文学文本上，而不是"作家"与"现实"之间的简单关系。(5)在所谓的拉美"魔幻现实主义"理论化的过程中，弗洛雷斯和莱阿尔奠定了拉美"魔幻现实主义"小说的两种基本写作方式：1)使虚幻的事物看起来像是真实的(弗洛雷斯)，2)使真实看上去不真实(莱阿尔)。从对这两种机制的研究中可以看出，人们逐渐更加关注文学文本，而不是聚焦于"现实"与叙事材料之间的关系。总而言之，拉美"魔幻现实主义"的理论化是一个漫长的过程，在不同的理论家的解读中，这种小说的特征已被逐渐揭示出来。为了定义拉美"魔幻现实主义"的概念意味着什么，就有必要对代表性理论的突破和成就进行总结，也有必要填补一些理论空白，并对概念的各种变量进行系统化，以便确定哪些作品可以归为拉美"魔幻现实主义"，哪些作品与拉美"魔幻现实主义"无关。这也是下一章的主要探究目标。

第三章 拉美"魔幻现实主义"的
"政治无意识"

一 象征性行为：历史整体修订以及
不同拉丁美洲文化的理想融合

詹姆逊认为，象征性行为是对那些在生活中无法获得解答的问题的想象性解决方案。拉美"魔幻现实主义"小说旨在在主题层面解决植根于现代拉丁美洲社会的两个特殊矛盾：拉美大陆不同文化令人悲哀的融合过程，以及官方或主导意识形态所施加的历史话语的根本垄断。这两个矛盾暗含着一系列其他矛盾，这些矛盾是拉丁美洲历史的特征，在政治或社会层面上没有找到最终的解决方案。在这些矛盾中，我们注意到原始和现代思想形式之间的冲突，更为具体的比如神话时代与历史时代之间的不断对抗。不同文化之间的斗争在拉丁美洲不同地区引发了可怕的破坏性冲突，这表明它们之间不可能实现理想的共存状态。这些冲突表明，不同文化之间的相遇并不总是一个群体对另一个群体的绝对胜利，就像当年北美印第安人在与欧洲文化相遇后发生的大规模灭绝事件那样。拉丁美洲的土地见证了不同群体(西班牙人、葡萄牙人、非洲人、印第安人、阿拉伯人等)的融合，这一过程并非以和平方式发生，即使在各团体开始相互融合之后，他们仍在领土和文化统治上进行着激烈的竞争。以某种方式失去政治地位的族裔被局限在其国家的外围地区，其历史则被统治族群忽略或改写。因此，若将拉丁美洲的"魔幻现实主义"视为旨在调和拉丁美洲身份的历史矛盾的象征性行为,我们必须先探寻这些历史矛盾的成因。

谈论"客观的"拉美现实从来都是一件非常困难的事情,即使拉美人自己来讨论这个问题也不见得有优先权,因为何谓"自己"这个问题本身就不清晰。只有充分了解不同时期拉丁美洲的现实在文学中的表现其实是多种意识形态调解的结果,我们才多少能够理解拉丁美洲文学中所出现的不同"现实"的存在。如果我们设定讨论的前提——比如权且承认拉丁美洲的历史始于西方人发现美洲,并且从那时起,它始终或多或少地用西方语言表达自身,那么,这显然也是一种讨论拉丁美洲历史的方式。詹姆逊认为,"现实"和历史都只能通过文本形式进入,他称"历史"与"现实"为"潜文本":"那个历史——阿尔都塞的'缺场的原因',拉康的'真实'——并不是文本,因为从本质上说它是非叙事的、非再现性的;然而,还必须附加一个条件,即历史只有以文本的形式才能接近我们,换言之,我们只有通过预先的再文本化才能接近历史。"①我们需要依次找到整体上构成拉丁美洲历史基础的不同"潜文本",这些"潜文本"显示了拉丁美洲认同冲突导致的焦虑,而这正是"魔幻现实主义"试图解决的问题。在这一视域中,"拉丁美洲"是作为一个不可分割的整体存在的。因为"魔幻现实主义"处理的并不是某个国家的经验,它不得不面对整个拉丁美洲的历史,并思考这个整体在不同历史时期的融合、对抗与变迁。与此同时,"魔幻现实主义"避免将拉丁美洲放置到一个线性的历史时间中加以理解。

从"政治无意识"的角度审视原有的"魔幻现实主义"研究,我们不难发现这些研究存在的问题。以两位具有代表性的理论家的研究成果为例——蕾彼的《神奇现实主义》(*El realismo*

---

① 弗雷德里克·詹姆逊:《政治无意识》,王逢振、陈永国译,北京:中国人民大学出版社,2018年,第60页。

maravilloso)①和冈萨雷斯的《神话与档案》(*Mito y Archivo*)②，这两项研究都忽略了对拉美"魔幻现实主义"产生的政治、社会和历史背景的探究。这两项研究基于这一思想，即每个历史时期都由单一的意识形态或话语主导，这使得它们缺乏对意识形态斗争的不同形式（社会阶级和生产方式）的分析。因此，两项研究都集中探讨"魔幻现实主义"为当代"现实"提供有效的想象性解决方案的能力。对于蔷彼而言，"魔幻现实主义"通过融合现代观念与理想文化，成功地调和了拉丁美洲身份认同的历史矛盾。不过，对于冈萨雷斯而言，"魔幻现实主义"为拉丁美洲"现实"提供一种想象的解决方案（特别是通过一些人类学概念）的尝试则以失败告终，原因在于人类学视角的内在矛盾。

蔷彼对拉丁美洲历史的构想（充满矛盾的意识形态的相继出现、线性历史的建构以及"现代"与"传统"的融合，在当代产生了解决方案）使人们无法真正理解"魔幻现实主义"重塑过去的尝试。对于蔷彼而言，过去的某些意识形态立场（例如发现美洲大陆）被当代的"魔幻现实主义"拯救。但蔷彼显然没有意识到相反的可能性："现代"与"传统"的融合其实也改变了过去的意识形态，改变了拉丁美洲历史的结构，并因此改变了"历史"概念本身。正是基于这一原因，"魔幻现实主义"旨在将拉丁美洲的历史作为一个全新的整体来处理，其特征更类似于神话结构而不是经典的欧洲历史概念。因此，"魔幻现实主义"应被理解为一种象征性行为，它通过改变拉丁美洲官方历史的视角和结构，为当代拉丁美洲身份问题提供了一种想象的解决方案。

蔷彼将拉丁美洲的历史分为由六个"潜文本"概括的时期。从蔷彼的角度来看，拉丁美洲历史可以被描述为五个矛盾的历史时期

---

① Chiampi I. *El realismo maravilloso*. Caracas：Monte Avila Editores，1983.

② González Echavarría R. *Mito y Archivo：Una teoría de la narrativa latinoamericana*. D. F：Fondo de Cultura Económica，2011.

(编年史的起源，被呈现的新乌托邦，文明与野蛮，美洲：拉丁还是融合，欧洲主义与印第安主义)以确定性和线性的方式发展，直到第六个历史时期找到了解决矛盾的文化解决方案(文化融合)为止。这种文化解决方案被广泛认可，不断出现在一些拉丁美洲知识分子(例如利马、帕斯、彼特里等)的作品中。文化融合也成了"魔幻现实主义"的基本文化论述。

我们必须考虑的第一个"潜文本"就是"美洲"[1]的起源：一个由"发现"和"征服"构成的故事。这个故事的开篇就是关于身份认同的问题，这个问题是如此重要，一直挥之不去，持续至今。克里斯托弗·哥伦布(Christopher Columbus)发现美洲后，关于什么是"新大陆"，以及如何定义这一"发现"在人类历史上的位置，其难度并不亚于征服行为本身。具有讽刺意味的是，美洲大陆在被发现时无疑已经存在，但这一事实却被无视，仿佛它在这之前并不存在：1492年，"美洲"不是被发现的，而是由发现它的人创造[2]。从此，这块面积巨大的大陆的"空荡的文化空间"为欧洲大陆的想象力所充斥，而印第安文化则被新制度所摧毁、否定或吸收。震惊于这一"发现"，欧洲人找到了两种描述美洲的特殊方式：(1)新奇(novelty)；(2)神奇(marvelous)。

借助"新奇"的想法，欧洲人将美洲大陆视为一个先前没有任何语言、文化、社会或政治组织的新空间，因此必须对所有事物进行命名——这块大陆的所有事物都没有名字，好像一个刚刚诞生的婴儿，在等待着欧洲人的命名，等待着欧洲人将其系统化。于是，欧洲人开始将印第安人、新物种、地理等自然条件与已经存在的事物的知识进行比较。但是，当这些比较不够充分时，编年史家

---

① 在殖民阶段，西班牙语的美洲(América)指的是拉丁美洲，而今天指代美洲大陆和美国。在本书中，美洲(América)指向前者。

② O'Gorman E. *La invención de América: investigación acerca de la estructura histórica del Nuevo Mundo y del sentido de su devenir*. México D. F: Fondo de Cultura Económica, 2006.

便诉诸想象力,"为了填补这一语义空白,第一个叙述者寻求希腊和拉丁文作者的引文,与已知和想象的事物进行比较,主要是《圣经》故事、中世纪传说(特别是骑兵小说)和经典神话"①。随着美洲被发现,一些自远古时代以来的著名神话终于可以出现在世界的某个特定地方,其中最重要的是关于青年之泉、埃尔多拉多、亚马孙河、独眼食人族、印第安巨人等神话,所有这些神话都被放置在美洲大陆上。

　　另一方面,源自欧洲人的"神奇性"构想为新大陆的存在提供了极为重要的阐释。然而,"神奇性"与"新奇性"这两个概念之间却不无矛盾。于"神奇性"而言,美洲大陆的存在并不新鲜,因为在古欧洲神话和《圣经》中都已有所提及。因此,美洲大陆的存在是欧洲文化中的古老预言。据蕾彼所言,以下经典概念非常有助于宣扬美洲这一新发现:(1)"天堂幻象",(2)"神奇的王国",(3)"喀迈拉",(4)"阿卡迪亚",(5)"乌托邦"。"天堂幻象"起源于"创世纪"的不同版本,为西班牙文化所拥护;"神奇的王国"描绘了一个自然规律和物理定律都不适用的地方;"喀迈拉"则表现了一个人类所有物欲都得以满足的地方;"阿卡迪亚"体现了没有社会约束,人与自然和谐共处的理念;"乌托邦"代表了受托马斯·莫尔(Thomas More)等思想家的启发,对现代人进行社会改革的愿望。②

　　总之,"新奇性"和"神奇性"都从不同角度表明了对欧洲文化的认同:"新奇性"证明了"新大陆"的发现在欧洲文明中是命中注定的;"神奇性"论证了殖民主义者关于美洲在被发现之前属于欧洲的观点,并满足了欧洲人对冒险精神和想象力的渴望。这种"现实"或潜意识最大的矛盾在于企图系统性地无视、否认或抹杀印第安人的存在。当地被发现之前的复杂"现实"被视为异常现象,必

---

① Chiampi I. *El realismo maravilloso*. Caracas: Monte Avila Editores, 1983, p. 125.

② Chiampi I. *El realismo maravilloso*. Caracas: Monte Avila Editores, 1983, p. 125.

须被发现者以"文明"的名义加以纠正。更具体地讲,就是印第安人民被剥夺了历史、语言和文化。他们的存在本身被认为是欠缺文明和天主教价值观所造成的错误。从那时起,欧洲人通过引入法律制度(与写作技巧密切相关)、宗教体系和竞争性文化来努力使新大陆适应自身的认知水平,最终战胜以前的原始习性。在此期间产生的文献(尤其是欧洲编年史学者的文献)突显了一个自相矛盾的观点,即新大陆是一个"空白的文化领域",但同时又充满着神奇事物。这个矛盾观点旨在突出美洲的物质特点,同时否认该领土上印第安文化的合法性。尽管印第安人民没有找到方法有效地回击美洲大陆所遭受的征服,但快速的通婚使他们的文化得以渗透到主流意识形态中。然而,欧洲文化与美洲本土文化之间的内部竞争是在欧洲法规范围内进行的。简而言之,尽管印第安文化引发了生存层面的文化斗争,但展开斗争的场域却是欧洲的价值体系。

欧洲对美洲的征服,不仅仅表现为领土的占有,意识形态和语言体系的重构同样重要。西班牙人通过相当复杂的法律体系宣称对美洲的所有权并使其系统化,这只有掌握精妙的写作技巧才可能实现,也就意味着印第安人与法律知识和写作技巧无缘。一旦印第安人或混血儿学会了以写作捍卫自身法律权利,他就已经处于西班牙的沟通法则之内。印卡·加西拉索·德拉维加(Inca Garcilaso de la Vega)尝试书写不同的秘鲁历史或以法律途径要求继承土地是新沟通法则下的伟大案例。他诉诸法律的过程表明建立于特定写作法则与法律体系基础上的反抗是征服中求生的唯一方法。作为该大陆早期的混血儿之一(他的父亲是西班牙征服者,母亲是印加贵族),德拉维加陷入了自身的文化困境,然而,在处于捍卫领土权利的情境下,他的写作技巧以及对法律体系的理解能力使他能在法庭提出自己的诉求。虽然德拉维加败诉了,但他的事例表明建立于法律体系和写作技巧上的法则是如何成为新领土上文化征服的重要基石的。律师和作家是拉丁美洲历史上的杰出人物,他们往往身兼两职。拉丁美洲的小说一直与法律有所关联,"在16世纪,写作从属于法律。当西班牙半岛统一并成为帝国中心时,西班牙最重大的变化之一就是法律制度,它重新定义了个人与国家之间的关系,并对行为严格控制。这种叙事既新颖又具有历史意义,源于法律写作的形式和规定。法律文本写作是西班牙黄金时代的主要话语形式。他的著作融入历史,支持帝国思想,并对西班牙传奇流浪汉文学题材的建立起了重要作用。德拉维加的写作方式以及他和其他编年史学者的写作缘由,与西班牙国家的演变和扩张所导致的公众修辞的发展有很大关系。写作是实现合法化自由的一种方式。流浪汉,编年史作者,以及某种意义上的整个新世界,都试图通过撰写故事来获得权利授予及对其存在的确认"①。

现在,我们可以探索"魔幻现实主义"小说如何处理美洲被发现并被征服的历史。我们还可以分析"魔幻现实主义"为解决固有"现实"的矛盾而提出的想象性解决方案。发现新大陆的"新奇性"与"神奇性"是"魔幻现实主义"小说最重要的工作。"魔幻现实主义"小说使用两种特定策略来为这两个概念的矛盾提供假想解决方案:(1)呈现反线性的历史视角,情节始于现代,在美洲被发现之前结束,其中主要人物经历过巨大的人生变迁;(2)在剧情开始时呈现类似失乐园的"现实"(美洲被发现之前),使人物希望在随后的历史时期恢复其原貌。两种策略都呈现美洲被发现前的理想化"现实"并视美洲被发现为历史悲剧,使美洲被发现不再成为拉丁美洲历史的基点。

卡彭铁尔的《消失的足迹》就是上述第一种假想解决方案的重要例证。小说讲述了一位音乐家的故事,他前往委内瑞拉丛林冒险,寻找可以阐明音乐起源的古老乐器。情节中的每一个细节都暗示着角色正在穿越不同的空间:首先从现代城市的文明世界出

① González Echavarría R. *Mito y Archivo: Una teoría de la narrativa latinoamericana*. D. F: Fondo de Cultura Económica, 2011, p.83.

发，到达欠发达且混乱的拉丁美洲首都加拉加斯，然后越来越多地
在丛林外围的原始社会旅行，最后进入丛林中心，那里有一个以古
老城堡为居所的孤立的土著族群。尽管如此，我们的音乐家并没有
真的穿越空间，他的行程是短暂的。他的确在回顾拉丁美洲的所有
历史时期，尽管"新大陆"的"发现"潜在地暗示了美洲的历史始
于被发现后，文学文本却将角色的最后顿悟定位在这之前的历史时
期：原始文化时期。也就是说，这部小说将美洲的起源定位在哥伦
布时代之前的文化中。当主要人物到达土著城堡时，他的欧洲意识
形态（特别是"现实"的理性主义方法）被彻底摧毁。

　　在"魔幻现实主义"中，第二种策略的例子（在随后的历史时期
对失乐园的怀念）非常普遍。这种情节以经典线性方式行文，始于天
堂，主要情节为退化的过程，最后以毁灭为结局。《百年孤独》就是
使用这一种假想解决方案的范例。马孔多（Macondo）的第一批居民不
是原住民，而是从不同地区移民来的混血儿，但该镇的自然、社会
和文化阶段与原始社会相似。起初在马孔多，自然定律和物理定律
都不适用，人们生活在一种原始的纯真之中，与世界其他地方隔
绝，"那时的马孔多是一个二十户人家的村落，泥巴和芦苇盖成的屋
子沿河岸排开，湍急的河水清澈见底，河床里卵石洁白光滑宛如史
前巨蛋。世界新生伊始，许多事物还没有名字，提到的时候尚需用
手指指点点"①。马孔多人同样致力于社会的平等构成，"像何塞·
阿尔卡蒂奥·布恩迪亚这样富于进取心的男人，村里再没有第二个。
他排定了各家房屋的位置，确保每一户都临近河边，取水同样便捷；
还规划了街道，确保炎热时任何一户都不会比别家多晒到太阳"②。
因此，我们可以推断，《百年孤独》描写的原始世界具有在拉丁美洲
的实际历史中无法找到的特征：混血儿已取代印第安人成为拉丁美
洲世界的原始人民，他们所处的时代似乎早于欧洲文化的到来。然

---

　　① 加西亚·马尔克斯：《百年孤独》，范晔译，海口：南海出版公司，2011年，第1页。
　　② 加西亚·马尔克斯：《百年孤独》，范晔译，海口：南海出版公司，2011年，第8页。

后，假想解决方案再次将历史的起源定位在原始时期。后来的历史发展中，原始的马孔多以失乐园的形象伴随着布恩迪亚家族直到终篇。

鲁尔福在《佩德罗·巴拉莫》中也采用了失乐园的策略。当胡安·普雷西亚多抵达科马拉寻找父亲时，真实的科马拉让他失望了——母亲告诉他的科马拉是一个令人愉快的地方："一过洛斯科里莫脱斯港，眼前便呈现一派美景，碧绿的平原上铺着一块块金黄色的成熟了的玉米地。从那儿就可以看见科马拉，到了夜里，月光下土地呈银白色。"① 之后，科马拉的"失乐园"形象将会继续在胡安的脑海中回放，"碧绿的平原。微风吹动麦秆，掀起层层麦浪。黄昏，细雨蒙蒙，泥土的颜色，紫花苜蓿和面包的香味，还有那散发着蜂蜜芳香的村庄……"② 既然科马拉已毁，那么这个"失乐园"的隐喻也会越来越有力，仿佛一个民不聊生的地狱。

卡彭铁尔在《人间王国》中也暗含着对失乐园的描绘。当蒂·诺埃尔将非洲国王与欧洲国王进行比较时，他通过欧洲君主国的平庸强调了令人惊叹的非洲古国的超自然性，"他谈到部落的大迁徙、连绵百年的战争和兽助人战的奇异大战。他了解阿唐韦索、安哥拉王和达王的历史，后者是永生不泯的蛇的化身，与司水、司生育的彩虹王后神秘地合欢。但麦克康达尔最爱讲的还是建立了无敌的曼丁哥帝国的坎坎·穆萨——凶猛的穆萨——的英雄业绩。曼丁哥人的马用银币装饰，马衣上还绣着花，战马的嘶叫声盖过兵戈的碰击声，从马的肩隆上挂下的两面战鼓随着战马驰骋发出雷鸣般的响声。那些国王总是手持长矛，身先士卒，药师们配置的神药使他们刀枪不入，只有当他们以某种方式触犯了司闪电和司锻造的诸神时才会受到伤害。他们是国王，真正的国王，不象那些脑袋上披着别人头发的君主那样整天玩地滚球，只知在宫廷剧场的舞台上扮演神

---

① 鲁尔福:《佩德罗·巴拉莫》,屠孟超译,南京:译林出版社,2016年,第2—3页。
② 鲁尔福:《佩德罗·巴拉莫》,屠孟超译,南京:译林出版社,2016年,第23页。

明，随着二拍子舞曲摇动他们的女人似的大腿。那些白人君主耳边
听到的不是架在月牙形托架上的火炮的爆炸声，而是小提琴的奏鸣
曲、喋喋不休的谗言、情妇的闲言碎语和机器鸟的啼啭"①。这段文
字再次定位到了加勒比国家在地理大发现之前的历史起源，将海地
文化与非洲文化的遗产联系在了一起。此外，在文化规模上，非洲
文化也比欧洲殖民者文化更精妙、更宏伟，也更占优势。

"神奇"这一概念是由欧洲编年史学家们提出的，强调美洲在古
代欧洲神话中的存在，却忽视了美洲本土文化。而"魔幻现实主义"
为此提供了一种想象的解决方案，即改变"神奇"的起源和合理性。
在小说中，"神奇"不是作为欧洲神话的一部分而存在的，相反，它
处于本土文化的中心。这也是为什么在《百年孤独》《人间王国》《玉
米人》和《消失的足迹》中，像马孔多、科马拉一样的小镇或丛林中
的堡垒会与世界其他地区隔绝开。外来的、开化的人来到城镇意味
着原生的神话特质会逐渐消失。显然，在这些小说中，文明人越接
近这些孤立的社区，这个魔幻世界受到理性思维威胁的可能性就会
越高。总之，"魔幻现实主义"准确地抓住了现实世界中所有带有奇
幻色彩的特征，同时谴责外部入侵者，认为他们是这一神奇体验的
威胁因素。因此，历史事件的起源（在地理大发现之前）以及环境的
特征（孤立的原始社区）都试图将文化话语权交给印第安世界，而不
是欧洲文明。"魔幻现实主义"小说中的时间和空间改变了欧洲对地
理大发现的理解，帮助拉丁美洲原始文化解决"现实"的矛盾。

"魔幻现实主义"小说以特定的逻辑形式（写作、解读和死
亡）吸收了法律和书写的主题，这在征服拉丁美洲的过程中尤为重
要。《百年孤独》的情节是这种解决方案的最佳范例。何塞·阿尔卡
蒂奥·布恩迪亚的吉卜赛朋友梅尔基亚德斯，多年来撰写了大量手
稿，但直到小说结尾，这些手稿都令人难以理解。冈萨雷斯认为这

---

① 卡彭铁尔:《人间王国》,江禾译,《世界文学》1985 年第 4 期,第 59—60 页。

些手稿类似于"历史档案"①,而"历史档案"这一概念正是拉丁美洲小说的精髓所在,它包含三个要素:(1)包含历史和资料;(2)由小说中的某一人物来解释、写作和阅读;(3)有一份某一人物本打算完成却未完成的手稿。在征服拉丁美洲期间,法律和文字之间的关系代表了西班牙意识形态制定规则的方式,而这是大多数印第安人和混血儿无法获得的权力。书写和法律作为权力的保护者,使得西班牙帝国可以将大部分当地人口排除在权力之外。而相反,在"魔幻现实主义"小说中,通过书写,人类的历史取代了神话时代。因此,情节中若出现书写这一概念就意味着时间的开始和结束已经确定了。书写预示着原始宇宙的毁灭,"在历史档案中,梅尔基亚德斯和奥雷里亚诺的出现,保证了历史学家/作家的个人良知通过使事件遵从于书写的时间性,来过滤神话的非历史主张"②。

　　然而,历史的发展方式被分为了两个部分。书写点明了历史的开始和发展,以及未来毁灭的可能性。而对书写的解读则是即将毁灭的标志,因为它体现了对时间(基督教含义上的)起点和终结的独特的认同,并且,它也代表了重复的不可能性,而重复是神话时代的本质。当布恩迪亚家的最后一个人成功解读了梅尔基亚德斯的手稿时,他快速地翻阅查看故事的结局,并偶然读到了自己的死亡和马孔多的毁灭。在征服拉丁美洲的现实世界中,书写是获得法律、政治和社会权力的关键,而在"魔幻现实主义"小说中,书写成为文明文化的消极象征,它迫使原始文化进入历史,并迟早因此遭到破坏——书写等同于死亡,不仅是因为它确定了重复的不可能性,还因为它揭示了在历史开始之前、在书写开始之前的起源的丧失。魔幻现实主义通过神话时代的杀手——代表破坏与死亡的文字

---

① González Echavarría R. *Mito y Archivo*:*Una teoría de la narrativa latinoamericana*. D. F:Fondo de Cultura Económica, 2011, p.56.

② González Echavarría R. *Mito y Archivo*:*Una teoría de la narrativa latinoamericana*. D. F:Fondo de Cultura Económica, 2011, p.61.

与法律，从而吸收了美洲被征服时期的矛盾。"魔幻现实主义"的这一假想解决方案让被殖民者发声，并消除了殖民者文化的合法性，从而颠覆了统治方的主导意识形态。这就是为什么布恩迪亚家最后一个人读到手稿的结尾时，他会明白马孔多不可能再获得重生了，"他再次跳读去寻索自己死亡的日期和情形，但没等看到最后一行便已明白自己不会再走出这房间，因为可以预料这座镜子之城——或蜃景之城——将在奥雷里亚诺·巴比伦全部译出羊皮卷之时被飓风抹去，从世人记忆中根除，羊皮卷上所载一切自永远至永远不会再重复，因为注定经受百年孤独的家族不会有第二次机会在大地上出现"①，因为在历史的时间里，没有任何事物可以重获新生。

在卡彭铁尔的《消失的足迹》中也可以找到类似的例子来说明书写和法律之间的矛盾关系。被殖民者正在丛林的中心建造一座小镇，当音乐家抵达那里时，他的审美冲动推动着他进行音乐创作。问题在于，在这样一个与世隔绝的地方，他没有太多纸张可用。城镇的建造者看着音乐家写完了一本又一本笔记，有点苦恼。当音乐家向建造者要更多纸的时候，建造者表示不明白为什么有人能用纸用得这么快。建造者认为笔记本对于城镇来说非常重要，因为要在笔记本上记录共同法律和财产规定，连牧师都想拿笔记本记录自己的教学工作。开始在丛林中兴建的城镇标志着历史的开始，记录着简单法律的笔记本则将这座城镇与丛林的其他区域区分开来。而音乐家却让音乐占据了笔记本的空间，主角在不知不觉间停下了历史进程。这些笔记本既是历史开端的标志，又是丛林原始时代终结的标志。

蕾彼认为，自17世纪至19世纪，拉丁美洲的现实情况有两种"潜文本"：有迹可循的新乌托邦以及文明和野蛮主义的对立。这个

---

① 加西亚·马尔克斯：《百年孤独》，范晔译，海口：南海出版公司，2011年，第359—360页。

新乌托邦出现在18世纪,当时的自然主义者试图抹黑拉丁美洲乌托邦。自然主义者乔治·路易斯·勒克莱尔·布冯(Georges-Louis Le-clerc Buffon)和科尼利奥·德·肖(Cornelio de Shaw)的理论推动了这场辩论的出现。他们认为美洲大陆还不够成熟(这显然是"新奇"这一概念的消极转化)。他们得出的结论是,美洲土著无法掌控环境,缺乏性欲。他们还认为,美洲的气候不利于人类健康,动植物退化或发展不完善。① 欧洲自然主义者对环境和美洲原住民的看法导致了强烈的文化反响,受到定居在美洲大陆上的耶稣会士的强烈反对。弗雷·塞万多(Apología)、胡安·伊格纳西奥·德·莫利纳神父(Ensayo sobre la historia natural de Chile)、泽维尔·克拉维赫洛神父(Storia Antica del Messico)以及拉斐尔·萨尔迪瓦(Rafael Landivar)的著作(*Rusticatio Mexicana*)都捍卫新大陆的非凡特性,展示其数量丰富的神话与极具潜力的文化(科学、宗教、语言方面)。既然欧洲文化否认了美洲的乌托邦潜能,那么美洲人就应该自己定义他们自身的乌托邦。美洲乌托邦仍然有希望,但持这种想法的只有那些从反欧洲视角看待美洲的人。耶稣会士在争端中的立场使天主教进行了有利于美洲文化的干预,但这种干预是以让美洲成为基督教伊甸园为目的的。本土神话被认为是天主教文化的创造。这种"潜文本"没有引起"魔幻现实主义"特别的兴趣,尤其是天主教会为捍卫当地文化而进行的干预,是出于在欧洲和美洲即将爆发的斗争中争取有利地位这一目的。

在"魔幻现实主义"小说中,天主教与当地文化之间的矛盾通过讽刺或悲剧得到了调和。在《百年孤独》中,父亲尼卡诺尔·雷伊纳与马孔多的文化形态格格不入,"他本打算婚礼结束后就回自己的教区,但马孔多居民的灵性贫瘠状态令他大吃一惊,他们按本性行事,肆无忌惮地繁衍生息,不给儿女施洗,不为节庆祝圣。考虑到

---

① Chiampi I. *El realismo maravilloso*. Caracas: Monte Avila Editores, 1983, p.129.

世上没有别的地方更需要上帝的种子,他决定再待一个星期来教化犹太人和外邦人,使同居的合法化,让濒死的领圣礼。然而没有人理睬他。他们回答说这里很多年来没有神甫,大家一向都是直接和上帝解决灵魂问题,已经摆脱了致死之罪的污染"①。当尼卡诺尔喝了一杯冒着热气的巧克力后,他最终表演出了悬浮绝技,这不仅表明他陷入了马孔多的"魔幻"规则,而且说明他在亵渎自己的宗教。他的形象近似于一个无知的孩子。在《佩德罗·巴拉莫》中,神父雷德里亚的性格残暴且对强权和弱者有强烈的征服欲。神父雷德里亚拒绝拯救科马拉村的穷人,为富人举行仪式以换取金钱,隐瞒佩德罗及其儿子所做的坏事,"幸福的观念与'永生'这一宗教所承诺的概念结合,在小说故事中是一个非常重要的主题。鲁尔福在这方面采取了批判的方法。考虑到书中人物在生活中遭遇的问题,宗教是一种虚假的安慰、一种抑制的态度,这就不是一种批判……这是通过小说中的——一个相关人物——雷德里亚神父所推断出来的:他有能力宽恕那些困扰着科马拉居民的罪孽,但他不会如此。就这样,人们被剥夺了精神救赎的机会"②。因此,"魔幻现实主义"对其描绘的新乌托邦所提出的解决方案,尤其对天主教在美洲的"积极作用"进行了批判。让拉丁美洲成为一个天主教主导的新伊甸园,这样的想法在"魔幻现实主义"小说中没有得到呼应。天主教要么是征服美洲领土的帮凶,要么是具有某种目的(主要由福音传道派的利益驱使)地保护美洲文化。因此,"魔幻现实主义"经常谴责这种与主流意识形态的共谋,或声明天主教教会不可能为本土文化提供恰当的解释。

由于拉丁美洲是从西班牙帝国的统治中独立出来的,文明和野蛮的对立成为 19 世纪的主要"潜文本"。美洲人民模仿英国、法国

---

① 加西亚·马尔克斯:《百年孤独》,范晔译,海口:南海出版公司,2011 年,第 73 页。

② González Boixo J. C. *Pedro Páramo y el llano en llamas*. Madrid:Alianza Editorial,2018, p. 35.

和美国的社会和技术的发展，但认为西班牙是美洲文化的主要敌人。当法国大革命的理想由于拿破仑的失败受挫，冬青联盟（1818—1912年）得到巩固，"年轻的美洲"这一概念开始暗示美洲是一个仍有可能进行社会改革的地方。后来，通过学习新的进步思想，美洲社会采纳了自由和文明的目标。"现实"总是与想象相反。拉丁美洲国家找不到适当的方法来实施从欧洲引进的模式，其后果是灾难性的社会动荡：内战、独裁、大范围的骚乱和暴力。

西蒙·玻利瓦尔[①]（1783—1830）无疑是这一"潜文本"中最具代表性的人物。众所周知，玻利瓦尔是一位解放者，他与西班牙帝国进行了一场战争，使委内瑞拉、哥伦比亚、厄瓜多尔、秘鲁和玻利维亚这五个拉丁美洲国家获得了独立。他的拿破仑式野心——想要把这个古老的西班牙殖民地变成法国大革命的翻版，却灾难性地失败了。从那时起，拉丁美洲有了两个新的属性：（1）将拉丁美洲文化从西班牙传统中解放出来的必要性；（2）利用国外的文化模式与西方文化联系起来，从而在现代化中占据一席之地的必要性[②]。19世纪下半叶，拉美文化深受美国实证主义思想和新进步思想的影响。文明与野蛮之间的矛盾是由思想家、作家和政治家多明戈·福斯蒂诺·萨米恩托（Domingo Faustino Sarmiento）提出的，他认为教育是摆脱野蛮习俗（主要体现在南部）的唯一途径。虽然福斯蒂诺主张教育在社会转型中起着进步和人道主义的作用，但他的野蛮主义思想却暗示印第安文化是劣等文明。此外，福斯蒂诺使用了种族主义者和进化论者的标准来强调这样一个事实，即种族融合已经产生了一个意识形态不明确的种族，他们有着极端且危险的幻想感。因此，福斯蒂诺创造了"病态美洲"的概念，为了达到北部的社会标准，必

---

① 玻利瓦尔的人物形象在加西亚·马尔克斯的小说中以不同的形式出现，在小说《迷宫中的将军》中，加西亚·马尔克斯描述了玻利瓦尔最后的岁月。

② Chiampi I. *El realismo maravilloso.* Caracas：Monte Avila Editores，1983，p. 136.

须从这个概念中消除种族融合的影响。①

"魔幻现实主义"广泛地利用了这种"潜文本"。可以说，在发现这一"潜文本"之后，文明与野蛮所产生的主题和矛盾构成了"魔幻现实主义"小说的第二大素材来源。与这一历史时期有关的最可怕的现象之一是，独裁政权作为一种政府形式出现在拉丁美洲。独裁统治并不是直到 20 世纪才在拉丁美洲开始发展，事实上，自 19世纪始，它就已经是新独立国家的一种地方性特征。尽管美洲独立在意识形态上与法国大革命联系在一起——倡导启蒙运动的民主价值观，但独立的后果表明，一个铁腕人物可以在拉丁美洲社会激起强大的吸引力。这种现象被称为"考迪罗主义"，在现代被发展成不同形式的独裁，特别是在 20 世纪经由美国推动其发展之后。关于独裁者的"魔幻现实主义"小说有很多：《总统先生》(阿斯图里亚斯)、《我，至高无上者》(巴斯托斯)、《族长的秋天》(加西亚·马尔克斯)、《国家的理由》(卡彭铁尔)。"魔幻现实主义"阐述的这一"潜文本"的书写包含了几个方面。由于写作和权力之间的斗争成为独裁制度下权力正当化的基本要素之一，因此独裁小说被精心设计成这样一种方式，即语言是对抗主流意识形态的力量。因此，对拉丁美洲独裁者的描写都集中在其绝对不可反抗的权力、暴力的手段、荒谬的思想、渺小的历史价值，以及对外国势力或外国公司的屈服(比如美国和香蕉公司)。"魔幻现实主义"的一个象征性行为就是运用现代小说的不同机制，推翻了独裁者想象出来的合法性，暴露其形象的荒诞特征。例如，"狂欢"逻辑是《族长的秋天》这部小说的核心机制，加西亚·马尔克斯在其中探索了一些本土通俗庆祝活动，如游戏、宴会、狂欢，"狂欢"在通俗和文化方面抵制了独裁，借助于"狂欢"概念，他揭示了权力的戏剧特征，将独裁者表现为由虚假特征构建起来的虚构人物。在《我，至高无上者》

---

① Chiampi I. *El realismo maravilloso*. Caracas：Monte Avila Editores，1983，p.139.

中，巴斯托斯展示了独裁者使用的语言既是其权力的基石，也是其弱点的根源。小说中，一个匿名的角色取代独裁者书写官方文件和宣传册，这种平行的语言旨在推翻"我"的概念——这一概念在独裁者的语言中尤为重要。在小说《总统先生》中，阿斯图里亚斯用危地马拉神话将独裁者描绘成贪得无厌的上帝，要求人类做出牺牲。显然"魔幻现实主义"对拉丁美洲独裁现象提出的解决办法，旨在谴责这一特定"现实"所造成的不公正、暴力和恐怖，但最重要的是，它揭示了这些权力的合法性是虚构的，让反对这些权力的人民发出声音。

关于文明与野蛮的对立，另一个特别明显的现象是政治暴力。内战和暴力始于 19 世纪，一直延续到 20 世纪，成为拉丁美洲历史上一个永恒的印记。无尽的政治暴力大多源于 19 世纪的主流意识形态(自由主义、保守主义和革命主义)之间的对抗，这在"魔幻现实主义"中尤为突出。由于胜利方(在大多数拉丁美洲国家，是保守派势力)所写的官方历史和大众对事实的回忆不同，这一"现实"变得特别矛盾。哥伦比亚国立大学教授伊凡·帕迪拉(Iván Padilla)的研究显示，哥伦比亚文学(特别是加西亚·马尔克斯等人的作品)在 20 世纪五六十年代促进了哥伦比亚对官方历史进行修订："这导致历史-虚构修正主义的出现，包括那些哥伦比亚繁荣的叙述者：对这些人来说，必须探寻这一问题的根源，以及在哥伦比亚，国家及其机构否认屠杀和受害者的控诉，从而掩盖事实的真相。这种现象让人们确信，在 50 年代的野蛮和暴虐复现之后，哥伦比亚叙述在很大程度上立足于其与官方历史的差异。巴兰基亚集团作家的文学创作(随后被整合到 Mito 团体)，被置于哥伦比亚小说的领域之中，这揭露了集体记忆和官方历史之间的矛盾和割裂：这些小说很大部分来自严格的考察。这种修正主义的意图可以解释为什么那些作者使用意识流的文学技巧，其目的就是适应哥伦比亚的现实问题。"[1]

---

[1]　Padilla Chasing I. *Sobre el uso de la categoría de la violencia en el análisis y explicación de los procesos estéticos colombianos*. Bogotá: Filomena Edita, 2017.

大多数"魔幻现实主义"作家对自己国家的官方历史和通俗历史都特别感兴趣，从他们自己国家的历史中选择的事件就是那些官方和大众都关注的焦点。在所有情况下，"魔幻现实主义"构想的解决方案都在试图揭示官方历史的虚假机制的同时，赋予大众历史合理性。因此，在"魔幻现实主义"小说中，官方历史和通俗历史是在平等的竞争条件下呈现的，而这在"现实"和"历史"中都是不可能的。

例如，《百年孤独》的"香蕉惨案"导致官方历史和大众历史之间呈现明显的矛盾。1928 年 12 月 5 日至 6 日，在哥伦比亚圣玛尔塔附近的谢纳加镇发生了针对联合果品公司工人的大屠杀。当工人罢工以要求更好的工作条件时，这家美国公司拒绝了任何形式的谈判，"尽管有诸多在法律和道义上获得成功的理由，但罢工一定程度上将在政治的峡谷中迷失。他们的领导人是共产主义者和无政府主义者，他们对最近美国工人和俄罗斯工人的成功感到愤怒，以致没有隐藏野心，而这种野心已超出工会的限制。但是，谈判的主要困难在于联合果品公司是一个飞地经济体，它属于哥伦比亚的一个州，根据法律，该州对成千上万的罢工工人不负有法律责任。和之前的政府一样，米格尔·阿巴迪亚·门德斯（Miguel Abadía Mendez）的保守派政府也为香蕉公司服务"①。由于美国政府以军事侵略相威胁，保守派米格尔·阿巴迪亚·门德斯所领导的政府决定动用军队镇压罢工者。虽然官方报告称伤亡人数为 9～47 人，但民间口头流传的伤亡人数为 800～3000 人。这个篇章成为哥伦比亚通俗历史的基本部分，直到今天仍存在于农民和工人的记忆中。在《百年孤独》中，这一篇章通过三个特定的观点来体现：（1）表明大屠杀是政府精心策划的，目的是摧毁工会组织；（2）支持伤亡人数超过3000 的观点；（3）表明官方历史是如何确定大屠杀从未发生的——

---

① Saldívar D. *García Márquez：El viaje a la semilla*. Torraza Piemonte：Amazon Italia Logistica，2013，p.64.

在政府的调解下，哥伦比亚工人和美国公司达成了和议。小说的虚构性解决办法将官方历史和大众历史置于合法性的同等水平，同时揭示了允许官方历史支配大众历史的机制。

　　另一个平衡官方历史和大众历史的例子可以在卡彭铁尔的《人间王国》中找到。在描述处死海地黑人奴隶起义领袖麦克康达尔（Macandal）的部分，包括两种不同的观点：（1）黑人惊喜地见证麦克康达尔实现动物变身以躲避捕捉者的火焰时的视角；（2）法国殖民者的惊讶和惊奇，他们不理解为什么奴隶会在他们的同伴被处决时感到喜悦。在小说中，官方历史和通俗历史都解释了同样的事实。在这种情况下，小说不偏袒两种话语中的任何一种。因此，《人间王国》的虚构性解决方案旨在使官方历史和大众历史的表述相平衡，并以此为基础，使拉丁美洲历史各个组成部分的结构更加对称。

　　尽管以上讨论的历史时期无法体现"魔幻现实主义"的当代现实情况，但它们在"魔幻现实主义"象征性行为中却至关重要，其主要原因有二：（1）在"魔幻现实主义"中，过去的历史矛盾没有被现在所解决，拉美的历史"潜文本"仍在现在出现；（2）在一次从历史整体的角度去理解拉丁美洲"现实"的尝试中，过去的"现实"为"魔幻现实主义"的象征行为所吸收。这种历史的整体性不仅是对拉丁美洲历史的起源和结束的探索，而且还意味着从非官方的角度重新评估不同的历史时期。将拉丁美洲的历史作为一个整体进行阐述的另一个原因与拉丁美洲历史的类似神话的特征有关。也就是说，"魔幻现实主义"的象征性行为将历史事件呈现为差异极小的重复单元。在不改变其含义的情况下，神话无法分为部分呈现，因为其形式取决于每个要素的完全依存关系，"因此做出的每个选择都需要结构的完全重组"①。因此，"魔幻现实主义"的小说倾向于包含整个而非部分拉丁美洲历史的情节。马里奥·巴尔加

---

　　①　Lévi-Strauss C. *The Savage Mind.* London：The Garden City Press，1966，p. 19.

斯·略萨(Mario Vargas Llosa)认为文学整体性概念是《百年孤独》所呈现的最重要的特征之一。但是,这一特征已经可以在卡彭铁尔的两本小说《消失的足迹》《人间王国》中观察到。因此,略萨的分析可以说是"魔幻现实主义"的不变特征:"但《百年孤独》是一本完整的小说,因为它把每个上帝模仿者的乌托邦式设计付诸实践:描述一个完整的现实,以表达与否定的图像面对真实的现实……就其主题而言,它是一部完整的小说,在一定程度上它描述了一个封闭的世界,从诞生到死亡,以及构成它的所有秩序(个人以及集体,传说和历史,日常生活和神话);从形式上讲,写作和结构在合适范围内具有排他、不可重复和自给自足的性质。"① 整体性概念充分展示了拉美作者从非历史的角度理解拉美历史的巨大努力,拉美小说将神话融合为历史事件的基本结构,这个特点也允许拉丁美洲文化融合创造一段从拉美人民角度讲述的新历史。加西亚·马尔克斯的《百年孤独》和卡彭铁尔的《消失的足迹》有能力改变小说在人类历史时空穿梭中的位置。在那些小说中,经典的西方历史概念被贬至次要地位,其形式是平庸的"现实",这种"现实"永远不会像神话那样重复。在经典的历史概念中,事件的分割和唯一性至关重要,在"魔幻现实主义"中,神话的整体性是历史形式,是拉丁美洲各种文化形式的避难所,特别是对于那些将重复和整体作为生存本质的原始文化而言。正如我们将在下一章中看到的那样,整体性概念也是小说形式的特征。

现在,我们可以分析 20 世纪"魔幻现实主义"的当代"现实"和历史(潜文本)。拉丁美洲不同文化的融合是"魔幻现实主义"所阐述的最重要的虚构解决方案之一。现实世界一直以来都没能成功地制定出能够平衡拉丁美洲文化多种文化因素的社会和政治模式。实际上,在 20 世纪之前,融合的问题还没有产生,因为不同种族之

---

① Vargas Llosa, Mario. *García Márquez: Historia de un deicidio.* Caracas: Monte Ávila Editores. 1971, p. 554.

间的争端一直是通过归咎于其中一个种族而解决的,这个种族对所有拉丁美洲社会的问题负责。与这种意识形态趋势相吻合的是,萨米恩托指责拉丁美洲文化欠发达的国家所造成的融合,同时赞扬了北部种族的特征。尽管如此,在20世纪,由于有必要为以下两个主要挑战提供解决方案,有关拉丁美洲身份的辩论从根本上改变了有关拉丁美洲身份的认同:(1)美国在军事和经济上的统治地位;(2)在以西方思想为主导的全球性世界中,拉丁美洲文化的孤立。一方面,确认拉丁美洲身份的新方法是基于对希腊、拉丁和西班牙文化的重新评估。许多知识分子将拉丁美洲文化视为这三种文化的繁荣融合,因此它具有表达欧洲文化各个方面的巨大潜力。另一方面,旧的社会价值体系(白人的种族主义)颠覆的原因是印第安人和非洲裔拉丁美洲文化得到重视,且被认为是融合的重要方面。蕾彼将这些不同的倾向总结为两种对立:"拉丁美洲与融合美洲的对立"和"欧洲主义和印第安主义"的对立。① 前者强调了融合的优势,以及拉丁美洲融合在西方价值观革新中的作用。它还主张树立差异意识,这可以使拉丁美洲人认识到自己与欧洲或美国文化相比的特殊性,同时表明拉丁美洲文化与西方世界文化都具有普遍价值。从这个角度来看,拉丁美洲将放弃周边地区,成为新的世界文化中心。后者强调印第安文化的乌托邦特征,并主张恢复与印第安社会有关的价值观。但是这种将世界划分为中心和边缘的方式其实十分可疑。

正如蕾彼所提出的那样,对种族融合的积极设想在拉丁美洲20世纪的历史"现实"中并没有产生广泛的影响。自独立以来,大多数拉丁美洲国家都由西班牙富人家族(半白人寡头)的后代统治,他们通过残酷的代议制民主或独裁者的支持来保护自己的特权。在许多国家,不仅仅是政府,大多数混血儿都仍将印第安人和非洲裔拉

---

① Chiampi I. *El realismo maravilloso*. Caracas:Monte Avila Editores, 1983, p.125.

丁美洲人(Afro-Latin American)的文化视为异类。尽管在政治和社会层面上也存在一些例外,但拉丁美洲不同种族之间的斗争仍在继续,印第安人和非洲裔拉丁美洲人获得领土的机会更少,捍卫其文化的机会也更少。在这种情况下,拉丁美洲文化在社会、政治和经济层面上实现完美融合仍然是乌托邦愿景。尽管如此,在"魔幻现实主义"小说中确实出现了拉丁美洲文化的完美混融,印第安人、非洲裔、混血儿和欧洲人等不同种族的各种文化元素被描绘成仿佛仅有一个文化归属。虽然先前关于拉丁美洲文化的部分观点(例如欧洲主义或印第安人主义)主张某个种族的重要性而批评其他种族,但是"魔幻现实主义"呈现了一种假想的解决方案,其中所有种族的特征和信仰同时出现。而且在小说中,这个种族的特征有时被赋予另一个种族。"魔幻现实主义"描述造成种族融合的因素时,不仅突出了神话、大众信仰、古代习俗和口头传统的重要性,同时也探讨了现代人类延续的可能性。由于拉丁美洲的不同种族生活在不同的文化阶段,"魔幻现实主义"小说可以构造出不同群体、不同生产方式在同一空间中共存的情节。小说的情节结合了不同群体在"现实"和历史(口头或书面)层面的认知,历史时间和虚构时间交织在一起,而没有特别的矛盾感。有时融合的现象甚至超出了拉丁美洲的文化范围,有些"魔幻现实主义"小说甚至将希腊、拉丁或西班牙传统的神话内容与拉丁美洲原住民的神话内容融合在一起。总而言之,融合发生在各个层面——种族、经济、文化、语言、时间等,这表明了"魔幻现实主义"的特殊倾向,即吸收多种文化渊源并改变它们,从而使以跨文化为基础的拉丁美洲身份变得稳定。

在《百年孤独》中,马孔多的每一个特定层面都发生了种族融合。混血儿、印第安人、欧洲人、阿拉伯人、吉卜赛人生活的世界里,每个群体的超自然或理性信仰都汇聚在虚构的"现实"中。正如前文指出的,建造了马孔多的混血儿被描述成(拉丁美洲)印第安人民的替代品。但是,与此同时,印第安人民的神话使马孔多最初的架构趋于稳定。马孔多是一个史前的地方,所以理性法律并不适用。天主教和阿拉伯的传统也融入了对"现实"的构建中。以下是一些不同神话或信仰的例子:天主教传统故事(玛丽升天、出埃及记、洪水神话、启示录、埃及瘟疫、复活、流浪的犹太人、悬浮、与恶魔决斗);阿拉伯神话(飞毯);欧洲的魔幻传统(长生不老药、文本的魔幻破译、金属化为黄金、纸牌占卜、隐身);吉卜赛传统(神奇且四处漫游的马戏团);印第安神话(轮回、万物有灵、来世、生者与死者的交流、魔幻逻辑);共有的魔幻信仰(动物的超自然繁殖、预兆、有魔幻的色彩)。这些不同的实践和神话之间的界限在小说中完全模糊了。因此,不同文化的融合使马孔多不仅是拉丁美洲文化的隐喻,而且是人类文化的隐喻。

另一种不同的种族融合出现在卡彭铁尔的《人间王国》中。卡彭铁尔选择杜桑·卢维杜尔领导的海地革命(1791—1804年)作为小说的背景。小说中最重要的部分(麦克康达尔起义,布克芒的叛乱,邻国政治动荡之后法国定居者抵达古巴圣地亚哥,莱克莱尔将军的战役,亨利·克里斯托夫的王国)都使得卡彭铁尔能够展示海地浓厚而复杂的种族融合。一方面,法国文化以其贵族的、优越的生活方式和热带气候与为他们服务的黑人奴隶文化形成了鲜明的对比。由于他们来到岛上,这本小说探索了不同的艺术形式,包括古希腊和拉丁美洲对美的理想化处理。另一方面,岛上的非洲裔拉丁美洲人社会体现了曾经属于非洲、后来成为加勒比海文化一部分的原住民祖传神话。小说以各种神话或"魔幻"的形式展现了非洲的遗产和伏都教的习俗:非洲后裔社会仍然对古非洲王国的伟大口口相传;对神秘的草药、植物和真菌的认知使麦克康达尔有能力发起反抗,人们认为他是毒药之主;人们认为麦克康达尔能够将动物转化为鸟类、鱼类或昆虫;治疗实践中使用了伏都教的知识。为了更加强调种族融合的概念,在小说的第四部分,奴隶索利芒被带到了欧洲。这段历程通过非裔拉丁美洲海地人的视角探索了欧洲的美学形式,从不同的角度描绘了种族融合的过程。

类似的例子同样见于阿斯图里亚斯的小说,在小说里,玛雅文化及其神话以不同的方式在不同的时期与西班牙或混血儿文化共存。《玉米人》一书尤为明显地体现了种族融合,该小说描述了社会上同时存在"玉米神话"和"玉米经济"。局外人将玉米视为可以买卖的商品,而"玉米人"团体则将玉米视为人类生存的基本要素。

正如前文指出的,一方面,历史整体性概念为拉丁美洲社会摆脱历史话语的霸权提供了解决方案;另一方面,关于拉丁美洲文化完美融合的想象则用来解决拉丁美洲的认同危机,同时用来反抗种族歧视。当"魔幻现实主义"将历史的整体性和完美的种族融合表述为拉丁美洲文化的基本元素时,它试图提供一种在"现实"中找不到的解决矛盾的方案。因此,这两个只在"魔幻现实主义"中作为象征性行为而存在的假想的解决方案不能被视为拉丁美洲的"现实"或"历史"本身。用詹姆逊的话说,这更像是一种政治讽喻小说,它旨在想象拉丁美洲应该如何,而不是实际如何。

二 社会视野:"魔幻现实主义"
中的意识形态斗争

如前所述,象征性行为概念使我们能够理解一种假想的解决方案。现在,对"魔幻现实主义"的意识形态的分析应该使我们朝着相反和互补的方向前进,即把"魔幻现实主义"理解成与拉丁美洲社会集体话语相对立的一种表达。正如詹姆逊所述,小说中的社会视角主要以三种形式出现:第一,它作为意识形态的一种表现形式而存在,为社会不同阶级之间的斗争奠定了基础;第二,它拥有代表不同类型话语的不同声音之间的对话形式(米哈伊尔·巴赫金[Mikhail Bakhtin]),尽管对话的结构表达了世界的多元化和异质性,但这些声音往往以对立的方式相互作用,追求至高无上和合法性；第三，一种声音或几种声音的霸权以其他声音被边缘化或抹除为前提，这种矛盾产生了主流文化和大众文化之间的对立，更具体地说，意识形态必须被视为能够在不同意识形态和叙事材料之间进行调解的表述，因此，它通常采用抽象概念的形式，有时它本身以叙事形式出现。① 蔷彼和冈萨雷斯的研究仅考虑了当代历史的一种特定主流意识形态（例如完美的种族融合或人类学视角），因此忽略了其他意识形态的存在以及它们之间的对立关系。

就拉丁美洲的"魔幻现实主义"而言，本书确定了三种主要意识形态（现代性、人类学视角和人道主义）和一种边缘化的声音（印第安人和非洲裔拉丁美洲人文化）。对于某些读者而言，这种意识形态结构的倾向可能是奇怪的，因为以前的研究大都认为"魔幻现实主义"具有印第安人或非洲裔拉丁美洲人文化的特性。然而，正如本书将要解释的那样，通常被视为"魔幻现实主义"的原始内容的成分，实际上是人类学观点的表述。至于意识形态本身，有必要从三个特殊的方面对它们进行分析：倡导的价值和理念；了解人类历史的方式；解释其他对立话语的方式。

毫无疑问，"魔幻现实主义"小说中最明显的对抗来自"现代性"与"人类学"视角之间的对立。因此，我们的分析不妨从这两种意识形态的关系入手。

（一）"现代化"作为意识形态

研究现代化就是研究一系列持续不断的矛盾，这些矛盾不仅表征了西方世界的现代化进程本身，而且表征了西方世界对现代化观念的态度。马歇尔·伯曼（Marshall Berman）用不同的隐喻来描绘现代化的矛盾，在他的作品《一切坚固的东西都烟消云散了——现代性体验》

---

① 弗雷德里克·詹姆逊：《政治无意识》，王逢振、陈永国译，北京：中国人民大学出版社，2018年，第62、63页。

(*All that is Solid Melts into Air—The Experience of Modernity*)①中,就凸显了现代人的希望和绝望。一方面,现代化的经验展示了人类在各方面的创造和变革的可能性;另一方面,它意味着对每个旧有概念或原始环境的破坏。现代化是同时存在的统一性和非统一性。现代化通过不断解构来稳定其统一性。伯曼分析了现代化的灾难性经历如何创造了很多失乐园的前现代神话。在以马克思的角度分析现代化经验时,伯曼从几个方面将现代化定义为特殊而又相互矛盾的过程:(1)马克思通过资产阶级带来的进步和发展来颂扬其释放人类活动潜力的方式,以及改变人类生活的可能性。但是,资产阶级将创造现代社会的经济利益作为唯一的最终目标,从而切断了这种可能性。(2)任何社会结构都将被摧毁并为一种新的社会结构所超越,这使现代化不断寻求变化,同时也成为世界末日感的深层来源。(3)资产阶级革命在将男人和女人从宗教迷信中解放出来的同时,也将世界塑造成一个充满剥削和痛苦的场域。(4)在资产阶级价值观中如此重要的自由概念仅在自由贸易中才变得重要,它以价格改变了商品中的人类价值。(5)在现代经验中,每个男人,每个女人,每个概念和活动都失去其光环,也就是说,失去其宗教意义;这同时带来了精神上的平等感,一切都已成为世俗中的一分子。总而言之,西方世界的现代经验是资产阶级所引起的所有矛盾(进步、革命和自由市场)与近百年来取得巨大进步的工业和科学发展的结合。

西方世界对现代化的看法不同。马泰·卡林内斯库在他的《现代性的五副面孔》(*Cinco caras de la modernidad*)②一书中介绍了始于19世纪的两种截然相反的观点。其一是资产阶级的现代观,这种观点强调进步的优势,强调科学技术发展的积极方面,从经济角度衡量人类历史,并颂扬理性和人类自由,将其视为进步和成功的标志。

---

① Berman M. *All that is Solid Melts into Air—The Experience of Modernity*. New York:Penguin Books, 1988.

② Călinescu M. *Cinco caras de la modernidad*. Madrid:Alianza editorial, 1993.

与此同时，另一种观点与此截然不同。对现代化及现代观的批判已成为 20 世纪西方艺术的共同选择，尤其是那些与先锋派艺术有关的艺术运动。这种倾向表明了激进的反资产阶级态度，强调反叛、无政府状态等。反现代主义思想从一开始就是西方文化的产物。

西方文化的这种反现代主义元素是欧洲先锋运动与拉美"魔幻现实主义"之间的连接点。这与西方世界及"第三世界"对现代化的不同体验有关。西方世界的现代化进程经历了三个不同的阶段：16 世纪至 18 世纪的现代化初步发展阶段；法国大革命和社会动荡催生了意识形态和新的社会结构；在 20 世纪，现代化几乎扩展到了世界的每个角落。在这一进程中，"第三世界"共同经历了"被现代"的过程。因此，在"第三世界"的视域中，"现代"不仅是一种新现象，更是一种外部现象，这正是"魔幻现实主义"产生的政治基础。对处于"第三世界"的拉丁美洲而言，现代化进程是一种外在的暴力，因此第三世界对西方现代扩张的抵抗表现得比西方世界更为激烈。但是，这并不意味着西方对资产阶级现代化的批判和拉丁美洲对现代化的抵抗是完全脱节的。如前所述，欧洲先锋运动与一些拉丁美洲作家之间的联系是理解"魔幻现实主义"的基础。反现代主义的态度建立了双向交流的共同渠道，使欧洲先锋派的思想成为"魔幻现实主义"的思想资源，也使"第三世界"的本土、原始或融合的文化成为欧洲先锋派艺术家的灵感之源。尽管欧洲和拉丁美洲的反现代主义者来自不同的国家，但这种普遍的反现代态度解释了为什么"魔幻现实主义"小说在借用西方技巧来反对本国的现代化时并没有产生隔膜或感到尴尬。

在欧洲帝国殖民美洲大陆的时期，拉丁美洲首先间接地体验了现代化。后来，拉美国家试图继承法国大革命的理想，尝试在反殖民主义斗争中进入工业化和科学发展的进程。拉丁美洲国家的独立将启蒙时代的人道主义和科学概念视为可以消除殖民主义影响并引领拉美进入现代世界的准则。但是，由于拉丁美洲历史的特殊性以及不可能打破拉丁美洲的旧殖民主义经济结构，这种 "现代主义" 的理想发展方式很快就失败了。进入 20 世纪以后，特别是门罗主义兴起之后，美国的霸权地位及其对拉丁美洲领土的特殊处理方式创造了一种新的现代化形式，与独立过程中形成的现代化观念大相径庭。尽管两条不同的现代化道路都是西方殖民主义的产物，但两种现代化之间的差异与对抗成为理解拉美 "魔幻现实主义" 的重要基础——在许多拉美人眼中，欧洲现代化一直是拉丁美洲的理想之选，而美国现代化则成了侵略拉丁美洲的托词。

在冷战期间，美国将现代化视为一种可以遏制该地区共产主义影响力的意识形态。迈克尔·拉瑟姆（Michael Latham）就这一主题写了一本著名的书①，展示了现代化是如何提供思路以应对 "第三世界" 在 20 世纪五六十年代出现的问题。拉瑟姆指出，西方世界现代化发展的历史特点与西方核心价值观联系在一起，拉丁美洲则不同，拉丁美洲和其余的 "第三世界" 国家在经济上变得越来越现代的同时，其意识形态的目标是要减少这些 "被现代化地区" 对帝国主义的抵抗，并降低共产主义在政治上的吸引力。对于美国来说，"第三世界" 之所以变成亟待处理的问题，是由于第二次世界大战后出现了两个基本现象：世界殖民主义结构的瓦解与共产主义在 "第三世界" 国家强有力的突破。因此，美国想维持其在世界上的主导地位，必须把现代化作为一种意识形态来理解。现代化被认为是一种用以面对人类在历史进程中遗留下来的所有挑战和愿望的最终解决方案，"尽管技术，人口或环境发生了变化，但'现代'社会仍可以维持社会秩序，因为它们创造了更多高度专业化的机构，更加有效利用自然资源，形成了更具包容性的政策，并且可以有意识

---

① Latham M. *Modernization as Ideology*. Chapel Hill：The University of North Carolina Press，2000.

地逐步修改其在法律法规中的基本价值体系"①。

现代化作为一种意识形态构成了美国人的基本政治认同与核心的社会价值观，包括个人主义、政治与经济民主等。路易斯·哈茨（Louis Hartz）的《美国自由传统》（*The Liberal Tradition in America*，1955）将美国描绘成现代自由的发祥地，不仅有极高的经济水平，还注定要通过促进民主、减轻贫困等途径来改变世界。但"第三世界"的人民逐渐发现，所谓美国利用科学知识和经济能力对世界产生积极影响的假设，其实是一种帝国主义和殖民主义的欺骗策略。一旦美国人意识到现代化也可以促进美国在该地区的优势，他们就会促成民族主义运动，美国的拉美策略就具有这一特点。在由美国中央情报局（CIA）策划的军事政变中，对反共组织的支持以及对当地经济和政治的干预成为美国政府的主要活动。作为欠发达地区的一部分，拉丁美洲人被描述为与美国人迥乎不同的人种，即冷漠的宿命论者、传统主义者、对家庭绝对忠诚者。人们认为现代化应该作为一种更加理性的生活态度来取代拉丁美洲人的生活态度，从而消除传统的情感和浪漫倾向。

除了用于区分主体（美国）及他者（拉丁美洲），现代化的意识形态还包含对人类历史的特殊见解。美国阐述的现代化历史观受到华尔特·惠特曼·罗斯托（Walt Whitman Rostow）的著作《经济成长阶段——非共产主义宣言》的深刻影响。罗斯托把民族的历史理解为五个必经阶段：（1）"传统社会"阶段；（2）为"起飞"创造前提的阶段；（3）"起飞"阶段；（4）向"成熟"发展的阶段；（5）"高额群众消费"阶段。这种对经济增长的结构主义解释将每个国家放置到五个阶段的不同位置。罗斯托的著作证明了这样一个事实，即有些西方国家处于"高额群众消费"阶段，而世界上的广大地区正

---

① Latham M. *Modernization as Ideology*. Chapel Hill：The University of North Carolina Press，2000，p. 34.

处于这一过程的早期阶段，有些国家甚至处于"传统社会"阶段。罗斯托提出的理论在任何意义上都是一种综合了西方社会（特别是美国）主导地位的资本主义宣言，并且将欠发达经济体解释为一种由于缺乏允许该社会发展经济的内在条件所导致的正常现象，而且，它把处于经济增长高峰期的国家作为那些处于最底层的社会的例子。总而言之，罗斯托的作品是现代化作为美国意识形态的缩影，因为它表达了美国的优越性，同时也证明了反抗者的落后性，以及一整套有关"优越"与"落后"的辩证法。

不同形式的现代化是"魔幻现实主义"意识形态斗争的重要组成部分。但是，这种意识形态如何在"魔幻现实主义"小说中表现出来？在大多数"魔幻现实主义"小说中，现代化的体验被认为是极端和暴力的解构过程，现代化在某种程度上恶化了当地人民的和谐生活。因此，小说中的大多数人物都与全球化世界隔绝，而外部力量正在努力向这个与世隔绝的世界渗透。由此，"魔幻现实主义"小说表现的这种内部世界和外部世界之间的特殊矛盾，代表了现代化在非西方世界扩展的动态关系。如何解释"第三世界"人口的空间分布及其流动性是美国理论家遭遇的最重大的挑战之一，他们将现代化定义为"第三世界"问题的解决方案："斯宾塞坚持认为，相对进步的差异可以通过社会组织变得越来越清晰、规范化和具体化的程度来辨别……正如他所说，'一个野蛮的流浪部落，既不固定在其本地，也不固定在其内部，在其各部分的相对位置上的确定性远不如一个国家。在这样的部落中，社会关系同样混乱和不稳定。政治权威既不完善也不精确。等级的区别既没有清楚地标明，也不能通行。除了男女的职能区别之外，没有完整的产业部门……'"① 也可以说，罗斯托讨论经济增长的著名著作从主体（西方世界）的角度提供了理解全球现代化的特殊观点，而"魔幻现实主义"小说却颠倒

---

① Latham M. *Modernization as Ideology*. Chapel Hill: The University of North Carolina Press, 2000, p.62.

了这种特殊的叙事，以展现拉丁美洲的现代化。伯曼将这种趋势归类为对现代化的特殊反应，因为这种现代化创造了"失乐园"的怀旧神话。① 确实，正如前文所说，"失乐园"的概念在"魔幻现实主义"提供的虚构解决方案中有着极为重要的作用。质言之，从"魔幻现实主义"小说中看到的现代化，与我们理解的西方现代化经验有着明显的差异。

拉丁美洲对现代化的抵制最初是通过"魔幻现实主义"小说中与世隔绝的想象场景来表达的。丛林中遥远的小镇马孔多、科马拉和圣莫尼卡·德·洛斯·韦纳斯(Santa monica de los Venados)代表着世界上纯净的尚未被亵渎的空间。无论剧情是以线性方式发展还是向后倒退，小说中的人物都生活在这个与世隔绝的空间中。历史时间一旦开始，外部世界就会逐渐将现代生活方式带入这些空间。然而，与现代化会使世界上任何社会都逐步发展的原则相抵触的是，"魔幻现实主义"小说显示出截然不同的结果。虚构世界越接近现代发明和现代制度，人物就会感到本真性损失得越多。《百年孤独》就是这种情况，外部世界诱使马孔多居民参与其时代的伟大发明，新机器、技术、革命、国家机构都将马孔多引诱到混乱的旋涡中，使小说人物勇于拥抱自己的命运并交换孤独。作为同一社会和经济过程的一部分，现代化和全球化创造了无疆界的广阔领土。边界的缺乏消除了"真实性"的任何可能性，每个社区独特的东西都被破坏。原住民逐渐沉迷于现代化带来的新活力，破坏了自己的界限，以符合发达世界的标准。但是，一旦马孔多允许现代化改变、塑造新的文化特征，似乎就决定了自己毁灭的命运。对于"第三世界"，现代化的体验是一个遗忘的过程。只有忘记我们是谁，我们才能真正成为现代人。但在许多研究者眼中，加西亚·马尔克斯作品中人物的孤独感源于拉丁美洲人对爱的无能或拉丁美洲社会的落

① Berman M. *All that is Solid Melts into Air—The Experience of Modernity*. New York：Penguin Books, 1988, p.15.

后，更准确地说，拉丁美洲的孤独来自一种可怕的无能为力，它无法记住其起源，只能绝望地尽可能试图进入 "现代"。

正如伯曼的著作所述，即使在马克思的思想中，西方现代化的经验也是矛盾的，因为它包含了积极力量和消极力量的对立关系，但是这些特殊的力量在 "魔幻现实主义" 所描述的拉丁美洲小说世界中获得了新的含义，例如，根据马克思的观点，在西方世界中，现代化的主要矛盾是人类积极进步的力量被赚取利益的消极欲望所阻挠，这种矛盾在 "魔幻现实主义" 小说中以不同的形式发生。起初嘲讽、不信任现代生活方式的村民、农民和当地人，却最终承担起使用新方法或新发明来造福社区的任务。何塞·阿尔卡蒂奥·布恩迪亚（José Arcadio Buendía）和布恩迪亚家族的大多数人就是这种情况，他们对外界知识的巨大能力特别好奇。特别是，何塞·阿尔卡蒂奥·布恩迪亚终其一生掌握了一系列技术和理论，这些技术和理论虽然以炼金术等奇妙的知识装饰，但仍表现出当地人的好奇心和对现代发展可能性的痴迷。在短时间内，马孔多人似乎也享受着外来者的到来以及与外界的文化和经济交流所产生的经济发展成果，现代化改变了马孔多人的行为，提升了他们的想象力和创造力。尽管他们不信任现代化，但同时，他们试图享受现代化的成果。

现代发明和现代知识不属于马孔多，但是马孔多人利用它们来丰富自己的生活。实际上，发展的积极方面从未被马孔多的虚构世界所拒绝。最重要的是，逐利（资产阶级生活方式的基础）的渴望阻碍了人类的发展，却从来没有成为布恩迪亚家族成员的基本特征。布恩迪亚家族的成员所拥有的财富与他们享有的社会地位有关——这一家族建立了城镇。他们的财富与特定的封建社会结构有关，而与他们掌握的科学知识无关。总之，在 "魔幻现实主义" 所描述的社会中，西方的发展与利益之间的矛盾永远不会成为中心矛盾，金钱总是被认为是享受的产物，而不是积累的产物。这一例子表明，布恩迪亚家族对资本积累缺乏兴趣：当奥雷里亚诺·布恩迪亚

（Aureliano Buendía）一遍又一遍地熔炼金子，然后出售金鱼并购买黄金以熔炼更多，却不打算攫取任何利润时，这件事本身就成了没有经济目的的行为。奥雷里亚诺对技术的发展、对知识的运用，甚至他的商业实践，在马克思那里，都是资产阶级值得称赞的本质的体现。从更普遍的角度来看，奥雷里亚诺的动机与科学知识相结合，代表了人类改变环境的基本愿望。与西方实践的不同之处在于，奥雷里亚诺·布恩迪亚在从事这些活动时，没有任何金钱意图。因此，在他身上，发展与利益之间的矛盾从来就没有发生过。

这种现代化体验的后果是对创造的渴望超过了对建立商业企业的渴望。这意味着，尽管"魔幻现实主义"强调了现代化的人文方面，但这种现代化无法推动经济发展。现代化始于人类的创新和创造，但由于拒绝追逐经济利益而被推迟。总之，西方现代化鼓励人类发展，然后又屈从于利益。马孔多社会似乎以一种反资本主义的态度推迟了现代化的实现。他们的态度都是向往过去而不是面向未来。布恩迪亚家族凭借想象力发展自己的潜力，但总是回首过去，寻找被遗忘的根源。在马孔多，"进步"想带着"现代化"回到过去，相反地，西方的现代化总是面向未来。《百年孤独》《消失的足迹》等小说中总有这样一种感觉，即企业和利益是荒谬而无用的，"魔幻现实主义"对拉丁美洲文化的未来表露出一种特殊的消极情绪。从美国的角度来看，这种社会趋势被称为宿命论，拉美人不愿接受未来可能会变得更好（进步）的特征，"当美国人更加主动，尊重法律并天真地相信人的无限可能性时，拉美恰恰相反。他们往往不尊重权威，对未来抱有宿命感，认为人无法控制自己的命运，不相信邻居，渴望自己的权力或地位象征，不愿尝试任何新事物，盲目相信会有某种力量将他们从原本的境遇中拉出来"①。

拉丁美洲不拒绝进步，问题在于他们的注意力集中在过去，其

① Latham M. *Modernization as Ideology*. Chapel Hill：The University of North Carolina Press，2000，p.126.

原因是拉丁美洲尚未解决自己的身份问题。他们为社会的发展而努力，但总是试图解决过去的矛盾，以弥补他们的身份经验。由于其真实性和独特性在文化的历史变迁中很模糊，其潜力始终处于危险之中。比起经济落后，认同问题是拉丁美洲更需要解决的问题。拉丁美洲希望在寻找其文化根源的同时向前发展。但是，这两种文化倾向是矛盾的。这也许是拉丁美洲世界中最重要的现代矛盾。要成为现代人，就必须忘记自己，而拉丁美洲人想知道他们是谁。弄清身份的愿望推迟了现代化。美国为拉丁美洲计划的现代化思想更多地与美国价值观有关，而不是出于对拉丁美洲文化和历史的真正理解，"尽管所有社会都经历了相同的、普遍的发展阶段，但理论家和决策者们仍对他们自己所属的西方国家和他们所分类的世界进行了明显的区分。他们既没有根据地理和自然资源的差异，也没有根据帝国主义剥削的遗产，而是着眼于西方的'理性''激进主义''成就导向'的社会价值观，来解释'欠发达'国家的明显停滞和未实现的潜力，以此强调本国固有的文化活力"①。相反，"魔幻现实主义"将现代化表现为一个过程，由于拉丁美洲在确定其自身身份方面遇到的巨大困难，这一过程停滞了。简而言之，如果不知道自己是谁，走一会儿并不难，但是没法走远。

随着不断的发展和对经济利益的追求，现代化提出了改变社会结构的强烈愿望，在许多情况下，只有通过大规模的社会革命才能实现这种变化，这个过程意味着巨大的变革和对旧制度的永久破坏，旧制度则成了万恶之源。改变、革命、乌托邦和破坏传统是通过暴力进行的资产阶级革命的遗产。自 17 世纪以来，革命已成为西方世界的基本政治活动之一，同时也是现代化的基本特征。成为现代人意味着改造社会的持久愿望。但是，正如马克思所说的那样，这种无休止的欲望可能会导致一种绝望的状态，人无法找到自

---

① Latham M. *Modernization as Ideology*. Chapel Hill: The University of North Carolina Press, 2000, p.16.

己命运的终点。如果变革成为日常的愿望,那么没有事物能够被掌握和保存。失去了传统社会所提供的稳定性或统一性,现代世界就在不断更新中成为毁灭的深渊。"因此,在宣言的第一部分中,马克思提出了下一个世纪现代主义文化的两极分化:无限的欲望和动力,永久的革命,无限的发展,永恒的创造和更新,生活的各个领域的更新;它的根本对立面是虚无主义,永无止境的破坏,生活的崩溃和吞噬,内心的黑暗,恐怖。"①

在"魔幻现实主义"中,革命和社会动荡在故事情节中起着核心作用。毫无疑问,关于拉丁美洲社会转型的隐喻性阐述是显示"第三世界"现代化复杂性的要素之一。但是,在西方世界,虚无主义的根源在于革命的变革能力和通过建立新的政治体制来摧毁旧的权力结构的能力,而在拉丁美洲,虚无主义则源于那些革命无法产生根本性的变革。同样情况下,现代化作为一个过程始于人们对变革的渴望,但由于无法使这些革命有效地摧毁旧制度而被推迟。在《百年孤独》中,奥雷里亚诺·布恩迪亚上校在 32 次内战中与保守派政府作战,并将战斗带到了中美洲,在那里他提出了一个推翻美洲大陆所有保守派政府的倡议。他想要推动的规模巨大的革命行动象征着拉丁美洲渴望从封建制度、寡头政治、殖民主义等旧式政府中解放出来。但是,与此同时,奥雷里亚诺·布恩迪亚上校在这些战争中的全盘失败证明了拉丁美洲人民不可能进入现代化。这种现象的另一个例子发生在《总统先生》中,欧塞维奥·卡纳莱斯将军被流放后组织了一支游击队以推翻独裁者,一开始他的尝试似乎很成功,但在听说了独裁者参与了他女儿的婚礼这一虚假信息后,将军突发心脏病去世。《佩德罗·巴拉莫》的情况更加复杂:墨西哥革命在改变墨西哥社会的旧结构方面比较成功,然而,当革命力量到达科马拉时,佩德罗·巴拉莫用他的金钱和权力抵抗革命对城镇生活

① Berman M. *All that is Solid Melts into Air—The Experience of Modernity*. New York:Penguin Books,1988,p. 102.

做出任何改变，他继续对镇上人民的生死施加绝对的极权。失败的
革命也是拉丁美洲现代化停滞状态的有力证明。

出于一系列外部和内部原因，革命在拉丁美洲成为不可能完成
的任务。内部原因与以下事实有关：殖民主义传统塑造了一些停滞
不前的保守派领导人，尽管他们是当地人，但起着殖民者的作
用——垄断政治势力，控制大片土地，暴力镇压普通人。在拉丁美
洲，这个群体被称为 "政治寡头"，一般来说，他们是几个世纪前开
始控制着拉丁美洲土地的西班牙和葡萄牙帝国的家族的后裔。外部
原因与 "第三世界" 在现代化扩展阶段的作用有关。尽管民主化和
社会革命是西方世界工业革命和整个现代化过程的支柱，但 "第
三世界" 的民主化和社会革命却始终被认为是欧洲或美国推动全球
化进程的挑战：在冷战时期的西方理论家眼中，成功发展只有一条
道路："在西方文明中才能发现的基本特质促使他们取得了巨大的进
步，但是其他社会仍然可以借鉴这一历史，以吸取教训……这个过
程是普遍的，但是变革的催化剂是西方的，西方有能力促进一个理
想的、最终不可避免的过程。"①

尽管从意识形态的角度看，在西方文明的指导下，"第三世界"
的现代化被视为一个理所当然的结果，但事实是，"第三世界" 的现
代化最终将威胁到西方国家的资本主义扩张。在阐述依附理论
时，拉美理论家认为（不考虑马克思主义和资本主义的观点——欠发
达的社会需要先进入发展或革命的几个阶段才能实现现代化），欠发
达的经济体是由历史资本主义导致的，而不是自身社会发展的结果。
用简单的话来说，他们强调了这样一个事实，即 "第三世界" 的欠
发达状况对于西方资本主义的发展是绝对必要的："基本思想非常简
单。他们说，国际贸易不是平等的贸易。一些国家（核心国家）在经
济上比其他国家更强大，因此能够以允许剩余价值从较弱的国家（边

---

① Latham M. *Modernization as Ideology*. Chapel Hill: The University of North Carolina Press, 2000, p. 66.

缘)流向核心国家。有些人后来将此过程定义为'不平等交换'。"① 这就可以解释为什么第三次解放战争和反殖民主义战争都被视为对世界秩序的威胁。这些战争迫使美国和一些欧洲帝国在"第三世界"加快独裁统治和政治操纵。在落后的世界,现代化是不可能实现的。当"魔幻现实主义"试图解决革命和政治变革的问题时,小说中的情节充分地阐明了社会革命的不可能性,同时,也象征了拉丁美洲现代化的另一个方面。在阿斯图里亚斯的小说《总统先生》中,该国总统就代表了这种社会政治变革的不可能性。并非该国人民不渴望现代价值观(例如民主、自由或正义);恰恰相反,不可能实现这一愿望的"现实"成了社会的核心部分。小说向世界再次表明,拉丁美洲人民渴望实现现代化,但现代化在拉丁美洲是不被允许的。这就是为什么在这本小说中,总统并不否认这些价值观的必要性,他甚至主张宣传它们的重要性,然而,他是掌权者,他有权力让这些价值观无法实现。

独裁是不允许拉丁美洲实现现代化的一种机制。独裁者拥有权力,并告诉人们,他们可以渴望现代化,但不可能拥有现代化。"第三世界"的现代化是在维护帝国主义优势的同时保护该国寡头政治的一种机制。阿斯图里亚斯在《总统先生》中精心打造的中美洲国家总统形象,以及亨利·克里斯托夫——《人间王国》的主角都是当地领导人,他们不认为自己极端的暴力和镇压是纯粹形式的保守政治冒险,他们羡慕西方世界的现代化,他们打扮得像现代人,他们通过个人社交圈赞扬了现代的优点,他们认为自己的暴政是正当的,因为在他们之外的一切都是野蛮行为。在西方世界,现代化是规则,而在拉丁美洲,现代化是少数人的特权。《总统先生》的故事情节表明,国家、民主都被用来保持寡头的权力,革命的价值观被用来加强对人民的统治,乞丐、穷人、农民、学生和革命者成了延

---

① Wallerstein I. *World-Systems Analysis*. Durham: Duke University Press, 2006, p. 12.

缓现代化的受害者。

因此，小说中的现代化冲突并非发生在资产阶级和旧政权之间，而是发生在享受现代化的人与无法获得现代化的人之间。总统对他的公民的残酷可怖的统治，寡头与人民之间的冲突，与现代化没有任何关系。阿斯图里亚斯找到了一个古老的玛雅神话中的雨神托希尔，作为对独裁统治的完美隐喻。托希尔要求人类做出牺牲，只有在他"可以战胜人类的天敌"时才感到满足。所谓的拉丁美洲现代化独裁者与过去要求人类牺牲的神灵一样古老、保守和残酷。现代的拉丁美洲独裁者与法国大革命中被斩首的国王一样，既传统又过时。除了帝国(美国)的意见外，独裁者没有什么可恐惧的。特别是在阿斯图里亚斯和加西亚·马尔克斯的小说中，老独裁者在自己的人民面前显得至高无上，但在美国政府面前却很顺从。当他们向美国官员报告时，通常会由于没有使自己的国家成为自由选举的繁荣的合法民主国家而感到内疚，然后他们声称自己采取暴力是因为敌人(据说是共产主义者)正在威胁国家的稳定。面对共产主义，美国通常会忽略本届政府的恐怖行为，这是《总统先生》和《百年孤独》中的总结。马孔多举行了"自由选举"，但选举结果是被保守党操纵和窃取的。奥雷里亚诺·布恩迪亚上校很快就明白，两党制的两个竞争对手之间没有区别，自由派和保守派的区别只是去教堂的时间不同。因此，虽然现代化再次被提出，但它还不会实现。当奥雷里亚诺·布恩迪亚上校和欧塞维奥·卡纳莱斯上将反抗自己国家的暴政时，他们并不是为了实现共产主义、无政府主义者或社会主义的理想，他们想要的是现代化：自由选举、公正的法律审判、国家福利、正义与民主。但他们失败了，未能等到将民主带入自己的世界，就死于年老或疾病。他们的斗争反映了拉丁美洲对现代化的渴望。美国对拉丁美洲的态度是，重申现代化是与苏联共产主义者进行意识形态竞争的一种方式，而不为了促进拉丁美洲人民的进步，"艾森豪威尔更关心维护稳定，而不是促进渐进式改革，也几乎没有必要引进可能破坏他所支持的拉丁美洲独裁者的社会和经济方案"①。

　　西方社会的现代化促使人们从各种迷信中解放出来,将世界建设成经济和社会的开放领域。同样的矛盾从来不会在拉丁美洲出现,虽然现代化一直被人们所渴求,但是又一直被推迟实现。在这种情况下,现代化不可能实现的主要因素是拉丁美洲身份的特殊性以及其高度的种族融合。一方面,"魔幻现实主义"小说面临着现代化的根本问题:缺乏宗教性或魔幻性。这个问题无法在西方世界找到一个简单的解决方案。如本书第一章所述,除了"超现实主义"运动外,大多数欧洲先锋运动都未能成功地找到解决现代世界中缺少"魔幻"(马克思称其为"光环")的解决方案。尽管西方思想已将民主、革命或自由等价值观念普遍化,但对世界(没有超自然实体)的世俗解释不仅在"第三世界"而且也在西方社会引起了抵抗。在西方社会,商品的商业化以及商品的拜物教过程使世俗化成为可能,而在"魔幻现实主义"描绘的拉美社会,宗教信仰以及神话和迷信的不同形式构成了该文化的本质,这些神话的根源是多种族歧视。在西方社会,世俗化破坏了人类活动与宗教经验之间的所有制度联系。在资本主义世界,人的顿悟都来自完全丧失财富、声誉和饰物,"衣服成为古老、虚幻的生活方式的象征;裸露意味着新发现和经历过的真理。脱衣服的行为就变成了精神解放的行为,成为现实"②。相反,"魔幻现实主义"小说展现了文化的"魔幻"和宗教元素,并将其视为获得完整人类体验的唯一可能途径。

　　"魔幻现实主义"小说以及"超现实主义"运动使人们重新关注集体文化的基本作用,在这种文化中,"魔幻"、宗教信仰、神话

---

　　①　Latham M. *Modernization as Ideology*. Chapel Hill: The University of North Carolina Press, 2000, p.75.

　　②　Berman M. *All that is Solid Melts into Air—The Experience of Modernity*. New York: Penguin Books, 1988, p.106.

等主题成为通向世界非理性形态的最佳途径。当现代发明和观念渗透到 "魔幻现实主义" 的孤立领域时，它们便被整合为与 "现实" 本身不符的不同观念集合的一部分。但是，这些对象或思想并不能代替这些地方的 "魔幻" 对象或特征。几代马孔多人认为现代发明是没有价值的花招，就像现代人面对鬼故事一样。在马孔多，或者在卡彭铁尔精心描绘的海地，男人和女人都体验着真理，并在一种充满了 "魔幻" 的秩序中找到了人类的内在感觉（inner sense），而且，这些经验所提供的不同于西方现代化的精神解放绝不是个人实践。在 "魔幻" 体验中，社区是各种仪式的主体，这些故事不是个人的阐述，而是几代人的传说。在现代世界，"魔幻" 体验的集体性和丰富性（象征性和主题性）都是不可能的。"魔幻现实主义" 表明，这些经历不能从拉丁美洲文化中消除，因为它们拥有西方现代化无法企及的东西：通过一种 "整体性" 解放人类的生活。

"魔幻现实主义" 小说否认了人类从迷信和 "魔幻" 实践中解放出来的必要性，但也没有停止谴责资本主义对人类的剥削，因此，"现代" 的矛盾再次在拉丁美洲世界以不同的形式发生。"魔幻现实主义" 将世俗化和资本主义剥削视为对拉丁美洲命运的两个潜在威胁。马孔多或科马拉越远离过去，越接近现代化，就意味着越接近毁灭。甚至资本化的剥削也以另一种方式发展了 "魔幻现实主义"。在《百年孤独》中，香蕉公司和马孔多的人口变动表明，拉丁美洲政府和美国政府提倡的所谓资本主义其实是新殖民主义侵略的一种激进形式，而不是现代资本主义。加西亚·马尔克斯在他的几本小说中巧妙地表达了这一观点，尤其是《族长的秋天》和《百年孤独》。尽管马孔多的衰落历经了许多代人，但美国香蕉公司的到来，将城镇带向了不可避免的毁灭。香蕉公司在马孔多建立的经济关系再次导致了现代化的推迟。从文化和空间角度来看，这家美国公司享有马孔多殖民地所有的特权。公司总裁布朗先生和公司的其余人员，搬到马孔多来控制香蕉的生产，将自己隔离在一个被电网包围的大院里，与当地人区分开来，只有很少的当地人能看到哥伦比亚土地上的美国防御工事的内部，这些防御工事被用来控制当地的军队、警察、地方政治势力、劳动力以及香蕉生产。同时，一旦马孔多工人遭到恶劣对待，工人自己便组织工会来要求更好的工作条件，由此产生了阶级斗争。

马孔多工人的要求是改善房屋的卫生条件，改变糟糕的医疗服务，以及要求公平的工作条件。出现在加西亚·马尔克斯笔下的工人生活根本不像发生在 20 世纪，他们更像是生活在狄更斯笔下的英格兰。香蕉公司没有为当地员工建造厕所，只为每五十人提供一间移动厕所；医疗服务是向患病的工人提供同一种药丸，不管他们患什么疾病；不向工人支付现钞，而用代用券顶替，那只能用来在公司的货栈购买美国火腿——该公司在将香蕉运往美国后，又将自己生产的火腿运到拉丁美洲。香蕉公司采用两种方法来拒绝当地工会提出的所有想要更改生产关系的请求：操纵当地法律制度并使用国家这个镇压机器。加西亚·马克斯利用夸张、荒诞以及"现实"与幻想结合的方式来描述公司的伎俩，所有这些伎俩都有一个特定的目标：否认工人的存在感。作为工会领袖，何塞·阿尔卡蒂奥第二（José Arcadio Segundo）以非常现代的方式扮演革命者的角色，就像他的祖父奥雷里亚诺·布恩迪亚一样。

在西方世界，资产阶级和工人之间的对抗是现代化建设的基本元素，马孔多的情况则完全不同。香蕉公司通过使用各种法律手段成功地否认了工人的存在感。地方政府和中央政府同意他们的意见：从法律上讲，工人不存在。加西亚·马尔克斯因此巧妙地再现了这一现实：首先，因为工人根本不存在，所以根本不可能赢得与具有绝对控制力的跨国公司之间的斗争；其次，当工人在身份不被承认但继续战斗时，公司使用了第二轮毁灭机制——工人被当地军队屠杀，尸体被带上火车拖到海岸，然后被扔进海里。在马孔多，工人、工会会员，甚至他们的子女和妻子都会被杀死，被剥夺了为自己的事业而死的权利。尽管何塞·阿尔卡蒂奥第二目睹了三千多人受害的大屠杀，但香蕉公司和中央政府还是传出了一个消息：无人死亡，军队与工人之间从未发生过对抗。因此，马孔多从法律上、身体上和历史上都拒绝了工人的存在。没有工人，就没有现代化；没有工人，就没有现代剥削；没有工人，就没有贸易自由。香蕉公司的大屠杀行为向马孔多人宣布，在现代世界，他们无处容身。因此，马孔多人被不断谴责并走向孤独。惨案发生后，这家美国公司利用下大雨的时机（可能是由他们自己的科学家所引发的普遍性洪水）离开了这个小镇。何塞·阿尔卡蒂奥第二和成功从大屠杀中逃脱出来的小孩将会在接下来的很多年中不断讲述大屠杀的故事，但没人会相信他们。香蕉公司没有在马孔多倡导现代资本主义，而是采用了残酷的新殖民主义剥削方法，屠杀、破坏自然和小镇。中央政府放弃了领土的所有主权。显然，尽管肯尼迪及其顾问指责拉丁美洲人无法在拉丁美洲国家实施现代化，但事实是美国从未打算在拉丁美洲推广现代化。从美国的角度来看，现代化失败的根源与拉丁美洲人心态的内在特征有关："如果拉丁美洲人要控制自己的'情绪'，就得停止寻找'替罪羊'，并模仿他们受到良好教养的北部邻居。他（林肯·戈登）建议，他们的许多问题都可以克服。他建议，拉丁美洲人要做的唯一一件事就是认识到他们的文化失误，接受客观的社会科学分析工具，并转向这一任务。……戈登还描绘了一个通过自身的理性技能和决心飞速攀登到现代高度的美国。"① 这些"魔幻现实主义"小说通过指出那些历史事件，证明了美国对拉丁美洲的干预是出于确保其国际霸权地位和防止共产主义在该地区蔓延的目的，揭穿了被视为现代化的殖民主义谎言。现代化作为一种意识形态，是使美国作为"民主国家"和"帝国"的双重身份合法化的方式。

---

① Latham M. *Modernization as Ideology*. Chapel Hill：The University of North Carolina Press，2000，p. 94.

总之，现代化是理解"魔幻现实主义"意识形态斗争的基础。与许多推断不同，"魔幻现实主义"并没有完全否定现代化，大多数小说情节都证明了拉丁美洲渴望进入现代化过程，然而拉丁美洲现代化的性质与西方世界的现代化是大为不同的。一方面，"第三世界"现代化进程的问题不是资产阶级社会所产生的矛盾，而且这些矛盾也不可能真正出现。现代化从来没有真正发生过，但自其被广而宣之以来，它已成为社会的理想。因此，在"魔幻现实主义"中，拉美人民的悲剧不是经受着资本主义社会中典型的矛盾，而是源于现代化实现的无望。另一方面，"魔幻现实主义"预见了西方世界的一些现代化矛盾(利润的普遍化、生活各个方面"光环"的丧失、个人主义)，并利用拉丁美洲种族融合的丰富文化("魔幻"、集体文化、信仰)和反资本主义态度与之对立。"魔幻现实主义"似乎想要现代化，因为它唤起人们对改变、革命、民主和科学知识的渴望，但也拒绝成为一种殖民主义，拒绝威胁到人们的无意识与集体文化的联系，拒绝将所有的人类活动商品化。这种对现代化的矛盾态度与西方世界的反现代主义运动(先锋派运动、虚无主义和人道主义)相呼应，但与它们不同的是，"魔幻现实主义"具有历史上的反殖民主义背景，还有印第安人和黑人的神话传说和集体仪式——印第安人文化和黑人文化都是拉丁美洲文化的一部分。从这种特权的角度来看，"魔幻现实主义"提出了问题，并作为意识形态，为现代化提供了西方世界尚无法给出的答案。

(二)人类学视角

一旦将现代化作为"魔幻现实主义"的基本意识形态，我们就可以确定与其相反的论述路径：人类学视角。现代化是西方(尤其是美国)试图用来改造"第三世界"的最重要的意识形态，人类学论述是西方(尤其是欧洲)理解和描述"第三世界"新挑战的基本方法，作为意识形态的现代化和人类学视角都是对第二次世界大战结束后世界新格局的回应。在这种新格局下，"第三世界"成为资本主义和共产主义之间的"冷战"战场，旨在理解"他者"的人类学视角尤其具备了第三种意识形态的功能。以反对西方资本主义和"第三世界现代化"著称的拉美作家，有机会在 20 世纪 30 年代体验到共产主义美学——"社会主义现实主义"，但是，正如第一章所述，当时拉丁美洲最有影响力的知识分子多是从欧洲归国，他们中的大多数人都受到了"超现实主义"和其他先锋运动的影响。当时有两种文学道路，一种以拉丁美洲社会的现代化(描述拉丁美洲新的资产阶级)为方向，一种以强调社会主义革命或本土革命的可能性为方向。拉丁美洲作家选择了第三条道路：人类学视角。这对"魔幻现实主义"作为一种新的文学形式的构成产生了决定性的影响，同时也导致了深刻的矛盾。

"魔幻现实主义"质疑作为一种意识形态的现代化，不仅质疑现代化(作为一种特定的西方现象)的内在矛盾，还特别质疑在拉丁美洲得到推广的"假现代化"。与此不同的是，人类学论述却被拉丁美洲作家毫无批判地接受了，成为"魔幻现实主义"的文学方法论。值得指出的是，首先，人类学视角源自欧洲；其次，这一视角对"他者"的看法矛盾重重。伊曼纽尔·沃勒斯坦(Immanuel Wallerstein)曾用这种人类学理论来分析非西方的地方特征："他们(人类学家)的工作前提是，所研究的群体不享有现代技术，没有自己的写作系统，没有影响力超越其统治群体的宗教。这些群体被称为'部落'，就人口和居住地区而言相对较小，具有共同的习俗、共同的语言，在某些情况下还具有共同的政治结构。用 19 世纪的语言来解释，他们被认为是'原始人'。"[1] 人类学家的任务是密切观察该群体的情况，同时试图了解他们的生活方式、语言、习俗和故事。沃勒斯坦认为："参与式观察"并通过"工作"领域获得第一手资料至关重要，这可以使它们成为文化之间的媒介；由于大众认为生活

---

① Wallerstein I. *World-Systems Analysis*. Durham: Duke University Press, 2006, p.7.

在原始状态的居民没有历史，人类学家的任务就是在殖民者到来之前重建该群体的历史。沃勒斯坦得出的结论是，在建立殖民地的过程中，人类学家提供了大量关键信息，给予了很大帮助。

基于对原始思想的新分类，人类学视角带来了现代与原始的比较。相对于现代思想，原始思想并不是古老的或未开化的，而是一套在理解人类存在意义方面具有特色的复杂系统。毫无疑问，这一领域最有影响力的思想家是克洛德·列维-斯特劳斯（Claude Lévi-Strauss）和卡尔·古斯塔夫·荣格（Carl Gustav Jung）。列维-斯特劳斯在其作品《野性的思维》（*The Savage Mind*）①中，质疑先前的思想——人们认为原始思想是无能的，原始语言缺乏概念性词汇，受实用主义而非好奇心支配——还对"在原始世界中，许多事物都缺乏名称"这一看法进行了辩驳。相反，他对原始思想进行了归类，并总结道：原始思想的发展目的是获取知识，而不仅仅是为了客观实用性。就像现代思想或科学思想一样，原始思想具有对自然物体进行分类的强烈趋势，不同于现代思想或科学思想，这些自然物体被整个社区所共有，包括儿童。列维-斯特劳斯将原始人类对世界进行规划、分类的必然行为定义为不可否认的科学行为，他们按照一些复杂的参数来对周围环境进行分类，例如动物群形态、动植物之间的关系、植物与数学图形之间的关系、植物的医学用途，他们描述特定对象（例如树木的叶子）时会有丰富的词汇，这也表明他们拥有一种复杂的语言系统。最重要的是，某些分类与他们的实际生活没有任何关系，却与现代世界称为理性知识的部分相对应，对植物和动物进行分类的特殊热忱，成功地创造了重要的科学解决方案。列维-斯特劳斯将"魔幻"思想视为原始思想范式中最重要的概念之一，"魔幻"思想解释了原始人与世界互动的特殊方法，"魔幻"思想的逻辑与现代思想或科学思想相反，但都体现了人类规划

---

① Lévi-Strauss C. *The Savage Mind*. London：The Garden City Press，1966.

组织世界的必要性。"魔幻"思想的逻辑趋向于确定性，它受到无意识以及通过人类感觉来评估物体的特定方法论的极大影响。

原始思想在列维-斯特劳斯的神话框架中系统地规划了所有知识。"神话和仪式远不是人们经常认为的那样，犹如人类'制造神话的能力的产物'，一种对现实的背弃。自然从用感觉性词语对感觉世界进行思辨性的组织和利用开始，就认可了那些发现。"① 现代思想可以提供任何形式的概念，而"魔幻"思想同样是人类符号的提供者。原始思想意味着对人类存在的不同理解，例如原始思想通过强调当前的时间来组织世界，对知识的不断追求却并不意味着对特定目的的追求。原始思想经常使用比较和类比，作为一组集合，它们可以改变对象的位置，但不会更改结构本身。因此，神话是原始人的方法论、工具，是发现和认识世界的证明。与科学思想的产物不同，"魔幻"思想产生的神话是抽象思想与美学思考的结合。列维-斯特劳斯认为，神话同时具有象征意义和实用功能，神话的叙事结构不受历史事件的制约，其含义总是固定不变的，这种特征使神话能够在不同的情况下被复制和使用。② 在另一本著作《神话与意义》中，列维-斯特劳斯还补充道：神话具有全面理解宇宙的雄心，这意味着原始思想的意图是涵盖比科学思想更广泛的知识。如前文所述，"魔幻现实主义"小说的意图是提供拉丁美洲历史的整体感，对神话特殊性的理解可以使我们明白为什么"魔幻现实主义"在叙事中采用了某些倾向。"野蛮头脑的这种极权主义野心与科学思维的过程大不相同，最大的区别是这种野心不会成功。我们有能力通过科学思考来掌握自然界的知识——我不需要详述这一点，这一点很明显——当然，神话并没有赋予人类更多的物质力量来控制环境。但非常重要的是，神话给人一种幻想，即它可以理解宇宙，并且它确

---

① Lévi-Strauss C. *The Savage Mind*. London：The Garden City Press，1966，p. 16.
② Lévi-Strauss C. *The Savage Mind*. London：The Garden City Press，1966，p. 26.

实理解了宇宙。当然，这只是一种幻想。"① 列维－斯特劳斯指出，现代人的心理能力下降的主要原因是感官知觉变差了，现代思想为理解世界带来了巨大的优势，但是与原始思想相比，现代思想已经丧失了原始人类所熟悉的基本心理功能。

另一方面，荣格的作品强调了原始思维的非凡能力，以及现代人如何丧失了这些能力。荣格指出原始思维由三种要素构成：（1）梦；（2）无意识；（3）符号的产生。鉴于与自然的特殊关系，原始人类的思想与动物密不可分，在许多情况下，原始人的灵魂由许多不同的部分组成。荣格和他的老师西格蒙德·弗洛伊德（Sigmund Freud）认为，梦境和精神疾病是象征性内容的巨大来源，即被有意识的思想以这样或那样的方式抑制了的象征性内容，通过"自由联想"，人类可以进入这种无意识过程。荣格做出的假设是，梦和无意识的产生都具有原因和目的，无意识被荣格描述为一个庞大的实体，是被孤立的复杂而有意义的内容。"无意识的一部分由许多暂时模糊的思想、印象和图像组成，尽管这些思想、印象和图像已经不在了，但它们仍在继续影响我们有意识的头脑。"② 荣格认为，精神疾病是对无意识的表达，应将精神疾病视为意识和无意识之间的一种不平衡关系。在现代人的心理中，思想被压抑的状况似乎比原始人更加常见，原始人知道如何应对无意识，然而现代人却无法做到。潜意识不仅是人类所有遗传智力的存放地，有时也预示着未来，或者为日常生活问题提供新颖的解决方案。现代人放弃了思想中的所有潜意识元素，不再重视梦，"因为在我们的日常经验中，我们需要尽可能准确地陈述事物，学会了抛弃幻想的装饰物，无论是语言还是思想，因此，我们丧失了这种在原始思想中仍然具备的品质。我们大多数人已经将所有神奇的心理联想，即每个物体或思想

① Lévi-Strauss C. *Myth and Meaning*. London：Routledge Classics，2001，p. 6.
② Jung C. G. *Man and His Symbols*. New York：Anchor Press，1988，p. 32.

都具有的心理联想，委托给了无意识，而原始人一直具有这些心理特性，他们赋予动物、植物和石头强大的力量，对我们来说，这些力量是奇怪的和无法接受的”①。

原始思想及其联系的丰富性还有与自然的特殊关系，已经在现代化中失去所有重要性，使我们的意识失去了潜意识。通过注意到梦对原始人类的重要性，荣格确立了梦在保持人类心理平衡方面的基本作用，他指出，随着现代的世俗化进程，我们思想中的鬼魂和魔鬼并没有从我们的思想中消失，他们只是采取了其他形式。现代人没有能力应对这些恶魔，而原始人总是与他们保持联系。在本能与理性之间的对抗中，现代化认同使人摆脱迷信的暴政，也对人类的思想造成了巨大的损失。“原始人比他的‘理性’的现代后代更受到自己的直觉支配，后者已经学会了‘控制’自己。在这个文明的过程中，我们越来越将我们的意识从人类心理的更深的本能层面，甚至最终从心理现象的躯体基础上分开。幸运的是，我们没有失去这些基本的本能层次，尽管它们可能只以梦的形式表达自己，但它们仍然是无意识前夜的一部分。”② 由于意识的这种分化，现代人似乎没有能力构造符号，对于原始人来说，符号是本能和图像结合的产物，它们大多作为古老神话的一部分出现。荣格认为，神话是人类心灵的前史，具有相似的梦境模式，例如，有些神话专注于破坏或恢复世界。蛇或龙在不同的文化和启蒙仪式中是常见的符号，所有人类都保留了祖先的这些符号和图案，但是现在它们成了脑海中被遗忘的一部分，荣格将此内容称为“原型”。荣格对模式的解释为我们理解不同人的性格类型提供了重要的启示。

人类学如何成为“魔幻现实主义”的中心思想？人类学视角首先是对科学思想的回应，该思想主导了19世纪对拉丁美洲的解释，换句话说，人类学视角是西方现代化描述拉丁美洲文化的框架

---

① Jung C. G. *Man and His Symbols*. New York：Anchor Press, 1988, p. 45.
② Jung C. G. *Man and His Symbols*. New York：Anchor Press, 1988, p. 52.

的对立面。从"政治无意识"的角度来看，作为一种意识形态，现代化和人类学视角不仅在同一"现实"中表达了完全相反的价值，在历史方法论上也取向不同。在19世纪，科学话语尤其受到穿越拉丁美洲领土进行未知的自然科学探索的欧洲旅行者的推动，对拉丁美洲的叙事产生了深远的影响，这些知识分子中最重要的人物应该是亚历山大·冯·洪堡（Alexander von Humboldt），他的植物地理学在欧洲创造了拉美的特殊形象。在20世纪，人类学视角允许拉丁美洲作家将注意力集中在拉丁美洲历史和文化的新方面，最重要的是拉丁美洲土著和黑人的神话和文化。

　　一方面，人类学视角是探索神话丰富性的完美方法，这种丰富性是拉丁美洲大陆民族学的特征，也使拉丁美洲的知识分子可以将他们的作品定位于历史的开端，即在殖民者到来之前，"他者"（土著或黑人）曾经居住过。另一方面，人类学视角是对以前占主导地位的拉丁美洲论述的反驳，在大部分征服和殖民时期里，法律话语和科学话语主导着对拉丁美洲"现实"的解释，这两种话语都成为人类学视角的目标，被视为外部的和压迫性的观念。西班牙古老的法律制度和科学思想无法表达拉丁美洲的真正"自我"，人们认为人类学视角能够对此类话语的历史时间和评估标准提出相对论，"新叙述展开了旧编年史中讲述的历史，表明这种历史是由一系列主题组成的，这些主题的连贯性和作者地位取决于意识形态结构不再有效的时期所编纂的信念，就像西班牙大帆船在《百年孤独》的丛林中摇摇欲坠一样，编年史的法律论述也在新的叙述中缺乏有效性。现代小说通过展示其最受赞赏的概念的相对性，或通过将字面意义隐喻为支持这种知识的方式，来描述19世纪拉丁美洲的强大科学支架"①。

　　"魔幻现实主义"对土著和黑人神话的特殊兴趣，表现为不断寻找拉丁美洲人民的起源地，好像通过寻找拉丁美洲居民的原始痕

---

① González Echavarría R. *Mito y Archivo*: *Una teoría de la narrativa latinoamericana*. D. F: Fondo de Cultura Económica, 2011, p.48.

迹，便有可能重建拉丁美洲文化的真实身份。从这个意义上说，每部"魔幻现实主义"小说都是通往"地理大发现"之前的拉丁美洲的旅程，这段旅程可以使我们回到它的诞生时期，回到它的起源时期。通过寻找美洲大陆的"真实"身份并复原原始身份被分割的过程，"魔幻现实主义"小说打算找到"历史"开始之前的拉丁美洲，拉丁美洲的起源变成了神话，因为必须解释拉丁美洲的话语创造。通过寻找起源，人类学视角需要改变在起源破坏之后使用的话语。在"魔幻现实主义"中，很难将历史和神话区分开的一个事实原因是，叙事材料是对历史起源（最纯净的神话过去）和寻找起源（不纯净的历史）的描述，即使是在现代，拉美人民也极度渴望回到神话过去，这影响了现代历史。为了找到起源叙事材料和人物经历历史的各个阶段，直到能够在原始的过去中捕捉到自然和人民不受外部力量污染的历史，人类学视角鼓励"魔幻现实主义"寻找原始的神话、语言和信仰。一旦作家们找到了文化的原始方面，他们讲述的故事也就变成了神话，通过处理"最纯净"的文化，作家们承担起重建文化的使命。

通过将起源视为拉丁美洲历史的真实和原始部分，历史成为小说人物寻找原籍的必经之路，历史本身成为神话，神话成为历史。在小说中，神话和历史之间的差异以不同的方式呈现给读者。神话讲述了起源，"'他者'的历史、乱伦、禁忌和人类的基本行为"①。虽然历史留存在用书面语言编纂成的手稿或书籍之中，但很少有人具有解释这种历史的能力，历史与神话的融合在小说中复活，与拉丁美洲的神话特征相关的故事以不断重复的模式呈现，并在不同小说人物的命运中不断重复。这些故事可能会有微小的变化，但结构始终保持不变，这清楚地表明时间在循环中移动，一个世代与另一世代之间没有任何重大差异。取而代之的是，与历史相关的故事

---

① González Echavarría R. *Mito y Archivo*：*Una teoría de la narrativa latinoamericana*. D. F：Fondo de Cultura Económica，2011，p. 55.

以线性方式呈现，现实与历史的距离已无可避免地稳定下来，从那时起，唯一可能的结果是原始文化的逐步破坏和生命真实感的消亡。

可以说，神话的内容属于整个社区，它传给了一代又一代人，尤其是社区中最年长的人，例如《百年孤独》中的乌尔苏拉。这种循环性和重复性也使语言符号彼此不同，从而备受争议，因为这些文字侧重于氏族、部落、家庭的家谱，而不是个人命运。小说人物则被认为是生活在不同的历史时期但具有相似类型的性格（如荣格提出的性格类型），最明显的例子是布恩迪亚的家人：阿尔卡蒂奥（Arcadio）顽强、性欲强、身体强壮、举止冲动，奥雷里亚诺孤独、孤僻（尽管性格冷酷）、具有强大的军事、哲学和占卜能力；在马孔多，不同世代的所有名叫阿尔卡蒂奥（Arcadio）和奥雷里亚诺（Aurelianos）的人都具有相同的个性，他们中的一些人将重蹈祖先的命运。这表明，世界神话结构的循环性涵盖了人类生活的各个方面，甚至通过反复使用类似的句子来描述不同的"现实"情况，比如马孔多人物说话的方式，这种语言行为在他们的生活中造成了各种类型的误解。

相比之下，历史内容是书面的、秘密的，因此小说中很少有人物可以使用。如果以《百年孤独》为例，那么只有梅尔基亚德斯（Melquiades）和最后的布恩迪亚（奥雷里亚诺·巴比伦）才知道马孔多的历史，梅尔基亚德斯是编写它（甚至将来的事件）的人，布恩迪亚是解释它的人。历史时间有开始和结束，因此它与出生和死亡有关。尽管神话时代的循环不断重复，历史时间却宣告了世界的未来，历史的书籍还谈到了改变原始生活的"和谐"的外来者，也谈到了其他国家带来的冲击。带有政治概念的"历史"是由中央政府的官员撰写的，由梅尔基亚德斯这样的外地人负责，通常它所呈现的内容都是当地人所不熟悉的；造成历史变化与地区毁灭的人物是政客、律师、商人和国家公务员，这种历史书写使得原住民根本无法理解政治和经济进程中自己生活的变化。如果说神话是关于起源的故事，那么历史就是故事的终结。

拉丁美洲人类学视角的发展是 20 世纪西方文化中发生的两种重要现象的产物：(1)第一次世界大战之后出现的欧洲中心主义危机；(2)欧洲先锋运动中形成的反现代思潮。然而，人类学视角在拉丁美洲的传播却经历了两个不同的阶段，并产生出不同的文学效果。从 20 世纪 20 年代到 40 年代，人类学视角主张将拉丁美洲与欧洲文明区分开来，强调欧洲的衰落是展示拉丁美洲文化丰富性的机会。在这一阶段，人类学的"田野工作"仍然与科学思想有很大关系，著名的人类学家进入原始社区，展示了科学探险的英雄形象。这项工作包括用一段时间学习当地人的语言，观察当地人的社会动态，如行为和礼节，通过对观察结果的真实描述来解释社区的核心价值。这种特殊的人类学视角影响了拉美大陆的不同文学流派，特别是那些与地方主义有关的文学流派。尽管这些小说提出了拉丁美洲世界的新视野，但它们存在两个矛盾之处：第一，原始社区被呈现为一种有组织的文化形态，其中所有要素都是连贯的；第二，对社区的科学观察导致了一种小说的产生，其特征在于对"现实"情况的真实描述。这些小说大多被视为现代拉丁美洲文学，从技术角度看，它们无法克服西方现实主义的影响；从意识形态角度看，它们仍然与对拉丁美洲社会的科学解释联系在一起，这些小说最主要的代表是《堂娜芭芭拉》和《旋涡》。

20 世纪 50 年代，拉丁美洲政治发生了巨大的变化，人类学视角发展进入第二阶段。这一时期，拉丁美洲的政治意识特别活跃，这是对美国日益增强的干预主义的回应，也是对古巴革命成功的回应。新的人类学视角认识到根本不可能存在对"他者"的解释，由此舍弃了先前人类学追求的理论客观性。新的人类学视角公开承认"解释"是一种拥有权力地位的研究者与作为被研究对象的"他者"之间的关系，在这两个主体具有平等的政治权力的情况下，新方法人类学研究可以促使这两个活跃的主体参与其中并交换意见，这就是

作为 "魔幻现实主义" 方法论背景的人类学视角。"正如罗兰·巴特所说，民族志是人类科学话语接近小说话语的最早案例之一；与此同时，小说不仅开始被认可其表达作用，而且开始被认可其启发性价值。这样，一个罕见的边缘地带开始被发现，这个地带试图澄清它相对于小说的地位，某些主题突出的民族学认识论可以纳入叙事和散文。"① 总而言之，新人类学不仅提供了对 "他者" 的意识形态理解，而且还可以尝试新的话语和叙事技巧模式，这些新技巧旨在通过更真实的方式展示 "他者"，竭力避免科学思想所追求的连贯性对 "他者" 的肢解。

鲁尔福是第一位 "魔幻现实主义" 作家，他比别人更加理解人类学视角在拉丁美洲小说创新中的潜力。他的作品《佩德罗·巴拉莫》和《燃烧的平原》(*El llano en llamas*) 影响了加西亚·马尔克斯、略萨等几代拉丁美洲作家的创作，这是因为他对讲述拉丁美洲背景故事的新方式有深刻的见解。鲁尔福是墨西哥内陆的永恒旅者，也是一位摄影师，他用相机永久地记录下了墨西哥那些偏远而被遗忘的地方。他还在一个研究土著的国家研究所担任编辑，从 1963 年到 1986 年，他帮助出版了许多关于墨西哥土著的专业书籍和杂志。如果说第一代 "魔幻现实主义" 作家(阿斯图里亚斯、卡彭铁尔、彼特里)通过接受 "超现实主义" 影响、翻译欧洲本土书籍或对拉丁美洲旧有传统进行学术研究等方式，接受了人类学视角的学术教育，鲁尔福则是第一个实际从事田野工作、实地观察当地社区、记录研究成果并不断从事当地文化材料研究的人，这些经历对其作品的技巧和内容都产生了巨大的影响。

《佩德罗·巴拉莫》脱离了传统的人类学视角。实际上，它的人物故事基于胡安·佩雷斯·约洛特的故事——由墨西哥人类学家里卡多·波扎在 1952 年记录的故事。这种人类学研究与鲁尔福的小说

① Weinberg L. "Fundación mítica de Comala." *Pedro páramo*; *diálogos en contrapunto* (*1995-2005*). México D. F: Colegio de Méjico, Fundación para las letras mexicanas, 2008, p. 324.

有何不同？波扎的作品具有科学的连贯性和线性发展的特点，这是20世纪20年代人类学视角的特征。相反，《佩德罗·巴拉莫》则用神话重新讲述了这个故事：首先，以口语化的语言讲述事件，将高度诗意的语言与通俗的表达方式、方言与模棱两可的对话结合在一起；其次，故事在非线性的时间性中组织，生与死之间的界限也被模糊了，科马拉村居民的故事也就超越了他们自己的死亡——作为原始的神话空间，科马拉村是存在于小说人物扭曲的记忆中的失乐园；最后，小镇也是炼狱，悲伤的灵魂在此不停地徘徊，为自己赎罪。因此，小说作为一种片段组合，为复杂的整体时间提供了支持，"打破了现实叙事的惯例，事件的线性、连续和因果重述的效果也被打破，这种因果关系的叙述也是构成规范的历史叙述的线。由并列的片段组成的文本组织是一种新的组织模式，产生了新的意义组合和星座"[1]。

　　《佩德罗·巴拉莫》似乎没有起点或终点，因为它的时间结构集中在当下，这就是为什么对话是主要叙事方式。在《佩德罗·巴拉莫》中，主角胡安·普雷西亚多前往母亲的家乡寻找父亲，他从外部世界到内部世界的旅程是寻找失去的身份的过程，也是记忆与遗忘之间的斗争。鲁尔福通过建立一个遵循"魔幻"思想和神话材料规则的故事，成功地解构了科学和现实主义话语。显然，鲁尔福不仅仅是谈论当地人的信仰和故事，还从他们的角度介绍这些故事，就像他们自己在讲这些故事一样。该镇的大多数居民是佩德罗·巴拉莫的儿子，其中一些人过着乱伦的生活，大多数人是幽灵，有些人是疯子，马鬼不断在城镇中奔跑。一个死人讲述了一个被毁城镇的故事。佩德罗·巴拉莫既是他自己的城镇与人民的国王，也是破坏者。所有这些原型都来源于基本的原始思想和原始神话，鲁尔福没有谈论神话，他让神话说话。

---

　　① Weinberg L. "Fundación mítica de Comala." *Pedro páramo*: *diálogos en contrapunto* (*1995-2005*). México D. F: Colegio de Méjico, Fundación para las letras mexicanas, 2008, p. 327.

欧洲"现代派"常常利用现代情节和旧神话之间的一些图像、比喻,来巩固现代情节与旧神话之间的联系,"魔幻现实主义"小说则试图将现代小说转变为古代神话的媒介。现代形式(小说)和古代内容(神话)之间的特殊的紧张关系导致了双重矛盾,在这种矛盾中,小说类似于神话,而神话却接受了西方讲故事的标准。众所周知,鲁尔福的这部小说彻底适用了新的内容和新的表达方式,而神话本身也是一种易适用的结构。"魔幻现实主义"给人的印象是这些小说都是神话,但事实是这些文本继续作为小说被创造和呈现。然而,神话的特征,如总体的尝试、神奇的逻辑、丰富的无意识内容、非线性时空性,以西方文学从未有过的探索方式改变了现代小说。通过改变小说作为一种流派的局限性,"魔幻现实主义"确立了一种新的意识形态配置,使神话、迷信和通俗文化成为叙事实验的特殊材料。此外,通过突出拉丁美洲文化的特定方面,"魔幻现实主义"迫使小说完成了以自己的意识形态为基础的转变:现代化的世俗化,这种转变意味着原始文化被小说接受,原始文化又适应了小说的规则。因此,通过将"魔幻现实主义"确定为探究拉丁美洲身份起源的小说类型(其目的就是以一种整体结构来呈现拉丁美洲历史,并使用神话内容作为其故事的主要来源),我们可以看到人类学视角作为一种基本要素对小说的巨大影响。

即使在第一位"魔幻现实主义"作家的小说中,神话也是作家们理解拉丁美洲"现实"的关键。20 世纪 30 年代,在乔治·雷诺德(George Raynaud)教授的影响下,阿斯图里亚斯协助翻译了《波普尔·武》(Popol Vuh)。这是一本神圣而古老的书,其中包含危地马拉基切人的神话。尽管 50 年代的小说假装是神话,但第一部"魔幻现实主义"小说却在神话与情节之间建立了不同的关系。直到小说《总统先生》,读者已经无法确定哪一部分是神话,哪一部分是历史,至此,历史内容和神话内容才以模棱两可的方式呈现。然而,神话是历史的元文本,神话的内容呼应了历史事件的意义,神话与历史形成了错综复杂的对话，这两个内容是如此紧密，以至于有时很难看到一个在哪里结束而另一个在哪里开始。"这种预言象征着安赫尔的牺牲，在到达港口乘船前往华盛顿之前，他被总统先生下令暗杀。印度的神话主题通过梦想和幻象非常巧妙地融入了小说中，同时，它们也服从于整个原型结构，即路西法从乐园堕落的结构。"① 从阿斯图里亚斯的第一本小说到鲁尔福和卡彭铁尔全心创作的小说，"魔幻现实主义"作家力求将神话融入"现实主义"小说中，而且还将其融入的神话作为小说的中心话语，从而将历史话语放到了次要位置。

在卡彭铁尔和加西亚·马尔克斯 50 年代的作品中，人类学视角达到了成熟的状态。一方面，这种方法使他们能够使用魔幻般的"现实主义"来摧毁本国的官方历史和整个拉丁美洲的历史，使"他者"的声音成为叙述的中心；另一方面，一旦"魔幻现实主义"改变了小说的特征并为拉丁美洲在世界上确立了新的地位，"魔幻现实主义"作家(如卡彭铁尔)就试图攻击西方文化的中心地位，或由此展开西方与拉美关系的新谈判。

拉美文化是西方文化的重要组成部分。首先，人类学的方法及其在"魔幻现实主义"小说中的影响代表了反现代化的态度，指出了现代化给人类生活带来的损失；其次，人类学视角作为拉丁美洲文学的表现形式是对价值的重新谈判，这种变化在拉丁美洲文化和经济上的现代化明显失败之后发生；最后，人类学视角通过提供拉丁美洲历史和文化的新坐标，使拉丁美洲作家(即使不是全部)有可能从西方文化中获得部分文化独立。与其他拉丁美洲作家相比，卡彭铁尔和加西亚·马尔克斯的作品中，人类学视角和原始思想被浓缩成一种新的小说形式，《百年孤独》与《消失的足迹》中，小说的神话形式并没有限制自己，反而为拉丁美洲提供新的视野，人物的故

---

① Leal L. "Myth and Social Realism in Miguel Angel Asturias." *Comparative Literature Studies*, 1968, 5, (3): 242.

事和他们的生活成为人类历史的隐喻，使拉丁美洲文化不仅仅是
"第三世界"的表达。

　　很明显，人类学视角有其自身的矛盾，这些矛盾在西方世界对
"魔幻现实主义"所做的解释中尤为明显，其中最重要的就是作为人
类学前提的假设，根据这种假设，外来者可以认识"他者"，并且从
更根本的意义上来说，可以成为他的代言人。这种矛盾源于这样
一个事实，即拉丁美洲的"魔幻现实主义"作家不属于拉丁美洲土
著或黑人，他们用殖民者的语言西班牙语写作，书写的体裁是最具
象征意义的西方现代体裁（小说），他们的原始资料的来源是翻译作
品或经过多次转译的翻译作品。人类学视角宣布了对拉丁美洲真实
性的寻求，拉丁美洲真实性始终是"魔幻现实主义"的主要目
标，但由于"他者"仍然未知，因此从未实现。"魔幻现实主义"
投射的是"他者"的人类学形象，无论是土著还是黑人，但是"他
者"永远不会讲述自己的故事。"我们真的能在不侵犯或保持他者文
化纯洁的前提下认识他者吗？他者文化与西方文化的混合'确实'
值得欲求，并且不会导致其毁灭吗？有可能写出我们对他者文化的
知识又不将其扭曲到不可辨认吗？不能不将所有这些尝试都变成虚
构吗？"① 人类学视角是关于"他者"的话语，但它永远不会成为
"他者"的真实表达。

（三）人道主义作为意识形态

　　"魔幻现实主义"中的第三个意识形态是人道主义。作为一种意
识形态的人类学视角和现代化之间的主要矛盾与对过去和未来的重
新诠释有关，而人道主义作为一种意识形态则体现了"魔幻现实主
义"在拉丁美洲社会斗争中的立场。在"第三世界"加剧了资本主
义与共产主义之间的对抗的历史时期，人道主义在拉丁美洲的接受

---

　　①　González Echavarría R. *Mito y Archivo: Una teoría de la narrativa latinoamericana*. D. F: Fondo de Cultura Económica, 2011, p. 206.

有两个特点：（1）从理论的角度来看，人道主义和人类学都着眼于将人类(个人)作为历史的中心，都强调人类历史的宗教意识；（2）人道主义已经是西方作家的核心概念，"魔幻现实主义"作家从中借用了许多技巧和道德价值。在 20 世纪 50 年代和 60 年代的欧洲，关于人道主义的辩论变得尤为重要，当时许多左翼思想家使用"人道主义"一词来强调他们对马克思主义的特殊立场。在某些情况下，"人道主义"被认为是一种"修正主义"意识形态，旨在破坏马克思主义理论以支持资产阶级。

最重要的代表性思想家是路易斯·阿尔都塞（Louis Althusser），他于 1967 年出版了《人道主义争论及其他》。阿尔都塞将"人道主义"视为无产阶级的意识形态，"因为马克思主义哲学中的人道主义甚至不是资产阶级哲学的一种独特形式：它是庸俗的现代宗教意识形态的最邪恶的副产物之一。我们早就意识到，其效果甚至其目的，就是解除无产阶级的武装"①。阿尔都塞分析的有趣之处在于人道主义与人类学之间的关系，阿尔都塞将人道主义描述为一种理论上的误解，打算将《1844 年经济学哲学手稿》作为马克思最重要的著作。根据阿尔都塞的说法，马克思仍然受到费尔巴哈（Ludwig Andreas Feuerbach）的影响，费尔巴哈的理论完全是理想主义和人类学的："于费尔巴哈而言，人就是独特、原始和基本的概念……"②此外，阿尔都塞谴责了费尔巴哈对历史概念的牺牲，"马克思、恩格斯和列宁都没有犯错：费尔巴哈是科学的唯物主义者，但是……他是历史上的唯心主义者。费尔巴哈谈论自然，但他没有谈论历史——因为自然支持历史。费尔巴哈不是辩证法，等等"③。

对于费尔巴哈而言，历史不是一个辩证的过程，而是一部人类

① Althusser L. *The Humanist Controversy and Other Writings*. London：Verso, 2003, p. 266.
② Althusser L. *The Humanist Controversy and Other Writings*. London：Verso, 2003, p. 236.
③ Althusser L. *The Humanist Controversy and Other Writings*. London：Verso, 2003, p. 237.

的异化史。在这种意义上，异化意味着人与客体具有一种扭曲的关系，人的本质已经丧失。通过将异化、主体和人定位为他的理论的三个基本概念，费尔巴哈创造了一种新的宗教形式，即人代替神的宗教。阿尔都塞指责费尔巴哈将革命行动描述为必须在人的意识中产生的事情，而不是生产关系的历史性变化，阿尔都塞的结论是，人道主义是一种宗教意识形态，是一种现代的宗教形式，与马克思主义的"现实"形式背道而驰。"现在，人们认为人与人道主义是与马克思和恩格斯所认为的相反的东西，它与真实的、具体的世界正好相反；人与人道主义是牧师的故事，是本质上具有宗教性质的道德意识形态，由穿着外行的小资产阶级鼓吹。"① 显然，从阿尔都塞的观点来看，人道主义等同于人类学，因为它对人类的宗教信仰有所了解，而人类的本质却在异化中丧失了；人道主义等同于人类学，因为它不是将生产的社会结构作为历史过程和人类本质的中心，而是强调人的本质包含在人类个体中。

　　萨特（Jean-Paul Sartre）在他的作品中提出了不同的人道主义视角。他不同意存在主义是"悲观主义、丧失希望和人类事务严肃性的思想"。萨特将存在主义理解成一种人道主义，因为它暗示着人类必须接受上帝的消失以及任何其他形式的本质，"因此，就无所谓人的天性，因为没有上帝来给予它一个概念。人赤裸裸地存在着，他之赤裸裸并不是他自己所想象的，而是他是他自己所意欲的——他跃进存在之后，他才意欲自己成为什么东西。人除了自我塑造之外，什么也不是"②。人的意志无可厚非，赋予人类意志的是存在性和人类责任，每个人的行为都是全人类的行为。"假如存在先于本质是真实的话，人就要对他自己负责。因此，存在主义的第一个作用是使每一个人主宰他自己，把他存在的责任全然放在他自己的肩膀

<hr>

① Althusser L. *The Humanist Controversy and Other Writings*. London：Verso, 2003, p. 258.
② Sartre J. P. *Existentialism from Dostoyevsky to Sartre*. Bromborough：Meridian Publishing Company, 1989, p. 3.

上。当我们说人对他的本质负责时,我们并不只是说他对他个人负责而已,而是对所有的人负责。"① 这种责任是人类苦恼的根源,因为它意味着人类要依靠自己的选择,而没有任何办法可以逃脱这一责任。此外,上帝的消失也意味着善与恶的概念不再体现人类生活的基本伦理,因此,萨特将"神的死亡"理解为人类获得自由的机会。

萨特强调了人类的命运仅仅取决于自己意志的可能性,因此,人类仅受他的选择及其选择之间的关系的限制。在存在主义中,人被自己抛弃,被赋予寻找自我的可能性。存在主义并不能把人道主义复兴为一种新的宗教,在这种新的宗教中,人类代替上帝成为世界的新本质。实际上,萨特谴责那种有关人类至上的价值,那种捍卫现代人类为历史终结或称赞人类宽宏大量的人道主义。对于萨特来说,人类不是终点,因为人类还有待确定,因此,任何人类崇拜都是荒谬的,这种崇拜会成为法西斯主义这样的极端思想的温床。相反,萨特通过不断改变他的"超越目标",强调了人类的潜力,即人总是能够超越自己。人类存在的这种能力和可能性使存在主义成为一种人道主义,"因为人是如此自我超越的,也只有这种自我超越才能把握得住东西,他自己才是他超越性的核心。除了人之世界外,别无其他世界。这个人的世界乃是人的主观世界,这种构成人之要素的超越关系(不是说上帝是超越的,而是说自我超越)和主观性(意即人不是自我隔绝而是永远呈现于人的世界之中)才是我们所说的存在意义上的人文主义,这就是人文主义,因为我们提醒人,除了他自己之外别无立法者"②。

由于作家对拉丁美洲"现实"的政治态度,人道主义作为一种意识形态,在"魔幻现实主义"中扮演着特殊的角色。"魔幻现实

---

① Sartre J. P. *Existentialism from Dostoyevsky to Sartre*. Bromborough:Meridian Publishing Company,1989,pp. 3-4.

② Sartre J. P. *Existentialism from Dostoyevsky to Sartre*. Bromborough:Meridian Publishing Company,1989,p. 15.

主义"既否定了"社会主义现实主义"（与苏联有关），又否定了
"西方现代主义"（特别是与资产阶级价值观有关的），人道主义就
成为对其国家社会状况最相关的政治态度，并且又一次地，"魔幻现
实主义"把自己推向了矛盾的对立面。首先，人道主义作为马克思
主义或存在主义意识形态，体现了一些西方作家反资产阶级的概
念，福克纳、萨特、加缪、塞林格、海明威等人表达了这种矛盾的
痛苦和人类的潜能，"魔幻现实主义"的人文精神可以追溯到"魔
幻现实主义"与西方文学的关系，也正是西方文学赋予了其不同的
技巧和内涵。这种关系在拉丁美洲作家和美国作家之间尤为明
显，20世纪五六十年代，大多数"魔幻现实主义"作家受到了福克
纳、帕索斯或海明威的影响。显然，反资产阶级的情绪并非为欧洲
先锋派运动所独占，"魔幻现实主义"也借助了美国小说家笔下失
败、混乱和挫败的感触。当然，福克纳可能是最成功的南方文学作
家，因为他解除了自己国家历史的负担。20世纪30年代初，福克纳
的作品被翻译成西班牙语后，他所描绘的美国南方地区就吸引了拉
美作家的注意力。他的小说描绘南方地区的历史、美国内战和由此
导致的区域差异和边缘化、经济和军事上受到的本国其他地区的排
斥，以及20世纪长期存在的贫穷落后问题，这一切正如拉丁美洲打
破殖民主义的枷锁和努力挣脱落后地位的进程。经常向福克纳致谢
的卡洛斯·富恩特斯（Carlos Fuentes）曾对一位美国观众说："辛克
莱·刘易斯（Sinclair Lewis）是你们的，对我们来说他既有趣又重要。
而威廉·福克纳既是你们的，也是我们的，因为他对我们来说是必
不可少的。在他身上，我们看到了一直与我们同在，却很少与你们
同在的东西：一张总是摆脱不了的失败的面孔。也就是说，福克纳
和他笔下的南方对拉丁美洲施加了巨大的影响，用珀西的话来
说，这是因为，我们也输了。"①

---

① Cohn D. "'He was one of us': The reception of William Faulner and the U. S South by
Latin American Authors." *Comparative Literature Studies*, 1997, 34(2), 150.

"魔幻现实主义"还确认了与马克思主义人道主义的关系。20世纪20—60年代在拉丁美洲发展的反资本主义和反帝国主义运动起到了重要作用。马克思主义人道主义在拉丁美洲知识分子中具有强大的影响力,而正统的马克思主义对拉丁美洲"现实"来说太激进或者说太陌生。马克思主义人道主义在"魔幻现实主义"中尤为明显,体现在小说描述弱者或边缘化人群的社会状况时所表现出的同情,以及谴责当权者的残酷和暴力。"痛苦"和"同情"的矛盾组合作为一种普遍的政治态度,在最具重要性的"魔幻现实主义"小说中都有所体现,如《百年孤独》《人间王国》《佩德罗·巴拉莫》和《总统先生》。

对弱者表达同情的同时,"魔幻现实主义"通常也描绘了无法改变的社会现状,这种现状使小说最终走向悲剧。如果我们把阿尔都塞对马克思主义人文精神的评价作为方法论,就有可能理解和同情"魔幻现实主义"所体现的消极一面:"魔幻现实主义"没能阐释拉丁美洲社会的阶级斗争。通过不断再现每个英雄的命运,"魔幻现实主义"小说不自觉地掩盖了这样一个事实,即他们的英雄也是压迫下层阶级的一部分。《百年孤独》通过描写不同的例子,说明社会正义这一话题总是掩藏在"魔幻"的解释及其原型之下。起初,在描述马孔多镇给所有居民提供的平等待遇时,作家称其能够帮助居民公平地获取水源和阳光,却甚少提及一些家庭拥有奴隶,其中大多为印第安人,这些土著具备服从者的所有特征,受主人命令的支配;工人、少数民族和妓女被认为处于社会的服从阶层,甚至那些同情他们的人也如此认为。马孔多镇的社会矛盾并不是被外来者的到达激发的,布恩迪亚家族从一开始就占有特殊的地位,"之前加西亚·马尔克斯阐述社会正义和平等时,他设法创造了社会力量平衡的画面,使第一代得以公平地建造和分配住房,现在他给我们讲述了一个揭示阶级真相的故事,布恩迪亚家族的房子是'镇上有史以来最大的……在马孔多的沼泽地上最热情好客，也是最新鲜的'"①。

不同角色的政治倾向很明显地诠释了小说的矛盾点。奥雷里亚诺·布恩迪亚上校没有发起战争，因为他持有独特的观点或理念。他参与了战争，但他是被迫的，那些驱使他参战的客观条件既是他对他人的同情，也是他的天性和躁动。作为社会叛乱的领袖，他和他最亲密的副手缺乏政治素养，因此他的革命是盲目的无政府主义、人道主义以及愤怒的混合体。在马孔多煽动的革命中，最杰出的理论家就是奥雷里亚诺·布恩迪亚和无政府主义者诺格拉，这两人都受到他们政治天性的影响：政治冒险主义和军阀主义。经历 32 次内战之后，奥雷里亚诺·布恩迪亚取得的唯一政治成果，就是签订了一个对国家的社会结构毫无作用的和平条约，这个结果丝毫不令人称奇，政府也从未执行过他签署的几项有利于自己士兵的条款。这种政治意识的缺失说明"魔幻现实主义"不可能针对拉丁美洲的现状提出一个乌托邦计划。在《百年孤独》中，布恩迪亚家族似乎是工人罢工反对香蕉公司这一行动的主角，他们的行为也确实和允许这家公司进入小镇的情况有关。"若说经济和政治是香蕉公司遭到重创的外力，那么内部原因不是布恩迪亚家族（商人或地主）还会是谁呢？难道不是奥雷里亚诺第二请美国人来他们的家吗？我们不是想否认帝国主义的破坏力，但我们也不想让那些在内部支持帝国主义并允许它进行渗透的人逃避责任。"② 人道主义在"魔幻现实主义"中的尴尬之处在于无法再现真实的历史过程，而这种历史过程才是造成拉丁美洲特殊处境的真实原因。

在《人间王国》中，黑人奴隶的叛乱被描述为一群不知道自己为什么要反抗的人发起的混乱运动。特定的"魔幻"主题掩盖了殖民

---

① Rodríguez I. "Principios estructurales y visión circular en Cien años de soledad. " *Revista de Crítica Literaria Latinoamericana*, 1997, 5(9), 88.

② Rodríguez I. "Principios estructurales y visión circular en Cien años de soledad. " *Revista de Crítica Literaria Latinoamericana*, 1997, 5(9), 93.

者与奴隶之间的斗争。在当时,历史和政治进程就像是疯狂的轮回,在这个轮回中,殖民者和奴隶没有任何区别。"看不见的目击者发现奴隶们闯入了主人的房子,藏在花园里的梅兹却关注不到这件事。黑人们带着他们'积压已久的欲望',疯狂地酗酒,尖叫,狂笑,互殴,强奸白人妇女,他们不是为了自己的权利而奋斗的成熟人类,而是没有任何纪律和尊严的'暴民'。"① 与其他"魔幻现实主义"小说一样,《人间王国》的叙述者是一个博学多才的人,从局外人的角度观察社会变革,往往会忽视社会最底层,或者将他们的反叛视作一种纯粹疯狂的行为。当小说中来自社会边缘阶层的某些人物也接受殖民者的观点时,这种情况也会发生,蒂·诺埃尔就是如此。尽管他自己就是黑人奴隶,却经常受困于西方殖民者的视角,"蒂·诺埃尔是一个模糊不清的聚焦装置——他与欧洲化的世界的联系导致他无法完全认同其他黑人,在很大程度上,他已经失去了黑人文化。麦克康达尔对他施以一种'奇异的魅力',对他诉说自己国家的神话般的国王,让他发现了一个新的宇宙。当麦克康达尔消失时,'他故事所唤起的整个世界'也消失了"②。

在《佩德罗·巴拉莫》中,革命被视为滑稽事件,尽管在一开始威胁到了佩德罗·巴拉莫的权力,但后来被证实只是针对科马拉的一场闹剧。确实,叙述者和小说中的某些人物对佩德罗·巴拉莫暴政下的受害者表达了深切的同情,胡安·普雷西亚多、雷德里亚神父或多罗脱阿,他们都是佩德罗·巴拉莫和社会不公的受害者,但是对于所有受害者而言,逆来顺受和怀旧的情绪注定了变革必然失败。《佩德罗·巴拉莫》把人物的所有欲望都投射到过去,把现在作为一种不可更改的现状,从而暗示了未来是不存在的,这就是为什

---

① Chanady A. "La focalización como espejo de contradicciones en El reino de este mundo." *Revista nanadiense de Estudios Hispánicos*, 1988, 12(3), 454.

② Chanady A. "La focalización como espejo de contradicciones en El reino de este mundo." *Revista nanadiense de Estudios Hispánicos*, 1988, 12(3), 455.

么幻想在小说中占据重要地位。希望一直被认为是人类的罪过,大多数"魔幻现实主义"小说的悲剧结局都表示变革是不可能实现的,未来是不存在的,这是现代西方小说的基本特征。但是,"魔幻现实主义"将对软弱者的同情视作社会变革的可能性,误解了其政治意识形态,这种误解导致了对社会斗争叙述的不准确。一旦对人类的同情心成为"魔幻现实主义"的政治记号,那么社会斗争就永远不会以当权者和被压迫者之间的斗争形式呈现出来。相反,"魔幻现实主义"将社会悲剧描述为意识丧失、身份认同问题或宗教诅咒的一个过程。总而言之,"魔幻现实主义"表达了对社会不公的同情,但它无法对这一悲剧的起因进行透彻的分析,还放弃了提出任何乌托邦式的革命想象的解决方案。所有"魔幻现实主义"小说都将重点放在男人身上,将他视为不受社会关系制约的典型角色。阿尔都塞对马克思主义人道主义的批评也适用于"魔幻现实主义","魔幻现实主义"为了从人类学角度观察拉丁美洲的社会状况而牺牲了历史,这种批评是有效的,因为"魔幻现实主义"不仅旨在描述拉丁美洲的"现实",而且要成为改变"现实"的源泉。许多"魔幻现实主义"作家都支持拉丁美洲的解放运动和马克思主义运动,然而,他们小说中的政治观念比具有社会革命目的的文学作品更具人道主义和同情心,因此,"魔幻现实主义"没有强调社会斗争中的矛盾,而是倾向于通过一种文化的方式来消解它。"众所周知,魔幻现实主义的特点是将现实与虚构、魔幻和日常生活结合在一起,把两个不同的层面统一化,结合到一个相同的层面中,并且有意地让这些元素出现在现代性的关键时刻。""作为反文化运动,'非理性主义'和'身份认同'在20世纪60年代先锋派和社会文学中闪亮登场,两者都要求用魔幻思维对抗理性逻辑,从超现实主义中最疯狂的行为发展到了魔幻现实主义,在后者中,现实与非现实之间的差异已经不再那么明显。"①

作为意识形态的现代化、人类学视角和人道主义之间的相互作用，定义了"魔幻现实主义"的意识形态斗争。如前文所展示的，所有这些"话语"都包含双重矛盾：一方面，它们是西方世界产生的"话语"，用以分析和描述"另一个"或"第三世界"；另一方面，这些"话语"包含着深刻的内在矛盾，在"第三世界"中变得更加明显。因此，"魔幻现实主义"的意识形态斗争体现了作为西方殖民化产物的拉丁美洲身份在西方文明中的尴尬位置，体现了在 20 世纪资本主义扩张而试图重新殖民拉丁美洲领土的过程中所产生的矛盾。

三 生产方式：人类发展不同阶段的重叠

詹姆逊认为，第三个政治无意识中需要研究的方面是艺术作品生产方式的呈现。对生产方式的分析意味着对社会过程的理解不仅与社会斗争有关，而且是历史性的，也就是说，这种分析是从整体的角度来看待人类的转变，涵盖了发展的多个方面（文化、思想生产、阶级表达、技巧）。生产方式表现了社会结构在特定发展阶段的组织方式，人类发展的经典阶段是原始的共产主义、等级森严的亲属社会、亚洲的生产方式、城邦、封建主义、资本主义和共产主义。然而，詹姆逊又提出了另一种区分不同生产方式的方式，若考虑不同阶段的主流文化，则可以分为"魔法和神话故事、亲属关系、宗教或者神圣""古代城邦中公民的狭义范畴的'政治'""受公民个人支配的关系""商品实质化"和"（大概）原始和还没有完整发展形式的集体或者公共协会"。② 因此，所有的艺术作品都是在以某种

---

① Llarena A. "Pedro Páramo: el universo ambivalente." *Pedro páramo: diálogos en contrapunto* (*1995-2005*). México D. F: Colegio de Méjico, Fundación para las letras mexicanas, 2008, p.142.

② Jameson F. *The Political Unconscious*. London: Cornell University Press, 1983, p.75.

方式将生产方式的相互作用(竞争、重叠、替代)描述为在历史背景下整合文学材料的一种方式。"魔幻现实主义"小说的一个最独特的方面是展示了人类历史的多个阶段,几乎每一部"魔幻现实主义"小说都试图包含人类从原始到现代发展的所有阶段。通过这种方式,"魔幻现实主义"展现了时间的复杂魅力:人类进步的各个阶段是以历史的、线性的顺序呈现的,这多个阶段又是同时并存的。不同的生产方式在特定时间内的更迭或重叠,是"魔幻现实主义"在"第三世界""现实"中发现的最重要的特点之一。"魔幻现实主义"的整体性的历史趋势意味着这些小说的生产方式不仅是当代生产方式变化的表现,也迫使故事不断处理过去的生产方式,突出这些生产方式对拉丁美洲社会的特殊意义。

在《百年孤独》和《消失的足迹》中,人类的线性发展阶段都得到了有力的表现。在故事情节的线性呈现中,一种生产方式的变化意味着主人公意识的变化(《消失的足迹》)或社会命运的变化(《百年孤独》)。在西方小说中,故事的进展往往表现为生产方式的变化,而在"魔幻现实主义"中,不同生产方式的改变是故事的不同部分。例如,《百年孤独》涵盖了原始共产主义、古代生产方式、封建主义、资本主义这几个不同的历史阶段,这些阶段同时又是马孔多颓废的过程。一种新的生产方式总是与最初的阶段(很可能与原始共产主义联系在一起)产生冲突,越来越现代化的生产方式破坏了人们的身份认同;通过将原始身份指定为原始时代的特征,对古代生产方式的描述趋向于再现一个更加和谐的世界,而最新的生产方式被认为充满混乱与冲突。通过写作,人物被不断地投射到过去,情节则朝着未来发展,生产方式也与内部世界和外部世界建立了联系。在《百年孤独》中,原始社会建立起来的唯一生产方式是原始共产主义,在这种逻辑下,后原始时代的生产方式将接踵而至。

"魔幻现实主义"同时呈现了人类发展的各个阶段,在同一时间、同一地点再现了原始生产方式和现代生产方式的特点,例如，原始共产主义的许多特点在《百年孤独》中贯穿始终："魔幻"
思想(鬼魂、奇迹、万物有灵论、预感等)。尽管乌尔苏拉统治着布
恩迪亚家族，但这个母系家族中几乎所有的成员都有乱伦行为；当
遗忘的瘟疫使马孔多人失去记忆时，他们也失去了写作的能力，不
记得名字，用手指来指定对象，但这场遗忘的瘟疫也让人记起了原
始社会，这个社会周围的物体没有名字，还没有发展出文字；家庭
成员的循环性命运，以及同名同姓和共同人格的重复，在故事开始
时犯下的罪恶带来的不可避免的破坏，都属于由自然循环周期支配
的原始生产方式的再现，甚至故事中的第一件武器——何塞·阿尔
卡蒂奥·布恩迪亚杀死普鲁邓希奥·阿基拉尔(Prudencio Aguilar)的
长矛——也暗示了原始工具的使用；带领家庭到马孔多的漫长旅程
和预示的梦想都遵循着神话或《圣经》时代的结构。

　　原始生产方式的一些特点将一直持续到《百年孤独》的结尾，尽
管新的生产方式将影响城镇的生活方式，但它们不会取代原来的生
产方式(原始共产主义)，新的生产方式只是与原来的生产方式重叠。
新生产方式的出现是一种内在发展被外在新发明取代的过程，例
如，吉卜赛人的商队引进了新的生产工具，如镕铁技术、冰、磁铁、
导航仪器、放大镜、百科全书、其他语言文字等。马孔多的第一批
居民的商业和生产活动也导致了资本积累，他们拥有了个人财
产，扩大建成区，远征未知的领土，包围起城镇。国家机构是马孔
多最根本的变化之一，这种变化面对的是人民的沉默，在马孔多的
居民看来，新市长、警察、军队、州法律是一种不可接受的生产方
式，因为它是一种外部力量。拒绝这种生产方式的另一个原因
是，它威胁到由马孔多第一批居民组成的封建贵族制度，马孔多城
市的政治权力与血统有关，在这一社会结构中，布恩迪亚家族享有
重要的地位。但新的生产方式(税收和两个传统政党对权力的垄
断)并没有被完全拒绝，马孔多的居民决定忽略这些新制度，新的生
产方式与以前的生产方式重叠。当中央政府挑起保守党和自由党之

间的内战时，布恩迪亚家族因为保守党在选举中的腐败行为而强烈反对保守党，布恩迪亚上校站在自由党一边，但很快发现两党几乎是一样的，都是凶残的寡头政治。布恩迪亚上校对中央政府的战争，也是马孔多封建贵族与代议制民主之间的战争，是中世纪生产方式与现代生产方式之间的冲突，马孔多与外部世界之间的不断冲突是一种拒绝现代生产方式的倾向。奥雷里亚诺·布恩迪亚上校的失败、阿尔卡蒂奥的独裁统治及其随后的处决以及香蕉公司的到来，都是现代生产方式取得胜利的无可争议的标志，但布恩迪亚家族的威望和影响力将继续，这是对原始生产方式的一种歌颂。

　　现代生产方式以美国公司在马孔多建立资本主义生产体系的象征——火车——为代表，随着摄影、广播、电视等现代生产方式的出现，阶级斗争、中央政府主权的丧失和美国帝国主义也随之产生。在这种新的情况下，工人阶级完全是本地人，公司的领导层则来自美国。为了维护美国公司的利益，中央政府允许公司强加恶劣的工作条件，用复杂的法律手段欺骗工人，用军队镇压工人暴动。从这个意义上讲，资本主义生产方式与原始的生产方式互相对立，直到之前的生产方式几乎消失。随着资本主义生产方式最终建立，马孔多的居民将忘记所有的过去和原始文化，仿佛经历了另一场遗忘的瘟疫。这将有助于引进官方历史，为国家合法性背书。中央政府否定了历史上的香蕉公司的大屠杀行为，这不仅表明了马孔多工人阶级的失败，也表明了资本主义生产方式的巩固。《百年孤独》结束时，马孔多城镇被摧毁，最原始的生产方式(原始共产主义)和最现代的生产方式(资本主义)交织在一起，最终成为一个闭环。正是布恩迪亚家族制造乱伦的诅咒，导致了这座城市的最终毁灭，这个诅咒在原始时代建立起来，也鼓励了何塞·阿尔卡蒂奥·布恩迪亚建立马孔多城镇。但是，正是随着资本主义生产方式的到来，这一诅咒(猪尾巴的孩子宣布了城市的毁灭)才会实现。通过将最原始和最现代的生产方式联系起来，这部小说不仅反驳了进步的概念(明天会比今天好），还对"第三世界"的线性进步概念提出了质疑——虽然西方世界人类进步的每一个阶段都意味着一定程度的繁荣，但在"第三世界"，人类进步的每一个新阶段都等于一个更具灾难性的社会局面。

"魔幻现实主义"的历史整体感也意味着生产方式的整体感。建立完整生产方式的历史必要性，源于改变拉丁美洲整个历史的愿望，更重要的是，这种必要性是从拉丁美洲的"现实"中产生的。在这种"现实"中，历史条件在同一地方塑造了各种生产方式的明显重叠：广泛的土著社区（仍然普遍采用封建土地分配制度）、民主和资本主义生产方式相对发达的现代城市、军事独裁，都在 20 世纪的拉丁美洲同时共存。对生产方式的总体意义的表述与一种"现实"联系在一起，在该"现实"中，生产方式不是以线性时间方式展开，而是以特殊方式发展的。寻找不同的生产方式是一个可以在拉美国家不同空间的旅程中感知到的问题，而不是在历史研究中。拉美生产方式的重叠是"第三世界"的共同特征，在"第三世界"中，殖民主义、世界体系中资本的不平等分配以及社会内部的矛盾，产生了不同的人类历史阶段。

"魔幻现实主义"通过代表拉丁美洲历史发展的这一独特方面，能够在统一的"现实"中既运用原始生产方式的内容，又运用现代生产方式的内容。小说的神奇之处不仅仅是对拉丁美洲"现实"的想象扭曲，甚至不是对"现实"的隐喻性表达，而是对一个同时存在着极其不同的生产方式的"现实"的表达。在西方世界，生产方式的逻辑是每一种新的生产方式都必须克服以前的生产方式，直到其几乎消失。事实上，西方小说通常代表着两种生产方式之间的悲剧性转变，尽管在一部西方小说中可以看到两种以上的生产方式，但它们几乎是以一种难以察觉的方式存在的。相比之下，"魔幻现实主义"强调多种生产方式，这些生产方式是改变人物和社会命运的基本原则，这种生产方式的多样性产生了不同层次的意义，影

响到小说的特定方面,如时间性、小说与"现实"的关系,以及对
人类历史的理解。

如果我们以卡彭铁尔的《消失的足迹》为例,就有可能看到生产
方式不仅是社会历史的转折点,而且还可能是主人公意识发展的路
线图。在该书中,人类发展的各个阶段都是倒序呈现的,主人公是
一位定居纽约的古巴裔音乐家,他用日记的形式讲述了这个故事。
很久以前,他就对妻子产生了厌恶之情,终日处在乏味的日常和无
爱的环境中。妻子因故要去另一个地方,他得以独处一段时间。主
人公厌倦了做公关的工作,决定休假几周,这时他遇到了一个老朋
友,这个老朋友劝说他继续研究音乐的模仿起源。正好某大学在这
方面提供了诱人的职位,朋友也鼓励他到南美旅行,学习原始民族
的音乐,穆奇(Mouche)——主人公的占星家情人——也建议他接受
大学的委派,然后去热带地区进行一次愉快的旅行。为了掩饰自己
的真正意图,她建议伪造一个原始乐器,以便稍后将其作为研究证
据使用。他接受了大学的提议,并与情人一起去了南美。从这一刻
起,这部小说就沉浸在人类发展的多个阶段中。主人公拒绝自己的
婚姻生活,拒绝西方和发达国家的日常生活,拒绝文明,也拒绝
一种生产方式,在这种情况下,先进的资本主义社会被质疑,似乎
文明、进步和富足都不能提供一种必要的东西。

"魔幻现实主义"小说表现的生活虽然代表着先进的生产方
式,但生活在其中的人却时刻感受到一种本质性的匮乏。搜寻这种
本质,也就是搜寻起源,从这个意义上说,通往本质的旅程也是拒
绝一切非本质的过程。通过去拉丁美洲旅行,主人公拒绝了现代生
产方式,开始探索其他生产方式。主人公到达委内瑞拉首都加拉加
斯,那里正发生着内战,对峙双方令人困惑,这场战争似乎面临着
一场具有现代民主和社会变革愿望的民众运动,以抗击试图尽一切
力量保持政权的寡头统治。主人公在试图建构政治逻辑的过程
中,最大限度地意识到国家的处境充满了矛盾和悖论。对革命的描

写是这部小说的重要内容，革命似乎是介于现代生产方式和传统生产方式之间的中间阶段，主宰这个中间阶段的制度仍然是中世纪的生产方式。正因为如此，拉丁美洲国家在每一个阶段都与以前的生产方式有着深刻的重叠。

19世纪至20世纪，拉丁美洲经历了国家的形成。拉丁美洲国家在价值和法律的颁布方面似乎是现代的，它的存在就像一个抽象的概念，试图模仿法国大革命的宪法、书籍、历史和目标，这些理想在独立过程中得到了特别的推动。然而，在"现实"中，拉丁美洲国家保持着典型的封建生产方式的社会关系，在土地持有方面表现得很明显，土地大部分掌握在少数人手中，这种分配创造了一种社会结构，农民以社会和经济的方式屈从于地主。封建生产方式在现代国家中的另一个特点是权力的分配，就像土地一样，由少数几个家族通过虚假的民主控制整个国家。在"魔幻现实主义"小说中的革命阶段，让现代生产方式克服封建生产方式是永远不可能的，这些革命由于保守政府的重建、革命力量的手段和目标的矛盾或者独裁政权的建立都失败了，这种政治混乱也是两种生产方式的结果，它们非常强大，已经成为一种不可能分割的制度。

《消失的足迹》的主人公放弃了这座城市，继续前往委内瑞拉奥里诺科地区的南部丛林，履行他对大学的承诺。在洛斯阿尔托斯，穆奇加深了她与一位加拿大艺术家的友谊关系。主人公对两个女人的关系感到特别恼火，半夜，他出于一种近乎冷血的本能，决定不经穆奇的同意就买车票去丛林。穆奇在小说中有两层含义：第一，她代表了现代生产方式中不真实的宗教层面，她是一个城市占星家，在没有魔幻的地方施占卜术；第二，虽然她扮演着情人的角色，鼓励主人公到异国他乡去旅行，似乎是在挑战现代生产方式的社会价值，但事实是，一旦她接近丛林的"现实"，接近"魔幻"无处不在的地方，她便无法适应，想回到文明社会。此时，主人公意识到音乐才是他的旅程的向导，音乐是人类发展不同阶段的共同元素。随着主人公越来越接近丛林，音乐变得越来越简单，越来越重要，一方面，乐器变得更加简陋，另一方面，音乐成为人类生活的一个更为核心的方面。这可以用一个事实来解释：主人公越接近丛林，仪式在人类生活的结构中就越重要，因为音乐在仪式中很重要。

通过引入新的特征，人类发展的前几个阶段开始融合。主人公生命中的第三个女人出现在他前往丛林的路途中，她叫罗萨里奥，来自当地社区。男修道士佩德罗·埃内斯特罗萨（Pedro de Henestrosa）体现了在征服美国期间的福音主义愿望；"希腊人"代表了人类对黄金的渴望，这使得许多欧洲人来到了新大陆，他对荷马史诗的不断阅读也是一种改变丛林世界的方式，由此呼应欧洲古代；"先进人"是人类建立新城市愿望的表现，这些人物构成了一个象征性的群体，属于中世纪的生产方式。在小说这一层面上，有两种仪式宣示了这种复杂的时间表征：当主人公到达一个古老的城镇时，他目睹了当地人为纪念该城镇的圣地亚哥守护者而举行的游行，这个仪式显示了天主教和本土神话的混合创造的复杂性；第二个仪式是罗萨里奥父亲的葬礼，诵经和仪式的持续使主人公明白，在先前的生产方式中，死亡在文化中有着独特的地位，对于当地社区来说，死亡在身体死亡之前就开始了，死亡由命运的信号来预测。在死亡到来之前，社区通过创造一个社会空间来处理死亡问题，这个社会空间将死亡的可能性视为生命的重要组成部分。死亡在病人和社区成员周围徘徊，当罗萨里奥的父亲最终去世时，死亡仍然存在，仪式仍在继续，因为死亡不会以身体死亡为结束。这个仪式将继续，就像现在死去的人会继续留存在他的亲人心中，他们为死者的未来需求做准备，为他准备一个空间，准备和他交谈。死亡是原始社会向主人公提供的真实性的第一个标志，它在文明世界和原始世界之间产生了明确的区别。原始的生产方式通过将死亡带入日常生活，质疑了线性时间的本质。死亡不是一个特定的时间点，而是一个长期的事件，进行着无休止的循环。在这一点上，主人公准备打破与文明的每一个情感联系。他的情人穆奇一直抱怨丛林生活给她带来的不适，她的健康状况恶化，就好像丛林拒绝了她。为了阻止主人公继续丛林之旅，她试图勾引罗萨里奥，这一企图引发了两个女人之间的争斗。穆奇决定回到文明世界，而罗萨里奥和主人公坠入爱河。在丛林的界限中，主人公发现自己置身于拉美文明的矛盾之中，即对过去身份的追寻和对未来现代性的渴望。过去和未来的紧张关系在"第三世界"与西方文明的互动中造成了根本的不可能性，主人公接触当地人最原始的一面，却发现西方文明的复杂性是最无用的。

　　穿过一条河上的一扇暗门，整个队伍到达了丛林的中心，主人公终于接触到了原始世界的奥秘。人类发展的原始阶段是历史时期的开始。黑石装饰着土著猎人社区的堡垒，他们的行为和习俗是任何文明都无法理解的，我们不可能用任何理性的方法来理解这个社会的构成或围绕这个社会的神话。在那里，主人公发现了在时间的乞求下发明的乐器：节奏棒、鼓、马拉卡斯、拨浪鼓。模仿西班牙征服者的姿态，男修道士佩德罗·埃内斯特罗萨为似乎对他的话免疫的土著做弥撒，最后又进行了一次仪式。一个猎人死了，部落里的巫师正在练习死亡仪式，音乐是仪式的基本组成部分，但这音乐并非世界上的其他音乐，它是人类的第一支乐曲。主人公有一个顿悟，他觉得自己正在面对某种神灵，他所有的理性标准都消失了，他不需要言语。时间成为永恒的礼物，语言是丛林的音乐。这个土著社区的生产方式处于原始阶段，这一时期指的是上野蛮时期或下野蛮时期，处于60000年至35000年前，这一发展阶段的特点是使用武器，如弓箭、棍棒、长矛，同类相食是这个阶段的常见行为，这一时期也出现了音乐语言，社会组织是部落，人类信奉五行元素（金、木、水、火、土）。丛林之旅将主人公带回数千年前的人类历史。

　　《消失的足迹》的情节清楚地表明，"魔幻现实主义"有表现人类发展三个基本阶段的能力：（1）野蛮，（2）中世纪，（3）现代。这三种创作模式，一是与美洲被发现前相对应，二是与美洲的发现相对应，三是与作家的现在相对应。如果说人类历史的三个主要时期是野蛮时期、未开化时期和文明时期，那么"魔幻现实主义"集中在野蛮时期和未开化时期之间的一个特定时期，也关注文明（中世纪和现代早期），这三种生产方式是构建拉丁美洲特征的基础。从野蛮时代到未开化时代相当于拉丁美洲的土著，对于"魔幻现实主义"来说，这一时期被认为是真实性和原始身份的时期；中世纪时期是欧洲人发现和征服欧洲大陆的时期，"魔幻现实主义"将这一时期视为本土文化与欧洲文化的暴力融合；现代时期相当于试图使拉丁美洲文化适应全球化的价值体系，特别是与启蒙运动和法国大革命有关的价值体系，近代社会也使民族融合达到了一个充满复杂性的高度。很明显，"魔幻现实主义"并不包括人类历史的所有生产方式，它更侧重于原始和现代的生产方式，这些生产方式是构建拉丁美洲特性的基础。

　　在小说的第五部分，主人公了解到"先进人"在丛林中建立了一座城市，这座城市的名字是圣莫尼卡·德·洛斯·韦纳斯。"先进人"建立了第一道边界，在居民之间划分了土地，建造了第一座建筑物和第一座教堂。城市的建立将时空带回到古老的生产方式，这种生产方式拥有产权和财产的划分，书写具有记载法律的特殊功能。然而，从象征的角度来看，丛林中的城市指的是一种新的身份建构，这种身份建构把现代人带入了原始生活。城市的基础是拉丁美洲身份的重建，通过不同的复杂的方面融合其历史。对于冈萨雷斯来说，丛林中的城市是拉丁美洲小说的出发点，"在小说的写作中，一片空地、一个元小说空间、一场毁灭成了拉丁美洲叙事的起点。一片被破坏的空地，可以建造科马拉、马孔多、科洛内尔·瓦莱霍斯，也允许虚构的城市的基础包含所有的拉丁美洲叙事的珍贵形式，以及小说的起源，一个档案的空间"①。丛林中的城市的建立，代表了原始生产方式与现代生产方式的融合，这两种不同生产方式之间的这种特殊接触，体现了人类发展阶段的一个乌托邦时刻。"魔幻现实主义"试图颠覆人类发展的正统逻辑，也颠覆了两种生产方式总是相互冲突的观念，这种关于两种生产方式和谐共存的乌托邦观点被"魔幻现实主义"视为重建拉丁美洲身份的唯一可能，正如《消失的足迹》的主人公所展示的那样，乌托邦的观点充满了矛盾。

主人公到达了原来的城市，对新生活的沉思使他产生了自己本属于那里的想法，他拒绝能够让他想起以前在发达国家的生活的一切东西。这座新建立的城市、他对罗萨里奥的爱、丛林的神秘，都构成了在真实的地方生活的基本情感。"先进人"接受他作为城市的新居民，并为他和罗萨里奥提供了一个地方。那么到底是什么打破了这种和谐呢？答案是艺术。艺术作为一种交流行为，打破了原始生活的魅力。主人公想创造艺术，传达他所建立的和谐，但这种艺术不是为新城市的居民设计的，是为了外部世界，为了文明世界。主人公不可能完全拒绝他的文明背景，不可能放弃它，因为这种文明背景使他具备了理解丛林艺术的能力。原始的生产方式代表了主人公最真实的价值体系，但他不能仅仅生活在那里，他还想告诉外界什么是原始世界的本真性，这种语言表达的愿望成为主人公不可能完全沉浸在原始世界中的原因。当他开始创作他的音乐作品时，他需要纸张，但城里只有"先进人"有纸张，纸张是为了记载这座新建立的城市的法律，它的功能是城市存在的根本。"先进人"一开始同意了主人公书写自己音乐作品的要求，对纸张的需求又把他带到了"先进人"那里，这种行为引发了他与"先进人"之间的争执。

艺术欲望与城市存在的矛盾十分明显，在这一点上，故事发生

① González Echavarría R. *Mito y Archivo: Una teoría de la narrativa latinoamericana*. D. F: Fondo de Cultura Económica, 2011, p. 50.

了戏剧性的变化。一架飞机飞越丛林,飞行员找到了降落在城市附近的路,让主人公知道了是他的妻子来救他,似乎现代生产方式(飞机)希望把他从丛林中拯救出来。主人公决定回到文明世界,他要告诉他的妻子和世界,他计划在丛林中度过余生。他向罗萨里奥保证他会尽快回来,正如主人公在他的日记中告诉我们的那样,这是命运对他的最后一次考验,他无法应对挑战。他不应该离开丛林,因为丛林不会给他两次机会。他回到了计划要孩子的妻子身边,后来,穆奇让报纸知道了主人公并没有迷失在丛林中,他们一起完成了旅程。在处理完离婚的所有手续后,主人公回到了丛林中,却在丛林中找不到通往城市的秘密大门,他遇到了"希腊人",后者告诉他罗萨里奥爱上了"先进人"的儿子并怀孕了。

第二次进入丛林中的城市是不可能的,这说明两种生产方式的融合是失败的。一旦主人公无法放弃他的艺术欲望,他便不能完全放弃现代生产方式,丛林中的城市就让他离开了,他便失去了丛林,失去了罗萨里奥。尽管在每一种生产方式中都有其他生产方式的残余,但很明显,每一种生产方式都力求垄断人类"现实"的方方面面。在"魔幻现实主义"小说中,原始的生产方式和现代的生产方式总是有冲突的,所以人物往往会选择其中的一种,或者怀疑自己的选择,主人公的失败,最终是"魔幻现实主义"不可避免的失败。"魔幻现实主义"在不同的生产方式之间不断表现出怀疑,但这些生产方式从来没有调和过。"魔幻现实主义"作家对土著和黑人的本土文化有着浓厚的兴趣,他们对这种文化非常熟悉,在某些情况下,他们能够生活在他们所描述的原始人中间,但他们不是土著。像《消失的足迹》的主人公一样,他们进入了丛林中的城市,但他们的艺术欲望总是把他们带回文明世界,尽管他们假装是拉丁美洲土著的代言人,但他们只是丛林中的游客,游客渴望回到文明世界,将自己的经历翻译成文明世界可以理解的语言,用文明世界的语言书写。"魔幻现实主义"也需要将土著神话翻译成适合小说的复杂形式。

走进丛林，又失去丛林，想要再次进入丛林，就是"魔幻现实主义"历程的真实写照。"魔幻现实主义"的主人公注定要回到现代世界告诉世人，在理性无关紧要的世界里，在鼓声中可以听到上帝的声音，真实的应该是丛林。在原始的生产方式中，艺术、存在和宗教是单一而独特的维度，当一个土著来到文明世界，他将永远无法理解主人公的目的。告诉外界"魔幻"存在的必要性，也是"魔幻"的合理化，但用语言表达"魔幻"即是失去"魔幻"的第一步。想要外界了解丛林的真实性，就已经失去了丛林的真实性，在告诉世界真实存在于丛林中之后，主人公想要回到丛林的愿望是错误的。在生产方式上，"魔幻现实主义"表现了对原始社会的怀旧，与现代社会的联系却难以割断。原始生产方式和现代生产方式对立，两者不可能同时共存，这构成了"魔幻现实主义"最重要的方面之一，也代表了拉丁美洲认同的根本问题。

第四章 "魔幻现实主义"的形式：
叙述者、文本与读者的关系

一 文本的"现实"与"魔幻"

正如前文所述，"魔幻现实主义"与其他类型文学的不同之处在于其展现真实与非真实的独特表达方式。这一独特之处源于"魔幻现实主义"与不同文学表达的碰撞，及其接受或者舍弃这些表达方式。事实上，"魔幻现实主义"是一种融合的表达方式。一方面，"魔幻现实主义"与在19—20世纪的拉丁美洲占主导地位的"科学主义"和"现实主义"有关；另一方面，"魔幻现实主义"也与原始文化的兴起不无关联，这些文化在20世纪人类学中对印第安土著文化和非洲黑人文化的再发现中变得极为重要。虽然这两个特征看似矛盾，但它们都是原始拉丁美洲人与欧洲文化碰撞所造成的身份认同困境的组成部分。因此，"魔幻现实主义"是"魔幻"与"现实主义"表达方式的融合体。

"现实主义"的基础是一种特定的在理性逻辑和线性发展下呈现"现实"的实证主义意识形态，其对历史的论述便是很好的例子。在文本层面，"魔幻现实主义"保留了"现实主义"表达的几个特点：首先，与循环叙事相反，"魔幻现实主义"小说的情节大都是线性的，这些故事(如马孔多的繁荣与衰落、丛林之旅、叛乱的失败)以一种理性逻辑的形式呈现，读者可以从中推断出因果关系。因果是相互依存的。这种故事情节的内在结构表明,"魔幻现实主义"的表达需要在事实中寻找逻辑,这样事实才不会显得荒谬和黯淡。虽然这种逻辑不一定是理性的,但它的存在便证明了"魔幻现实主义"在事件顺序中沿用了"现实主义"的表达方式。

其次,"魔幻现实主义"还力图从客观、真实和具体的角度来还原拉丁美洲的"现实"。也就是说,"魔幻现实主义"努力呈现出世界的原貌,或者说,建立一个真实的世界,它从"现实主义"中借用了一种涵盖了不同社会层面的完整性(其实并不完整,因为"现实主义文学"不包括神话)。第一,"魔幻现实主义"细致入微地描述了拉丁美洲人民的社会"现实"。通过对人类发展的不同阶段的处理,"魔幻现实主义"展现出的尖锐的历史感被运用到对拉丁美洲的变迁的研究中。第二,回忆、发现、文献整理、事件的解释等主题都在情节的构建中扮演着重要的角色。第三,"魔幻现实主义"还致力于研究拉丁美洲的政治矛盾,强调治理形式、权力垄断、革命运动和大多数人的愿望。第四,"魔幻现实主义"也审视了拉丁美洲文化的种族多样性,突出了各民族之间的差异,分析了种族通婚的过程如何改变了拉丁美洲文化。第五,"魔幻现实主义"表达了一种对被征服的、贫穷的、占拉丁美洲人口大多数的少数民族的深刻的政治妥协。我们把这种倾向归为"魔幻现实主义"的人道主义。

最后,"魔幻现实主义"开展了持续的地理研究,在这项研究中,拉美自然界的丰富性表现为一种鲜明的特征。对植物、动物、风景的详细描写几乎是对自然主义文学的一种呼应。此外,"魔幻现实主义"还探讨了自然与文化的关系,特别是原始文化。再者,"魔幻现实主义"文本也呈现了拉丁美洲的语言现象。每个国家和地区不同的方言、地方文化和口头语言都准确无误地出现在作品中。"魔幻现实主义"作家所具有的全新的特点赋予了对这一层面进行描写的可行性。他们中的一些人是因为有一个会讲故事的家人(如加西亚·马尔克斯和巴尔加斯·略萨的祖母),另一些人则因其人类学家或记者的身份便于开展"田野调查"。"魔幻现实主义"对拉丁美洲社会"现实"、地理"现实"和语言"现实"的准确描述，体现了"现实主义"对"魔幻现实主义"文本建构的重要贡献。虽然"魔幻现实主义"的基本要素是魔幻元素，但小说在情节中保留了一种逻辑的、历史的、理性的成分，促进了虚幻事件的逼真性和合理性。这就是为什么"魔幻现实主义"不能被简单归类为是在呈现荒谬的情景，因为这些情景之间存在内在的逻辑。

然而，"现实主义"表达缺少一个必要的方面，使得"魔幻现实主义"作家有必要与其他类型的文学建立联系。由于"现实主义"表达基于对"现实"的理性理解的意识形态的强调，拉美作家不可能通过其将土著和黑人的口头传说、信仰和神话融合在一起。这就是为什么拉丁美洲的作家们决定建立起一种与"魔幻文学"叙事的关系，这种关系与"现实主义"表达是完全对立的，但在西方文化中却非常重要。因此，只有在"现实主义"文学描述拉丁美洲环境方面存在严重局限性的情况下，"魔幻现实主义"才是可行的。"魔幻文学"与整个世界的民间传说和史诗传统都有关，在其中，魔幻和神话是人类生活的基本特征。因此，"现实主义文学"是一种比较新的文学类型，而"魔幻文学"则在古代社会占据了重要地位。"魔幻现实主义"文学对这两种文学的运用体现了对不同的生产方式或人类发展阶段进行处理的必要性。蓓彼将"魔幻文学"描述为以下三个重要的方面：第一，"魔幻文学"并不意味着与自然或"现实"的矛盾，而是专注于一些日常生活中不同寻常的事情。它是一种独特的看待世界的方式，使世界变得更广阔、更美丽、更强大。它是一种通过人类想象来完成世界的方式。它还呈现了对超自然人物的描述，为那些超出人类理解的事实提供了解释，而这些事实在古代是无法从理性的角度解决的。第二，蓓彼建立了"魔幻"一词与所有呈现不同文明的神话和原始故事的文学形式之间的联系（如《伊利亚特》《奥德赛》《一千零一夜》或《尼伯龙根》)，以及再现古代神话(如希腊悲剧)的现代文学。因此,"魔幻文学"涵盖了经典史诗、神话、传说、通俗故事和使人钦佩或恐惧的神圣的人物。第三,蓄彼认为,当拉丁美洲被欧洲人发现时,"魔幻文学"便是拉丁美洲形象建构的基础。由于欧洲人不可能找到一种方法来描述那里非凡的自然多样性和居住在那里的原始文明,所以他们认为这片新土地是一块神奇的领土,各种名字和文字都不足以描述那里的物体,"魔幻"便是发现拉丁美洲的实质所在。① "魔幻"的叙事也促进了完整性的表达,因为神话倾向于把世界描述为一个完整的结构。

"魔幻现实主义"是一种融合的文学表达方式,"现实主义"与"魔幻文学"的融合并不意味着简单地将两种不同形式的表达方式并列。"魔幻现实主义"文本以一种复杂的方式结合了这两种表达方式,使用了本书之前提到的两种策略:(1)使"现实"虚幻化;(2)使虚幻现实化。这种组合手法旨在打破"现实主义"叙事在思想表达上的局限。"现实主义"似乎可以利用自己的特点来丰富"魔幻文学"的表达,尤其是为"魔幻"的情节提供一种似是而非的感觉。也就是说,在"魔幻文学"表达中,非自然的事件可以激起人的惊奇感,因为它们与日常生活格格不入,而在"魔幻现实主义"中,神奇的事件也被日常化了,好比真实发生一样。而自然的事件反倒不日常了(它们变成了奇异之事),与日常生活形成矛盾。这种真实与非真实之间的复杂转换不仅构成了"魔幻现实主义"的思想体系,而且在不同的文学范畴(叙述者、读者等)中产生了变化。

"魔幻现实主义"的融合性质也明显表现在文学技巧和文学材料的组织方式上。主题上真实与非真实之间的倒转催生了一系列支撑这种转换的文学技巧。这些技巧同样来自两种不同的表达方式。使"现实"虚幻化是"魔幻文学"的一部分,在这种表达中,一些事件(在现代看来是合理的)在古代被看作不合常理。太阳和月亮被认

---

① Chiampi I. *El realismo maravilloso*. Caracas: Monte Avila Editores, 1983, p.54.

为是超自然的生物，它们在天空中的运动被描述为这些超自然的人类生活的一个特殊方面。同样，使"现实"虚幻化是拉丁美洲土著神话和故事的一部分。马孔多的居民拒绝相信现代发明是真实的（"魔幻"对他们来说是真实的），这里便使用了这种技巧（让真实变得不真实）来表达"第三世界"的现代思想价值观的变化。换句话说，当"魔幻"是正常的生活，技巧被认为是一种"魔幻"。也就是说，技巧使一切变得不真实。作为"魔幻现实主义"文学的一部分，从文学思想上来看，这些技巧事实上表达了"第三世界"现代化的不可能性。"魔幻现实主义"通过让人物拒绝现代化（对他们来说是不真实的），表达了西方世界与"第三世界"之间的根本矛盾。在文本中，被接受的"现实"往往是"魔幻"的"现实"，而不是现代性的"现实"。因此，"魔幻现实主义"使用因果逻辑（一种理性逻辑）来对抗理性世界。它质疑理性，不是通过否定其原则，而是利用这些原则来反对理性。

"魔幻现实主义"借鉴了西方现代主义的手法，使虚幻现实化。虽然这些影响中有许多来自西方世界（"超现实主义"、卡夫卡、海明威、福克纳、加缪等），但"魔幻现实主义"的结构中有一种强烈的非理性主义元素。将不真实的内容呈现为日常"现实"的一部分，是在理性世界中引入不寻常的非理性元素的一种方式。这种技巧意味着不真实的正常化和理性现代世界的逐渐弱化。科马拉的居民和鬼魂说话并不感到惊讶，因为每个人都死了。死亡才是正常的状态，所以当他们看到一个活着的人时会感到惊讶。在马孔多，"魔幻事件"被认为是这个城市正常"现实"的一部分。这些事件并不缺乏逻辑，它们都有一个内部逻辑。因此，"魔幻现实主义"以"魔幻"的逻辑为公认的逻辑，等于宣告了"第三世界"相对于西方世界的优越性。综上所述，"魔幻现实主义"的两种基本技巧构建了这样一种文本，即在形式上具有与其内容相同的意识形态元素。这就是詹姆逊所说的"形式的意识形态"。"魔幻现实主义"并没有将"魔幻现实主义"与"现实主义"表达进行对比,而是改变了这两种话语的逻辑:(1)突出拉丁美洲的"现实"(理性与非理性);(2)削弱西方的理性主义。这两种技巧的使用具有多重可能性,即倾向于利用一个"话语"的方面来强化另一个"话语"的意识形态,或利用一个"话语"的方面来弱化另一个"话语"的意识形态。"魔幻现实主义话语"的真实性在于它能够以一种"魔幻"与"现实"相互作用、破坏西方理性的复杂的融合结构来表达拉丁美洲的"现实"。这种融合结构也通过将人类历史阐述为一系列的生产方式的变革(西方古典历史)和作为原型的无限重复(神话)的完整呈现,产生了一种整体性。

二 叙述者的问题化

"魔幻现实主义"带来的最重要的变化之一就是叙述者的问题化。这一变化意味着一个不同于以往所有的西方文学的全新的视角。事实上,叙述者的问题化应该被视为拉丁美洲文学最重要的贡献之一,也是"魔幻现实主义"最重要的方面之一。叙述者问题一直是各种文学流派发展和文学理论化的基础问题。随着小说在欧洲的发展,这个问题变得更加尖锐。米格尔·德·塞万提斯创作的《堂吉诃德》代表了西方小说在叙述者的使用上达到的复杂程度之最。这种复杂性被用来强调叙述者不同方面的不同技巧。西方文学对叙述者的阐释有两种主要倾向:(1)合法化叙述者的权威性和统一性;(2)戏仿其权威性来打破其单一的声音。第一种情况与所有的"现实主义"文学相符。第二种情况则是米格尔·德·塞万提斯、劳伦斯·斯特恩、詹姆斯·乔伊斯这样的西方作家。

以"现实主义"为出发点,"魔幻现实主义"需要削弱"强大"的叙述者的合法性。这里我想表达的是"强大"这个词的字面意思。"魔幻现实主义"将叙述者的问题理解为权力和权威的问题。在

"现实主义"中，文学技巧是为了让叙述者对叙事材料有绝对的控制权。作为全能的上帝，"现实主义"叙述者能够决定看什么，描述什么，何时描述。他同时是证人、法官和出纳员。总之，他的权威不容置疑，因为所有的叙述机制都是为了使他的权力合法化。从意识形态的角度看，"现实主义"叙述者是西方理性主义的代表。叙述者代表了理性本身，能够理解世界的现象，能够在所有的历史事件中找到逻辑，能够从头到尾来铺陈历史。没有什么能逃脱理性的力量，就像没有什么能逃脱"现实主义"的叙述者一样。"现实主义"的声音，讲故事的声音永远不会质疑自己，就像理性永远不会质疑自己一样。因此，信息的接受者（读者）在这类文献中没有互动的空间。因为在"现实主义"中，一切都是由叙述者如实地解释的。至少看起来如此。

20世纪大多数最重要的拉美文学作品都反对"现实主义"的文学准则。这一过程始于博尔赫斯从20世纪30年代开始进行的文学实验，以及40年代和50年代的所有"魔幻现实主义"叙事，后来科塔萨尔将这一实验推到了高潮。"魔幻现实主义"采用了一种旨在质疑叙述者的声音的叙事策略。更具体地说，它的目的不是质疑叙述者说了什么，而是质疑其声音的合法性。因此，"魔幻现实主义"倾向于破坏声音说话的方式、说话的时间、说话的语言。"魔幻现实主义"开创了一种允许对讲述故事的声音展开批评的机制。为了达到这个目的，它表明叙述者不是一个看不见的声音。它使声音出现，并避免任何隐藏机制。传统小说（如"现实主义"）倾向于隐藏叙述者的声音，而"魔幻现实主义"则使叙述者的声音谈论自己的本质和声音的内容。如果说"现实主义"的叙述者是一个看不见的、无所不能的上帝，那么"魔幻现实主义"则使上帝谈论他自己和他自己的作品。这种谈论自身的行为以及谈论其声音的内容削弱了叙述者的权威和合法性。很明显，"现实主义"的叙述者并不是万能的。它看起来万能，要归功于它对叙事材料的控制能力，而不是隐藏这种声音的能力。叙述者的存在使得小说的力量感减弱。

由于没有一个处于核心的控制机制(隐形叙述者),叙事材料为"魔幻现实主义"开辟了一种解释的空间,可以通过各种模式来进行:声音的多样性、同一声音的不同层次、声音内容的不同版本、声音的模仿等。文学技巧再一次以意识形态斗争的形式出现,"魔幻现实主义"力图削弱西方理性主义的权威和力量。蕾彼认为使用全知叙述者(第三人称叙述或戏剧再现)是为了使客观和非个人化的价值观合法化。① 这一价值观是指实证主义方法,即把"现实"看作一个科学问题,科学家不带偏见或主观性地进行判断,以揭示客观的真理。通过拆解和质疑叙述者的声音,"魔幻现实主义"质疑了现代西方意识形态的本质,这种意识形态以客观性为借口,掩盖了对人类精神的全面控制的欲望。与其他"后现代主义"思想流派一样,"魔幻现实主义"通过揭示隐藏在这些价值观背后的权力结构来质疑理性和客观性的普遍性。

"魔幻现实主义"问题化的第二个方面是小说中叙述者的存在。传统小说(如"现实主义"小说)中既有叙述者不存在的情况,也有大量叙述者存在的情况。作者通常使用全知视角的叙述者以赋予一种不容置疑的权威。缺乏叙述者的另一个特点是,叙述者在故事中没有任何观察力的限制,这使得叙事材料的处理更加容易。在博尔赫斯和"魔幻现实主义"的叙事实验之前,不同的拉美文学流派都把全知视角的叙述者作为主要的叙事策略。这些学派包括自然主义学派、现实主义学派和现代主义学派。根据蕾彼的观点,从第三人称视角(全知视角)到第一人称视角的变化并不意味着传统叙述者权威的特殊转变,"可以说第一人称视角对全知视角的取代象征着我们一直在分析的一种'装束'的改变。在多数情况下第一人称叙事作为一种更有效、更具有诗意的方式通过相对的视角来处理问

---

① Chiampi I. *El realismo maravilloso*. Caracas: Monte Avila Editores, 1983, p. 87.

题，这并不意味着小说中的叙述者摘下了最高权威的面具"①。总之，无论存在与否，第三人称视角和第一人称视角并不意味着叙述者的合法性和权力发生了深刻的变化。

相反，"魔幻现实主义"超越了传统小说所确立的权威，质疑了叙述者对事实的把握、对内容的呈现、对叙事距离的划定、对语域（语言的多样性）的确定以及对人物视角的表达。换句话说，"魔幻现实主义"通过强调叙述者如何操纵故事或削弱叙述者的权威来质疑叙述者和故事之间的关系。博尔赫斯是第一个强调讲故事的方式可以成为故事内容的拉丁美洲人。"魔幻现实主义"深受这一视角的影响。这种观点的直接影响是，叙事文本稳定性的改变也意味着对理性主义意识形态所感知到的"现实"的质疑。如果"现实主义"可以通过叙述者的问题化来消解，那么理性主义的"现实"也可以通过同样的方式消解。"魔幻现实主义"削弱了理性主义在文学中的合法性，也削弱了理性主义对"现实"的阐释。

"魔幻现实主义"运用不同的策略来改变传统叙述者的视角。例如，它促进了同一故事视角的倍增、变化和重叠。此外，"魔幻现实主义"呈现了主要文本与其他文本之间的关系，造成了主要文本真实性的削弱。"魔幻现实主义"还大量使用重复，让人不断怀疑故事的真实性。在以下两部重要的"魔幻现实主义"作品中，我们都可以看到多个叙述视角的存在或重叠。在《佩德罗·巴拉莫》中，同一个故事的不同版本由不同的人物讲述，产生了一种模棱两可的现实感，在这种现实感中，无法确定哪一个是真实的"现实"。通过逐步揭示一些讲述这个故事的人物已经死去的事实，鲁尔福让这个故事的视角变得更加复杂。因此，在小说中鲁尔福对对话的大量描绘也就不足为奇了，通过这种方式，每个角色在故事中都能有自己的特点。这样，小说中也就不存在一个真实的叙述者了。加西亚·马

---

① Chiampi I. *El realismo maravilloso*. Caracas：Monte Avila Editores, 1983, p. 93.

尔克斯在《百年孤独》中也使用了这种策略，在小说的最后才揭示了羊皮纸手稿的内容。奥雷里亚诺·巴比伦知道羊皮纸手稿讲述了这个家庭的故事。最后他从手稿上得知，马孔多毁灭了。主人公正在读《百年孤独》这部书吗？可以说是。这卷手稿是梅尔基亚德斯写的，在故事里，他已死去多年。因此，第三人称叙述者（读者在整部小说中都能看到的叙述者）被简化为小说中的一个角色。另外，重复作为一种削弱叙述者真实性的机制，吉列尔莫·卡夫雷拉·因凡特的《三只忧伤的老虎》便是一个典型的例子。这位古巴作家用一种幽默的手法来质疑主要故事、人物的故事和拉丁美洲文学史的真实性。在巴拉圭作家奥古斯托·罗亚·巴斯托斯的《我，至高无上者》中可以看到，不同类型文本被用来削弱故事的可信度，法律、政治、历史文本的扩散和对它们的解释使得真实的故事无法建立。

　　蔷彼认为巴洛克式的描述是"魔幻现实主义"为了削弱传统叙述者的权威而建立的最重要的策略。这种叙事策略旨在扭曲或打破指示物与所指物之间的关系。蔷彼认为，《百年孤独》中叙述者由神性叙述者向人物叙述者的转变就是该策略的一个例证。如果小说中的一个人物读到的文本与《百年孤独》的文本几乎是一样的，这就意味着《百年孤独》的读者也可以被视为人物。这种叙事策略在读者（我们）的世界和小说的世界之间制造了一种混乱。虚拟世界和现实世界之间的界限变得模糊。[①] 这种巴洛克的描述也暗示了与特定所指物相联系的指示物的多种形式。似乎并不存在对应某一所指物的最合适的指示物，这使得"魔幻现实主义"作家采用了多种指示物。当"魔幻现实主义"使用了大量词汇来描述某一个特定的物体，这个物体便失去了所有的意义。卡彭铁尔经常使用这种策略。在他的小说《消失的足迹》中，通过列举、扩散、夸张的指示物来描述不同的概念（音乐、丛林、上帝、死亡、真实性），往往会使这些概念的

---

① Chiampi I. *El realismo maravilloso*. Caracas：Monte Avila Editores, 1983, p. 100.

意义发生改变或变得毫无意义。结果，叙述者的视角在读者眼中失去了合法性。巴洛克式的描写还体现在写照或重复（例如，布恩迪亚的命运根据奥雷里亚诺·阿尔卡蒂奥的名字）、色情（布恩迪亚家族的乱伦关系；奥雷里亚诺第二和佩特拉的关系使家畜繁殖无度；奥雷里亚诺上校的 17 个儿子）或叛乱（奥雷里亚诺上校打了 32 场内战）。这些巴洛克式描述旨在减弱故事主体合法性，让传统叙述者的权威视角不再富有现实意义。这种叙述者的问题化（表现在语言和视角上）使得"魔幻现实主义"产生了一种独特的文学，在这种文学中，对西方理性主义核心价值观（中央权力、审查制度、真理、科学知识、虚构世界和现实世界的区别）的超越是其根本特质所在。

三　对读者的社会和心理影响

不论"魔幻现实主义"的文本和叙述者的具体特征是什么，其最终目的都是激发读者产生新的想法。这些对读者的影响同西方文学的影响形成了对比，尤其是"现实主义文学"和"幻想文学"。"现实主义"在"魔幻现实主义"的意识形态和形式结构中的影响尚可确定，而"幻想文学"却被视为"魔幻现实主义"的对立面。因此，若是要探讨这两种文学对读者的不同影响，任何将"魔幻现实主义"与西方"幻想文学"联系起来的尝试都是不可取的。要理解"魔幻现实主义"在这方面的创新，就必须分析传统文学对读者产生的影响。例如，童话故事就不会对读者产生强烈的影响。其人物形象有着脱离"现实"的特点，故事中超自然的事情也时有发生。人的理性并不会受到故事情节的影响。而"现实主义"建立的基础便是超自然并不存在，其思想结构旨在突出理性的重要性。对于读者来说，世界必须用理性和科学逻辑来解释，这一概念得到了加强。在神话传说中，事件的顺序没有因果关系；而"现实主义"则强调因果关系是理解两个或多个事件之间关系的主要逻辑。

　　童话故事不会对读者产生强烈的影响，因为它的叙述结构事实上是一系列的重复。弗拉基米尔·普罗普（Vladimir Propp）在他的著作《俄罗斯民间故事》（*The Russian Folk Tale*）中点明，几乎每个故事中都出现了一套基于童话故事的特定模式。英雄、龙、公主、帮手、神圣的武器是这些故事中反复出现的元素。"这就是民间故事的内在结构和构成。这里我列出的模式可以作为一套基准，建立在一定的学术准确性的基础上可以将民间故事归纳为童话故事，不是通过目测或者估计。童话故事与其他故事的区别不在于幻想或魔幻（其他类型的故事也有这些特征），而在于它们独特的组成特征，那些其他类型的故事不具备的特征。"① 因此，童话故事的组成总是类似的。它们的统一性和规律性就在于此。童话故事从来不会让读者感到惊讶或害怕；相反，它的目的是弘扬一套理想的价值观（勇敢、忠诚、真诚、友谊等）。读者并不会对情节中的超自然元素感到惊讶，虽然他可能不知晓细节，但是他对故事的结构却了如指掌。此外，他还知道主人公会遭遇困难，最终将会获得成功。每个童话故事都暗示着一个美好的结局，因为它想让读者相信过去的时代人们的理想，"这种对现实的态度是由一种世界观来定义的。民间故事中所蕴含的复杂的思想问题，首先与故事主人公本身的性格和他所追求的理想有关。通过检验，他发现自己并没有遵循当代生活的理想；他代表的是遥远的过去的理想，当代童话故事的艺术性和娱乐性是最近才出现的现象。通过这种方式，我们可以发现，对于童话故事的研究，一旦脱离了它的起源和最原始的基础，任何重要的问题都解决不了"② 。作为一种与神话紧密相连的文学形式，童话故事用相同结构的重复在不同的语境中传达相似的思想。和神话一样，童话故事也提供了一个和谐的解决方案来化解人类生活中的矛盾。

　　"现实主义"文学代表了资产阶级意识形态的价值，是与法国大

---

① Propp V. *The Russian Folk Tale*. Detroit：Wayne State University Press, 2012, p. 172.
② Propp V. *The Russian Folk Tale*. Detroit：Wayne State University Press, 2012, p. 177.

革命和启蒙运动所倡导的新思想紧密相连的文学。"现实主义"故事描述的是普通人，而不是超自然生物。由于启蒙运动提倡人的理性是生活的中心，宗教的、神话的和迷信的内容被作为落后的和封建的生活方式而被抛弃。因此，"现实主义"描述的是日常生活中的人物。之前的所有文献(古代或中世纪)都强调了两个世界的存在：自然世界和超自然世界。相反，"现实主义"只论述一个世界，即现实世界。此外，法国大革命对"现实主义"的影响是特别明显的，如果我们注意到"现实主义"讲述的是一个属于社会阶层的人的故事。社会斗争似乎是小说中不同人物所建立的动态关系的基本特征之一。童话故事的主人公通常是特殊的人物，而"现实主义"的人物往往是普通人或有社会缺陷和性格问题的人。

"现实主义"最重要的特征之一是自然规律从来不会受到质疑。即使故事中出现了"魔幻"，与之相关的情节也总是以喜剧事件的形式出现。由于科学主义和实证主义话语是"现实主义"的思想背景，"现实主义"小说倾向于使用提供丰富现实细节的叙事策略。通过这种方式，读者认为文学文本就像他自己的世界一样真实。需要注意的是，"现实主义"并不是描述世界的本来面目，"现实主义"是建立在"理性主义"(现代的主流意识形态)的基础上的。"现实主义"代表了现代人所看到的世界。换句话说，它保证了现代人及其意识形态价值。现实主义所称的"现实"，一个现代人所称的"现实"，对一个拉丁美洲或澳大利亚的土著来说，并不意味着任何真实的东西。"现实主义"是现代人类实证主义和社会价值观的文学化。"现实主义"的读者把这类小说看作自身"现实"的一面镜子，只要他的"现实"是由理性主义价值观指导的。

另外一种不同的文学形式，"幻想文学"，同样起源于西方世界的现代化进程。因此，尽管"幻想文学"努力维护现代价值观的合法性，但它却以一种不同的叙事策略来追求这一目标。"现实主义"省略了任何对超自然世界的提及，或者使其浮于表面以削弱它的意义，但西方 "幻想文学" 则强调了现实世界和超自然世界的区别。这种叙述策略的主要目的是使读者产生恐惧。"幻想文学" 促进了对超自然世界的恐惧，对另一个世界（不同于现代西方意识形态）的恐惧，对超越理性的未知世界的恐惧。因此，读者最初会在真实与虚幻之间迷失方向。蕾彼认为，尽管西方幻想似乎通过不断使用邪恶的角色来制造反资产阶级的价值观，但事实是这些角色总是被打败。① 因此，西方 "幻想文学" 的意识形态视角是具有欺骗性的。一方面，它通过疯狂、可怕或恶魔般的人物等主题，使读者更接近邪恶和社会丑闻（这些可以被认为是一种反资产阶级倾向）。另一方面，"幻想文学" 排斥超自然世界（尤其是宗教材料），因为它将超自然人物呈现为对读者世界（理性世界）的威胁。因此，西方 "幻想文学" 通过把超自然的世界描绘成危险之地，从而促进了世俗的世界观（这是启蒙运动的原则之一）的发展。但是，与此同时，它还扩大了一种摩尼教的世界观的影响，在这种世界观中，善总是战胜恶。这种摩尼教的愿景事实上是所谓世俗思想中宗教文化的残余。"幻想文学" 的读者认为 "他者" 对他自己的世界是一种威胁。从这个意义上说，"幻想文学" 是一种保守的文学，它拒绝破坏现代世界的稳定，因为在现代世界里有善恶之分（就像其他宗教一样）。在 "幻想文学" 中，邪恶是非理性的和超自然的。读者对此感到恐惧，这阻止了他改变看待世界的理性主义方法。最后，可以说，"幻想文学" 利用超自然的物质来使实证主义和理性主义的意识形态价值合法化。

对读者影响的不同体现了 "魔幻现实主义" 同西方 "幻想文学" 最重要的区别。"魔幻现实主义" 并不强调现实世界和超自然世界的区别。因此，读者并不怀疑这两个世界的存在。"魔幻现实主义" 避免了现实世界与超自然世界的矛盾，也排斥了善与恶的矛盾。此外，超自然的生物，如鬼魂、神灵、神灵等，没有任何神秘或可

---

① Chiampi I. *El realismo maravilloso*. Caracas：Monte Avila Editores，1983，p. 65.

怕的光环。因此，读者不会对它们产生怀疑或恐惧。"魔幻现实主义"将现实世界和超自然世界紧密地联系在一起，给读者带来的是一种惊奇的效果（而不是幻想带来的恐惧）。这样，就不存在更高一等的"现实"，真实与虚幻也可以没有矛盾地并存。正如"魔幻现实主义"的人物不会对超自然的元素感到困惑一样，读者也会以同样的方式接受超自然的内容，将其作为更复杂"现实"的正常组成部分。蔷彼认为，"魔幻现实主义"通过让现代读者恢复超自然真理的感觉，来促进一种对世界的宗教态度。[①] 如果说幻想文学迫使读者在现实世界和超自然世界之间做出选择，"魔幻现实主义"则鼓励读者去探索这两个世界的交集。这种叙事策略鼓励读者不去区分什么是善，什么是恶，而是去区分世界的理性结构和非理性结构的复杂性。因此，"魔幻现实主义"改变了读者对"现实"的态度，改变了读者的思想。

通过描述宗教、魔法、迷信、传说与通俗文化，"魔幻现实主义"也成功地整合了被西方现代化进程分裂的共同文化元素，和西方世界企图随着"第三世界"的现代化进程进一步分裂的这些文化元素。众所周知，这些文化因素构成了"第三世界"文化的基本组成部分。与此同时，"魔幻现实主义"的这一特点使读者把自己看作社会的一部分，而不是一个单独的个体。"魔幻现实主义倾向于把读者视为一个整体中的单元，这是一种（理想的）没有等级和单一的价值观的关系，来唤起其细微的情感。这一'魔幻'的效果恢复了作者与读者的良性互动，恢复了其阅读、拓宽读者的社会联系和文化视野的功能。"[②] 随着第二次世界大战之后后实证时代的来临，20世纪60年代诞生的后现代主义思潮的发展，"魔幻现实主义"逐渐成为一种拥有巨大能量的原始文学，对传统文学的内容形式和西方意识形态发出了质疑的声音。"魔幻现实主义"消解了"现实"与超

---

① Chiampi I. *El realismo maravilloso.* Caracas：Monte Avila Editores, 1983, p.75.

② Chiampi I. *El realismo maravilloso.* Caracas：Monte Avila Editores, 1983, p.82.

自然、理性与非理性之间的根本矛盾，创造出了一种新文学，其中边缘世界的丰富性、思想的矛盾性、生命力与肉欲的交叉性和对审查制度的颠覆是其根本特点。“魔幻现实主义”借鉴了“现实主义”和“神话”的不同方面，确立了对西方幻想的摩尼教世界的一种根本性的反对。“魔幻现实主义”的读者葆有一种超越现代性的意识形态，反驳作为认识世界的唯一原则的理性主义，质疑西方世界的根本意识形态。这样，神话就成了拉丁美洲的历史，历史也就具有了西方文化所称的神话的特征。

第五章　拉美"魔幻现实主义"在中国

一　中国作家对拉美"魔幻现实主义"的解读

从 20 世纪 70 年代末期至今，"新时期文学"已有四十余年历史。在中国文学史的写作和教学中，"新时期文学"占据了重要的位置，被称为中国当代文学的黄金时期，更被视为"文学摆脱政治""文学回归自身"的代表性阶段。在探寻"新时期文学"的知识谱系时，我们不难看到西方"批判现实主义文学""现代主义"、俄苏文学以及日本文学的影响，但就影响的深度与广度而言，这些外来文学的影响力都无法与一种更具文化症候的外来文学思潮比肩，这就是拉美"魔幻现实主义"。"魔幻现实主义"对"新时期文学"的覆盖性影响不仅表现在它直接催生了 20 世纪 80 年代中期的"寻根文学"和横扫 20 世纪 80 年代末期中国文坛的"先锋小说"，更重要的是，当代中国文坛的重要作家，包括韩少功、王安忆、马原、苏童、余华、格非、莫言、阎连科、贾平凹、张炜、陈忠实、阿来、刘恒、洪峰、邓刚、叶兆言等等，几乎无一例外地将加西亚·马尔克斯、胡安·鲁尔福等拉美"魔幻现实主义"作家奉为自己的文学导师。对一种外国文学思潮的极端推崇，在整个"新时期文学"中，可以说是绝无仅有。

"多年以后，面对行刑队，奥雷里亚诺·布恩迪亚上校将会回想起父亲带他去见识冰块的那个遥远的下午。"① 这个《百年孤独》的开卷句式,不仅出现在许多作家的笔下,甚至可以说,改变了许多中国作家的文学观念。许多作家都曾谈到这个独特的句式对自己的启示。这个句式,这部作品——《百年孤独》,这个作家——加西亚·马尔克斯,在地理上相距遥远的拉美"魔幻现实主义"与"中国当代文学"之间建立了奇妙的联系。

苏童曾经这样表达对《百年孤独》的敬意:

> 我对《百年孤独》有非常真实的、崇敬的感觉。这样的作品会不停地卖,一代一代的人都会读,是畅销书。我没有办法预测如果重新出版的话是否会轰动,当年文学青年几乎人手一本。②

余华曾这样回忆自己的80年代:

> 那些刚出版就畅销的文学作品里,有些与世长存,比如《百年孤独》;另一些则销声匿迹,也就没有比如了。③

作家范稳说:

> 我的枕边书是《百年孤独》,尽管马尔克斯的魔幻现实主义在中国已经不是个热门话题了,但我还是固执地把《百年孤独》当《圣经》来读。④

作家李洱这样讲述《百年孤独》如何影响了自己的文学成长:

---

① 加西亚·马尔克斯:《百年孤独》,范晔译,海口:南海出版公司,2011年,第1页。
② 罗文敏、韩晓清、刘积源:《外国文学经典导论》,北京:民族出版社,2013年,第367页。
③ 罗文敏、韩晓清、刘积源:《外国文学经典导论》,北京:民族出版社,2013年,第367页。
④ 《范稳:我的枕边书是〈百年孤独〉》,《今日玉环》2010年7月6日。

　　1985 年的暑假，我带着一本《百年孤独》从上海返回中原老家。它奇异的叙述方式一方面引起我强烈的兴趣，另一方面又使我昏昏欲睡。在返乡的硬座车厢里，我再一次将它打开，再一次从开头读起。马贡多村边的那条清澈的河流，河心的那些有如史前动物留下的巨蛋似的卵石，给人一种天地初开的清新之感。……

　　但马尔克斯的叙述的速度是如此之快，有如飓风将尘土吹成天上的云团：他很快就把吉卜赛人带进了村子，各种现代化设施迅疾布满了大街小巷，民族国家的神话与后殖民理论转眼间就展开了一场拉锯战。……这样一种写法，与《金瓶梅》《红楼梦》所构筑的中国式的家族小说显然迥然不同。在中国小说中，我们要经过多少回廊才能抵达潘金莲的卧室，要有多少儿女情长的铺垫才能看见林黛玉葬花的一幕。……

　　事实上，在漫长的假期里，我真的雄心勃勃地以《百年孤独》为摹本，写下了几万字的小说。①

　　与大多数中国作家和批评家理解的不同，"魔幻现实主义"这一概念并非诞生在拉丁美洲，它的起源可以追溯到 20 世纪 20 年代欧洲先锋派对"魔幻"与"神奇"概念的发展。"魔幻"是弗朗茨·罗的德国"魔幻现实主义"绘画理论和马西莫·邦滕佩利的意大利文学"魔幻现实主义"理论中的一个基本概念，而"神奇"则是法国"超现实主义"理论的一个重要概念。这两个概念的发展与欧洲"先锋派"提出的一些理论命题有关，如"日常现实"与"第二现实"的关系、现代化导致的"魔幻缺失""无意识"与"灵长类思维"的关系等。这些理论对拉美"魔幻现实主义"的发展产生了深远的影响。

────────

　　① 李洱：《它来到我们中间寻找骑手》，载林建法、乔阳主编《中国当代作家面面观：汉语写作与世界文学》（上卷），沈阳：春风文艺出版社，2006 年，第 227—228 页。

20世纪40年代正值拉美文学试图解决拉美身份认同危机之时，拉丁美洲“魔幻现实主义”开始发展，并试图创造一种能够表现拉美现实的原创文学。这两个问题都与拉丁美洲、西方文化之间的复杂关系有着极为密切的联系，其中既包括欧洲文化对拉丁美洲文化的根本性影响，也包括拉丁美洲人对西方殖民主义、帝国主义、资本主义或理性主义的反抗。这一特殊进程不能被简单地理解为西方世界和“第三世界”之间的冲突，它同时与拉丁美洲不同文化、种族之间的融合有关（包括欧洲文化、印第安人文化、非洲文化等）。在这种特殊的背景下，超越西方文化的“政治无意识”、拉美种族融合的独特特征，成为理解拉美“魔幻现实主义”文学模式的一个基本方面。

拉美“魔幻现实主义”体现了三个基本方面：（1）一种虚构的图景，拉丁美洲文化比西方文化更为丰富，采用一种新的神话历史概念来取代现实的“历史”。（2）现代化作为意识形态和人类学方法之间的斗争，前者强调未来的重要性，后者强调过去的重要性。（3）人类历史的不同阶段在同一空间中同时呈现。

20世纪80年代，在政治与经济领域，中国开始了全面的“改革开放”，“现代化”意识形态取代“革命”意识形态成为中国社会的共识。而文学界更是以“去政治”为圭臬，提出了“文学回到自身”的口号，“伤痕文学”与“反思文学”成为“新时期文学”的主潮。随后兴起的“现代派”与“寻根文学”两种潮流同样是拥抱西方的产物。在“现代派”的理论推广过程中，理论家徐迟有一篇非常有名的文章《现代化与现代派》，提出“现代化”已经是中国政治和经济改革的目标，相应地，中国文学就要以“现代派”作为自己的发展方向。这种理论将“现代派”完全等同于“现代化”，在中国很有市场。

对于西方现代派文艺，赞成者和反对者在我们这里都有，各执一词，也都是各有其正确的地方。西方现代派，作为西方物质生活的反映，不管你如何骂它，看来并没有阻碍了西方经济的发展，确乎倒是相当地适应了它的。它在文艺样式和创作方法上的创新，又很有些卓越成就，虽然我们很多人接受不了，不少西方世界人士是接受了的。①

正是基于这一特殊的历史背景，中国"新时期文学"展开了自己的现代化之旅。拉美"魔幻现实主义"也就是在这一特定的文化政治语境中，进入中国作家的视野。以多位作家获得诺贝尔文学奖为标志，拉美"魔幻现实主义"在西方世界获得的巨大成功，让中国作家看到了一种可能，那就是将传统文化转化为文学资源，帮助中国文学"走向世界"。

尽管处于 20 世纪 80 年代初这样一个"改革开放"的大时代，"现代派"等于"现代化"的理论也极有市场，但对于是否毫无保留地接受西方文学技巧抑或是否全面模仿西方现代派，中国作家并非全无疑惑。对于莫言、扎西达娃、王安忆这样的作家，拉美"魔幻现实主义"为这场辩论提供了解决方案。拉美"魔幻现实主义"借鉴了西方的技巧，但同时又突出了拉丁美洲社会的传统文化、大众文化以及口头文学。在这一意义上，拉丁美洲文学不仅成为中国文学的典范，甚至成了整个"第三世界"文学的典范。

在文学和文化层面上确立了拉美"魔幻现实主义"的意义之后，中国作家很快就发现当代中国在历史、传统、经济发展水平乃至文化政治等多个层面与拉丁美洲的近似与关联。在下文中，我们可以观察到中国文学界如何理解、定义和评价拉美"魔幻现实主义"。

例如，当谈到加西亚·马尔克斯的作品时，莫言发现了一种有趣的关系，即一个社会的落后和人们讲故事的能力之间的关系。在

---

① 徐迟:《现代化与现代派》,《外国文学研究》1982 年第 1 期,第 116 页。

他看来,最贫穷的地方充满了故事。加西亚·马尔克斯就是这样一个例子,他虽然生长在一个落后的社会,却继承了他所在社区的流传的故事。

> 其实,我想,绝大多数的人,都是听着故事长大的,并且都会变成讲述故事的人。作家与一般的故事讲述者的区别是把故事写成文字。往往越是贫穷落后的地方故事越多。这些故事一类是妖魔鬼怪,一类是奇人奇事。对于作家来说,这是一笔巨大的财富,是故乡最丰厚的馈赠。故乡的传说和故事,应该属于文化的范畴,这种非典籍文化,正是民族的独特气质和秉赋的摇篮,也是作家个性形成的重要因素。马尔克斯如果不是从外祖母嘴里听了那么多的传说,绝对写不出他的惊世之作《百年孤独》。《百年孤独》之所以被卡洛斯·富恩特斯誉为"拉丁美洲的圣经",其主要原因是"传说是架通历史与文学的桥梁"。①

正如莫言在这篇文章中所论证的那样,20世纪80年代中国对拉美"魔幻现实主义"的解读建立在对拉美社会充满矛盾的想象上:文化和文学上富足,但社会和经济上贫穷。

在80年代,许多中国人认为拉丁美洲比非洲大陆更贫穷、更落后。这种对拉丁美洲的想象其实与许多拉丁美洲国家的现实不符,因为这个时候有一部分拉美国家已经在经济发展上取得了巨大的成就。莫言将"贫困"等同于"文学财富",并不是要贬低拉美文学的价值,相反,他确立了"第三世界"文学(中国和拉丁美洲)与西方文学的根本区别。如果说西方文学的高水平是其社会经济发展的结果,莫言对"魔幻现实主义"的思考则呈现出不同的逻辑:

---

① 莫言:《故乡的传说》,载邱华栋选编《我与加西亚·马尔克斯》,北京:华文出版社,2014年,第1页。

一个地方越穷，其文学能力越强。换句话说，"魔幻现实主义"表明，落后的社会拥有富裕社会所缺乏的文学丰富性。

"落后"这个概念的使用不应被低估，因为拉美"魔幻现实主义"和"寻根文学"都看重传统文化与当地文化。因此，莫言对"魔幻现实主义"的分析已经证明了这一取向：落后不一定是坏事，落后总是有文学上的丰富性。莫言强调拉丁美洲的落后，也指的是中国的落后。事实上，当他说加西亚·马尔克斯来自一个落后的社会但有丰富的文学文化时，他其实是在谈论自己。因此，我们可以推断出，"经济上贫穷，文学上富有"这一模式不仅适用于拉美，也适用于中国。如果把同样的推理运用到更广阔的背景中，"经济上贫穷，文学上富有"这个公式就是"第三世界"文学潜力的定义。但是，拿拉丁美洲的社会和文学与谁相比，才能确定他们是多么的"贫穷"和"富有"呢？答案是西方社会和西方文学。这种文化和经济的竞争意识与学习西方文学的欲望，就此成为拉美和中国文学繁荣发展的根本动力之一。

在确定拉丁美洲与中国社会文化背景的相似之后，莫言就转向文学层面，去寻找更具体的相似性：

> 我的故乡离蒲松龄的故乡三百里，我们那儿妖魔鬼怪的故事也特别发达。许多故事与《聊斋》中的故事大同小异。我不知道是人们先看了《聊斋》后讲故事，还是先有了这些故事而后有《聊斋》。①

莫言不仅注意到了家乡鬼怪故事的丰富性，而且注意到了中国文学中鬼怪故事的传统。其中，特别提到的"口头传统"更与"魔幻现实主义"有着千丝万缕的联系。由此可见，拉美"魔幻现实主

---

① 莫言：《故乡的传说》，载邱华栋选编《我与加西亚·马尔克斯》，北京：华文出版社，2014年，第1页。

义"文学是深受大众文化影响的文学。莫言表示,在 1985 年(读了《百年孤独》的几章后),他明白小说中描述的元素也存在于他自己的现实中。在 20 世纪,西方"现代派"被认为是最发达的文学,一种与西方的个人主义和非理性主义高度相关的文学流派。相反,拉美"魔幻现实主义"则重新建立了个人文学与大众文化之间的联系,由此重新确立了拉丁美洲的现代身份。通过将自己的文学作品与中国的口头文学传统联系起来,莫言意识到拉美模式在中国有着巨大的潜力。20 世纪 80 年代的中国文学,尤其是"寻根文学",用一种"文化"的视角来描述中国现实。80 年代中期"文化热"的兴起是为了在中华民族的文化中寻找中华民族的本质,更具体地说,在中华民族的传统—大众—民间文化中寻找中华民族的本质。的确,这种"文化立场"与 20 世纪 50 年代至 70 年代主要关注阶级斗争的主流文学不同,"正是在这样的'前史'参照之下,'寻根'思潮在民族主义话语表述上所呈现出来的文化民族主义色彩,便格外值得探究。它一方面取消了 50—70 年代民族主义话语批判资本主义现代性的维度,因而将民族主体性的表述锁定于'文化'认同之上;另一方面它又试图在接纳'历史反思运动'对传统文化的新启蒙式批判的前提下,去挖掘那些传统主流文化之外的'非规范'的民族文化传统。这无疑是 80 年代中期两个方向的历史力量同时作用的结果。重新探究这一思潮的历史构成与知识谱系,或可呈现出 80 年代文化一处较为复杂的话语场域"①。

西方的解读一直强调"魔幻现实主义"的风格和想象力,却忽视了"魔幻现实主义"风格与拉美现实的关系。相反,对莫言来说,拉美"魔幻现实主义"不仅提供了一种描述"第三世界"现实的新方式,而且还提供了一种看待现实的方式。在中国作家对于拉美现实的关注、对拉美"魔幻现实主义"的解释中,产生了对"魔

---

① 贺桂梅:《"新启蒙"知识档案:80 年代中国文化研究》,北京:北京大学出版社,2010年,第 164—165 页。

幻现实主义"美学的更完整的理解：

> 我认为，《百年孤独》这部标志着拉美文学高峰的巨著，具
> 有骇世惊俗的艺术力量和思想力量。它最初使我震惊的是那些
> 颠倒时空秩序、交叉生命世界、极度渲染夸张的艺术手法，但
> 经过认真思索之后，才发现，艺术上的东西，总是表层。《百年
> 孤独》提供给我的，值得借鉴的、给我的视野以拓展的，是加西
> 亚·马尔克斯的哲学思想，是他独特的认识世界、认识人类的
> 方式。他之所以能如此潇洒地叙述，与他哲学上的深思密不可
> 分。我认为他在用一颗悲怆的心灵，去寻找拉美迷失的温暖的
> 精神的家园。他认为世界是一个轮回，在广阔无垠的宇宙
> 中，人的位置十分的渺小。他无疑受了相对论的影响，他站在
> 一个非常的高峰，充满同情地鸟瞰这纷纷攘攘的人类世界。①

但莫言从未把"魔幻现实主义"与自身写作的关系看作一个作
家模仿另一个作家的被动行为。相反，这似乎更像是一个"认同"
的过程。在这个过程中，中国作家承认，促使拉美"魔幻现实主义"
诞生的因素也存在于中国自身的背景当中。在中国对"魔幻现实主
义"的解读中，后者成了前者的"镜像"，即中国作家对"魔幻现
实主义"讨论得越多，就越能看到自己的文学潜力。

> 我觉得——好像也有许多作家评论家说过——一个作家对另
> 一个作家的影响，是一个作家作品里的某种独特气质对另一个
> 作家内心深处某种潜在气质的激活，或者说是唤醒。这就像毛
> 主席的《矛盾论》里论述过的，温度可以使鸡蛋变成小鸡，但温
> 度不能使石头变成小鸡。我之所以读了十几页《百年孤独》就按
> 捺不住地内心激动，拍案而起，就因为他小说里所表现的东西

---

① 莫言：《故乡的传说》，载邱华栋选编《我与加西亚·马尔克斯》，北京：华文出版
社，2014年，第5页。

与他的表现方法跟我内心里积累日久的东西太相似了。他的作品里那种东西，犹如一束强烈的光线，把我内心深处那片朦胧地带照亮了。当然也可以说，他的小说精神，彻底地摧毁了我旧有的小说观念，仿佛是使一艘一直在狭窄的山溪里划行的小船，进入了浩浩荡荡的江河。①

与此同时，莫言还指出"魔幻现实主义"的一个重要特征，这也是20世纪80年代中国文学的一个基本特征："地方"与"世界"的对立。"地方主义在时间上是有限的，在空间上则是无限的。加西亚·马尔克斯和福克纳都是地区主义，因此都生动地体现了人类灵魂家园的草创和毁弃的历史，都显示了人类社会发展的螺旋状轨道。因此，他们是大家气象，是恢宏的哲学风度的著作家，不是浅薄的、猎奇的、通俗的小说匠。"② 以"地方"和"全球"之间的矛盾解释"第三世界"与"西方世界"的冲突，一直是讨论全球社会和经济发展的重要议题。这一时期人们对"文学"的理解，当然也会受到这一讨论的影响。拉美"魔幻现实主义"被视为西方全球化进程中的"第三世界"文学模式。

另一个活跃于80年代并且对"魔幻现实主义"产生兴趣的作家是王安忆。王安忆的文学观念中也存在着文学与"魔幻现实主义"历史的结合。在她的文章《一堂课：马尔克斯的〈百年孤独〉》中，王安忆对于布恩迪亚家族几代人和最重要的角色展开了分析。这一分析旨在表明，这部小说建立在一个有着特殊模式和逻辑的结构之上，它通过这一结构展开了对人物的非自然特征的描写和情节的发展。王安忆强调了《百年孤独》和当代小说是如何体现深刻的理性意识的，这种理性意识影响着小说的不同层面。例如，情节的组织和

---

① 莫言：《故乡的传说》，载邱华栋选编《我与加西亚·马尔克斯》，北京：华文出版社，2014年，第4页。

② 莫言：《故乡的传说》，载邱华栋选编《我与加西亚·马尔克斯》，北京：华文出版社，2014年，第6页。

人物之间的动态关系是由以下原型决定的，"从这张家谱上，还可以看出一种倾向是贯穿首尾的，就是内向的倾向、乱伦的倾向。尤其是这家的女性都对外人非常排斥，凡是叫阿玛兰塔的女性，都是乱伦者"①。因此，这些角色并不代表自然行为，而是心理倾向。名字的重复和人物的命运是联系在一起的，所以有特定名字的人物（如奥雷里亚诺或阿尔卡蒂奥）符合一种特定的生活方式。这显然不符合正常的逻辑："我们已经可以看到，这些人物都是担任着规定的使命的，不像我们所说的现实主义小说里的人物，做什么，说什么，是凭着具体的个别的日常的逻辑推动。而这里的人物，他们行动的逻辑都是被抽象归纳过的。"② 同样，情节是按照从一开始就确定的完美的循环结构来组织的。王安忆认为，正是这种"理性"使得"魔幻现实主义"和当代小说不同于现实主义。尽管王安忆将这些特征定义为当代小说的理性化，但这些特征也与"魔幻现实主义"的神话结构相对应，体现了原始神话的非理性表征。这一特点正是"魔幻现实主义"与西方文学最重要的区别。

在思想层面，王安忆将"魔幻现实主义"视为拉美历史上缺乏经济和政治独立等特点的表征。她还指出，在《百年孤独》的情节中，殖民主义及其对"第三世界"的影响是最重要的因素之一。马孔多在资本主义时期到来之前和之后的比较是"魔幻现实主义"的基本元素，因为它可以比较当地的本质和外部的全球化。这些历史元素是许多中国人分析"魔幻现实主义"的基础，"带来了马孔多经济上的繁荣，是以破坏自然经济为代价的；最终丧失了经济上的独立，成为经济的殖民地。因此这两个奥雷连诺，他们的开拓行动

---

① 王安忆：《一堂课：马尔克斯的〈百年孤独〉》，载邱华栋选编《我与加西亚·马尔克斯》，北京：华文出版社，2014年，第23页。

② 王安忆：《一堂课：马尔克斯的〈百年孤独〉》，载邱华栋选编《我与加西亚·马尔克斯》，北京：华文出版社，2014年，第25页。

的结果是使马孔多失去了独立,一个政治上的,一个经济上的"①。

在王安忆的理解中,尽管《百年孤独》的情节与拉丁美洲的历史有着千丝万缕的联系,但它也构成了一个独立的世界:"可《百年孤独》完全不是这么回事。你可以找到很多细节说这是象征着拉丁美洲哪一段时期,你可以这么说。我相信作者确实用了拉美的历史作了材料,可他最后呈现在我们面前的世界却是个独立的世界。"② 这种分析暗示了当地文化(拉丁美洲)在两个意义上呈现了普世性:第一,拉丁美洲的历史成了人类历史的隐喻。第二,"魔幻现实主义"的文学世界也可以被理解为任何其他"第三世界"国家的历史。因此,在王安忆的分析中,可以清楚地看到,曾经是边缘的地方美学理念,已经成为一个被普遍接受的概念。一旦"魔幻现实主义"文学被接受为历史或人类的象征,拉丁美洲战胜西方文化的愿望显然就得到了满足。

王安忆的分析还有一个值得注意的方面。尽管"魔幻现实主义"旨在为拉美身份和历史的不同问题提出一个假想的解决方案,但在拉美现实主义中,存在着对这些解决方案合理性的悲观情绪。有以下几个不同的假设可以解释这种悲观情绪。首先,拉丁美洲的社会和政治现实很少符合"魔幻现实主义"的期望,即构建一个建立在不同拉丁美洲民族和谐共处基础上的社会。其次,拉美"魔幻现实主义"作家从欧美现实主义作家处借用了一些文学技巧,而这些作家表达的一种深刻的人类失败感也被拉美作家所继承。最后,拉美"魔幻现实主义"作家可能对他们关于拉美现实的文化假设是否成功持怀疑态度。"这些作家对前途的担忧和信心不足使'魔幻现实主义'作品常常带着悲观的情调,尤其是结尾,常常以死亡和毁灭或

---

① 王安忆:《一堂课:马尔克斯的〈百年孤独〉》,载邱华栋选编《我与加西亚·马尔克斯》,北京:华文出版社,2014年,第25页。

② 王安忆:《一堂课:马尔克斯的〈百年孤独〉》,载邱华栋选编《我与加西亚·马尔克斯》,北京:华文出版社,2014年,第34页。

不知去向为结局。例如《佩德罗·巴拉莫》的结尾是全村的人都已死光，甚至到这里寻父的外乡青年也变成了冤魂；《百年孤独》中的马孔多村最后被一阵飓风吹得不知去向，布恩迪亚一家人全部死光。这种虚无缥缈地处理结局，与其说是艺术手法，不如说是作者世界观的表露。"① 王安忆在她的分析中，把失败的情感作为当代小说的特征之一，也作为"魔幻现实主义"的特征之一。王安忆将这种情绪解释为科学发展、个人主义、大众文化、消费主义社会、民族主义的失败所造成的虚无主义。在她看来，这就是《百年孤独》的意义所在。从这个意义上说，这部小说既是对建构的隐喻，也是对破坏的隐喻。"我们现在再做一件事：用一句话来描述一下《百年孤独》，这句话很难说，我想这是不是一个生命的运动的景象，但这运动是以什么为结局的呢？自我消亡。因此马尔克斯在拆房子，拆的同时建立了一座房子，但这是一所虚空的房子，以小说的形式而存在。"②

作家阿来在对"魔幻现实主义"的解读中，探讨了"魔幻现实主义"的两个主要来源：欧洲超现实主义和印第安人的传统文化。"我们应该看到，这样一种文学大潮的出现，既与来自外部世界的最新的艺术观念与技术试验有很大关系，更与复活本土文化意识的努力密切相关……魔幻现实主义所受的超现实主义的影响被忽略了，而作家们发掘印第安神话与传说，复活其中一些审美与认知方式的努力则更是被这种或那种方法论圈定了界限的批评排除在视野之外。"③ 印第安人文化是理解"魔幻现实主义"的一个重要因素，它决定了"魔幻现实主义"与西方文学的根本区别之一。因此，这也是中国作家经常强调的一个方面。印第安人文化在拉丁美

① 陈光孚：《魔幻现实主义》，广州：花城出版社，1987年，第188页。
② 王安忆：《一堂课：马尔克斯的〈百年孤独〉》，载邱华栋选编《我与加西亚·马尔克斯》，北京：华文出版社，2014年，第33页。
③ 阿来：《世界：不止一副面孔》，载邱华栋选编《我与加西亚·马尔克斯》，北京：华文出版社，2014年，第47页。

洲文化的框架内扮演着被欧洲文化所取代的边缘文化的角色。阿来发现中国文化中存在一个类似的问题:"为什么我们看不到构成中国各族文化的丰富民间文化正在对汉语言文学发生怎样的影响……"① 20 世纪 80 年代的中国文学,尤其是"寻根文学",试图通过对少数民族文化的考察来重构中国身份的本质。由此可见,在"魔幻现实主义"和"寻根文学"中,存在着中心文化与边缘文化的价值转换。因此,"魔幻现实主义"被诠释为"第三世界"中的边缘文化可以超越中心文化,"一方面,寻根小说关于民族文化的表述有着颇为醒目的'去中心化'表象。它关于'中国文化'的表述并没有采取中国想象惯常采用的文化/地理符号,而着重的是挖掘和表现中国内部的边缘文化。呈现文化的差异性被作为寻根小说的共同追求,这种差异性有时表现为带有几分'魔幻'色彩的少数民族文化,有时表现为带有明显的区域性色彩的地方文化,有时则表现为由远古时代残存至今的民风民俗;并且几乎所有的小说语言都极大地借重方言土语,并追求着一种摆脱了体制化语言的风格化表述。但另一方面,这些各有差异的'活着的传统',也正是作为共同体存在的'文化中国'的未死之'根'"②。

　　阿来还代表了 20 世纪 80 年代中国作家对"魔幻现实主义"解读的另一个有趣的方面。当一些中国作家注意到"魔幻现实主义"在中国文学中的巨大潜力时,另一些人并不认可对"魔幻现实主义"的亦步亦趋。但也有一些中国作家过于欣赏加西亚·马尔克斯,以至于他们纷纷复制他的作品,或者忘记了其他重要的作家。在阿来看来,中国作家不需要复制"魔幻现实主义",因为"魔幻现实主义"元素一直是中国文化的一部分。阿来对"魔幻现实主义"影响

① 阿来:《世界:不止一副面孔》,载邱华栋选编《我与加西亚·马尔克斯》,北京:华文出版社,2014 年,第 48 页。
② 贺桂梅:《"新启蒙"知识档案:80 年代中国文化研究》,北京:北京大学出版社,2010年,第 190 页。

的批评表明，部分中国作家理智地认识到，"魔幻现实主义"可以作为一种模式来开创真正的中国文学，而不是作为一种应该被复制的文学。"其实，我们的汉语言文学也有深厚的传奇与幻想的传统，但在近代，这种传统却很奇怪地一下子萎缩了，萎缩到今天我们的想象力开始复活的时候，要劳我们的批评家去遥远的拉美去寻找遗传密码。"① 中国作家与"魔幻现实主义"影响之间这种特殊的紧张关系，也在莫言解释他对加西亚·马尔克斯和威廉·福克纳的态度时得到了表达："现在我想，加西亚·马尔克斯和福克纳无疑是两座灼热的高炉，而我是冰块。因此，我对自己说，逃离这两个高炉，去开辟自己的世界！"②

对于拉美"魔幻现实主义"和中国文学的关系，马原提出了一种不同的解读。他比较了加西亚·马尔克斯、海明威、豪尔赫·路易斯·博尔赫斯和李少红导演的改编于加西亚·马尔克斯《一桩事先张扬的谋杀案》的电影《血色清晨》。这部电影拍摄于1992年，讲述了年轻的教师李明光在中国北方被谋杀的故事，因为他被怀疑夺走了少女红杏的童贞。红杏和张强国结了婚，张强国发现她不是处女后就把她送回了家。她的兄弟李平娃和李狗娃怀疑李明光与红杏有秘密关系，决定报复李明光。《一桩事先张扬的谋杀案》和《血色清晨》都强调犯下谋杀案的是整个社区。这对兄弟在早上宣布要杀了李明光——这其实不是表示肯定，而是寻求帮助。但是之后却没有人阻止他们，因为这个社区是一个保守和被动的群体。加西亚·马尔克斯的小说和李少红的电影质疑了属于这种群体的读者和观众，认为每个人都是犯下了不正义和谋杀之罪的帮凶。"在马尔克斯的小说和李少红的电影里，我们更多是看到一种心情，愤怒的心

① 阿来:《世界:不止一副面孔》,载邱华栋选编《我与加西亚·马尔克斯》,北京:华文出版社,2014年,第50页。

② 莫言:《故乡的传说》,载邱华栋选编《我与加西亚·马尔克斯》,北京:华文出版社,2014年,第6页。

情，并且愿意让自己的愤怒广为人知以造成威慑的声势，他们有这种很强的愿望。我真的不能在一件事先要大肆张扬的杀人事件中看到杀人者内心的坚决和义无反顾，我没有看到反顾，我看到的反而是怯懦。而且我想马尔克斯和李少红也会这么认为，那兄弟两个并不真的要杀人，他们实际是希望告诉大家：'你们拦住我，你们不拦住我我可真要杀人了！你们还不拦，还不拦就真要出人命了！'他们反复向围观的人们传达这种暗示，他们希望有个台阶。"①

马原将死亡视为海明威、博尔赫斯、加西亚·马尔克斯和李少红的电影的共同主题。"无论是哥伦比亚，是美国，还是中国，当一个人明明知道自己即将被杀，可是我们看到他的心情非常奇怪，而且在三个不同国度里的当事人，居然这种奇怪的心情是相同的，就是不作任何反抗或者逃避，就是等死。"② 通过拉美"魔幻现实主义"和20世纪80年代中国文学的比较，中国文学和拉美文学获得了一种普遍意义，作家能够在全球化的框架中进行创作。因此，加西亚·马尔克斯和李少红的关系不仅是一种模仿实验，而且让人意识到，尽管拉美文化和中国文化迥异，二者却拥有相同的经历。这些相同的经历与"第三世界"的历史社会条件有关，即"第三世界"的传统可能会产生相同的矛盾与悲剧。

中国先锋派作家对"魔幻现实主义"也表现出浓厚的兴趣。格非在他的文章《加西亚·马尔克斯：回归种子的道路》中将"魔幻现实主义"作为一种与西方世界竞争的文学现象来分析。他把拉美"魔幻现实主义"看作一种成功的文学模式，也是一种中国文学可以借鉴的文学模式。格非着重论述了"魔幻现实主义"的思想层面和文学层面等方面。在文化层面，他指出"魔幻现实主义"倾向于寻

① 马原:《加西亚·马尔克斯笔下的"杀人者"》,载邱华栋选编《我与加西亚·马尔克斯》,北京:华文出版社,2014年,第115页。
② 马原:《加西亚·马尔克斯笔下的"杀人者"》,载邱华栋选编《我与加西亚·马尔克斯》,北京:华文出版社,2014年,第116页。

求拉美文化建构的身份认同。同许多其他作家一样,格非指出"魔幻现实主义"小说代表了拉美人民的多种迷信,其中最重要的是对鬼魂的信仰。在加西亚·马尔克斯和鲁尔福的作品中,鬼魂扮演了一个重要的角色,让作家们改变了生者世界和死者世界的逻辑。格非还阐述了卡夫卡、福克纳、海明威等作家在加西亚·马尔克斯作品中的重要作用,展示了西方文学在巩固拉美"魔幻现实主义"中的重要作用。

格非认为,正是由于民族主义和地方色彩,"魔幻现实主义"才能达到叙事方式的转换。他把拉丁美洲文化描述为拉丁美洲印第安人和欧洲世界之间文明冲突的结果。所以"魔幻现实主义"是欧洲世界和拉丁美洲世界之间冲突的延伸。格非的分析将文学和思想的观点巧妙地结合在一起,对"魔幻现实主义"产生了独特的理解:"但更为重要的是,叙事方式的变革、形式的创新,也是真实表现拉丁美洲现实的内在要求。也就是说并非作家人为地制造荒诞与神奇,拉丁美洲的现实本身就是荒诞与神奇的。这块有着不同种族、血统、信仰的新大陆所构建的光怪陆离、荒诞不经的现实,也呼唤着别具一格的新的表现形式。"①

"魔幻现实主义"试图打破欧洲的文化殖民,修正拉丁美洲国家的共同历史,同时也将西班牙语作为共同语言,将印第安人文化作为文化的基础。然而,与西方文化的文化对抗并不妨碍"魔幻现实主义"向西方文学学习其技巧。格非总结说,这些都是拉丁美洲文化孕育新一代作家的环境。很明显,格非认为中国文学也可以走类似的道路。"第三世界"的文学作品反对西方世界,但如果不向西方世界学习,就无法写作。格非是这样评价加西亚·马尔克斯的:"如果说,游历使他获得一个重新审视拉丁美洲地理的视角,那么与异域文化(尤其是西方文化)的相遇则帮助他进一步确定自身的特性。

---

① 格非:《加西亚·马尔克斯:回归种子的道路》,载邱华栋选编《我与加西亚·马尔克斯》,北京:华文出版社,2014年,第139页。

殖民地文化也好，欧洲强势语言也罢，加西亚·马尔克斯的准则，首先是了解和学习，然后才谈得上击败、摧毁和重建。"①

梳理中国作家对"魔幻现实主义"的诠释，我们不得不承认这些诠释的创造性。表面上看，他们讨论的是"拉美魔幻现实主义"，实际上他们是在谈论他们自己。当代中国作家从拉美作家那里看到了从其他文化中吸收知识的可能性。正是通过大量的阅读，拉丁美洲的作家们懂得了写什么和怎么写。余华就曾指出，在拉美"魔幻现实主义"热潮中，作家们广泛涉猎大量文本，随后用自己的个人经历来进行诠释。他认为，这些阅读行为对理解鲁尔福和加西亚·马尔克斯之间的关系非常有帮助。余华说，阅读《佩德罗·巴拉莫》是加西亚·马尔克斯写作生涯中的一件大事。②《佩德罗·巴拉莫》改变了加西亚·马尔克斯的写作风格，改变了他对神话内容的理解，也改变了他对拉丁美洲现实的理解。对于余华来说，加西亚·马尔克斯的后续作品是在试图重写《佩德罗·巴拉莫》，或者通过一种创造性的形式来重新诠释这部作品，"加西亚·马尔克斯的阅读成为了另一支笔，不断复写着，也不断续写着《佩德罗·巴拉莫》。不过他没有写在纸上，而是写在了自己的思想和情感之河。然后他换了一支笔，以完全独立的方式写下了《百年孤独》，这一次他写在了纸上"③。

加西亚·马尔克斯的阅读是没有边界的，他吸收了多个作家的风格和主题。除了鲁尔福，加西亚·马尔克斯还是福克纳的忠实读者，并试图以多种方式在拉丁美洲的背景中再现福克纳的世界和风格。加西亚·马尔克斯的阅读和写作一样与众不同。"现在，我们可

① 格非：《加西亚·马尔克斯：回归种子的道路》，载邱华栋选编《我与加西亚·马尔克斯》，北京：华文出版社，2014年，第141—142页。

② 余华：《胡安·鲁尔福与加西亚·马尔克斯》，载邱华栋选编《我与加西亚·马尔克斯》，北京：华文出版社，2014年，第53页。

③ 余华：《胡安·鲁尔福与加西亚·马尔克斯》，载邱华栋选编《我与加西亚·马尔克斯》，北京：华文出版社，2014年，第55页。

以理解加西亚·马尔克斯为什么在胡安·鲁尔福的作品里读到了索福克勒斯般的浩瀚，是因为他在一部薄薄的书中获得了无边无际的阅读。同时也可以理解马尔克斯的另一个感受：与那些受到人们广泛谈论的经典作家不一样，胡安·鲁尔福的命运是——受到了人们广泛的阅读。"① 毫无疑问，当余华这样评论加西亚·马尔克斯时，他也在表达自己对 20 世纪 80 年代西方文学和拉丁美洲文学热潮的态度。通过广泛涉猎世界文学，中国的新生代文学和先锋派文学成功地进入全球化的文学世界。超越西方文学的唯一方法就是尽可能多地向他们学习。因此，对于余华来说，"魔幻现实主义"首先是一种伟大的阅读练习。

如上文所解释的，中国作家对诺贝尔文学奖的态度是"魔幻现实主义"在中国得到接受的重要因素。确实，加西亚·马尔克斯在中国的影响力很大程度上与他 1982 年获得诺贝尔文学奖有关。获得诺贝尔奖意味着加西亚·马尔克斯已经被西方世界公认为一位杰出的作家。在 20 世纪 80 年代的语境中，"魔幻现实主义"为中国作家的诺贝尔奖情结提供了一种解决方案，因为它展示了一个经济落后的地区如何获得诺贝尔奖。中国也可以这样做。正如张颐武所说："我们一直将没有中国作家获得诺贝尔文学奖作为中国文学的失败和困难的象征，将它视为我们自己仍然无法达到世界文学普遍标准的状况的标志，这使得我们往往充满了一种无可奈何的挫折感，一种急切的焦虑。我们决心向它冲刺，以证明我们自己一往无前地走向世界的决心。但到了 1982 年，马尔克斯作为一个和中国在全球'位置'接近的第三世界的拉丁美洲作家得到诺贝尔文学奖，他进入了世界文学的主潮，这让中国作家感到兴奋和鼓舞。这其实给了人们

---

① 余华：《胡安·鲁尔福与加西亚·马尔克斯》，载邱华栋选编《我与加西亚·马尔克斯》，北京：华文出版社，2014 年，第 56 页。

新的信心和新的未来的可能性的展开。"①

事实上，如果没有西方世界的认可，拉丁美洲的"魔幻现实主义"在中国是不可能被接受的。"所谓'魔幻现实主义'，正是把拉丁美洲的文明和其中丰富的传统用新的表达方式加以呈现，而这也得到了对此文明当时所并不熟悉的'世界'的认可。"② 鉴于 20 世纪 80 年代中国文学认同西方文化为世界文化的中心，那么获得西方的认可当然也是中国文学的终极目标，这个目标的重要标志就是诺贝尔文学奖。

加西亚·马尔克斯之所以成为中国作家眼中最有代表性的"魔幻现实主义"作家之一，最重要的原因就是他是炙手可热的诺贝尔文学奖获得者。在 20 世纪 80 年代中国作家试图重新定义中国人身份的过程中，整整一代人都受到了加西亚·马尔克斯作品的影响。"于是，当年的'寻根文学'就是深受以马尔克斯为代表的拉美文学影响的思潮和运动。当时中国作家的'寻根'其实是从一个新的现代主义的视角观察和发现自己古老文明的努力。这个努力给了八十年代的中国文学一个前所未有的独特的深度。当年的'寻根'文学的重要作家王安忆、韩少功、阿城等人的作品中都看得到马尔克斯的影响。而莫言、贾平凹、陈忠实等人的写作也无不受到他的影响。所以他可以说是最具'中国性'的外国作家。"③

但拉美"魔幻现实主义"对中国文学的影响并非仅仅局限于"寻根文学"和"先锋小说"，还包括许多不属于上述思潮的重要作家，如陈忠实就已经注意到了"魔幻现实主义"的另一些特点，如读者和文本之间的关系。在陈忠实眼中，"魔幻现实主义"的一个基

---

① 张颐武：《马尔克斯与中国：一段未经授权的旅程》，载邱华栋选编《我与加西亚·马尔克斯》，北京：华文出版社，2014 年，第 130 页。

② 张颐武：《马尔克斯与中国：一段未经授权的旅程》，载邱华栋选编《我与加西亚·马尔克斯》，北京：华文出版社，2014 年，第 130 页。

③ 张颐武：《马尔克斯与中国：一段未经授权的旅程》，载邱华栋选编《我与加西亚·马尔克斯》，北京：华文出版社，2014 年，第 131 页。

本特征就是造就了读者认知过程的转换。在现实主义文学中,文学是反映现实生活的镜子,读者通过文学这一中介进入现实生活。而"魔幻现实主义"鼓励读者与虚构世界建立更加复杂的关系。读者与"魔幻现实主义"文本之间的这种新关系,旨在反驳现实主义的实证主义和理性意识,引导读者接受以"魔幻"为代表的"超现实"。"魔幻现实主义"的形式特点深受反实证主义的影响。因此,在陈忠实看来,我们应该关注"形式的意识形态"。陈忠实认为"魔幻现实主义"的复杂形式是提高读者分析能力的一种机制,他指出:"我先后选择了十多部长篇作为范本阅读。我记得有《百年孤独》,是郑万隆寄给我的《十月》杂志上刊发的文本,读得我一头雾水,反复琢磨那个结构,仍是理不清头绪,倒是忍不住不断赞叹伟大的马尔克斯,把一个网状的迷幻小说送给读者,让人多费一番脑子。我便告诫自己,我的人物多情节也颇复杂,必须条分缕析,让读者阅读起来不黏不混,清清白白。"①

　　陈忠实是反对被动采用"魔幻现实主义"创作手法的中国作家之一。他在这方面的观点与其他作家不同,因为他认为拉丁美洲神话和信仰的某些方面与中国神话和信仰不同。这种观点与20世纪80年代许多中国作家的分析形成了对比。陈忠实强调,中国文化中始终存在"魔幻"的逻辑和文字,但是它们与拉美文化是不同的。"我感受到马尔克斯的《百年孤独》是一部从生活体验进入生命体验之作,这是任谁都无法模仿的,模仿的结果只会是表层的形式的东西,比如人和动物的互变。就我的理解,人变甲虫人变什么东西是拉美民间土壤里诞生的魔幻传说,中国民间似乎倒不常见。马尔克斯对拉美百年命运的生命体验,只有在拉丁美洲的历史和现实中才可能发生并获得,把他的某些体验移到中国无疑是牛头不对马嘴

---

　　① 陈忠实:《打开自己》,载邱华栋选编《我与加西亚·马尔克斯》,北京:华文出版社,2014年,第37页。

的，也是愚蠢的。"① 虽然莫言和扎西达娃承认在他们的作品中存在
拉美"魔幻现实主义"的影响，陈忠实却拒绝为自己的作品贴上
"魔幻"的标签。韩少功也否认自己在 20 世纪 80 年代写作包括《爸
爸爸》在内几部被称为"寻根文学"的代表作品的过程中，阅读过
拉美"魔幻现实主义"作品。这种态度表明了这样一个事实：在某
种程度上，"魔幻现实主义"的影响被一些中国作家视为一种负
担，因为他们想把自己的作品与中国文化联系起来，而不是外国的
影响。但这种排斥也证明，在某种程度上，"魔幻现实主义"的概念
范畴在中国被夸大了。"魔幻现实主义"这一术语可能被用来定义每
一部带有魔幻内容或非真实的作品。这种定义可能产生许多误解。
正是在这一意义上，一些中国作家会主动澄清"魔幻现实主义"对
自己作品的影响。陈忠实是这么说的："有论家说我在《白》书中的
这些情节是'魔幻'，我清楚是写实，白鹿原上关于鬼的传说，早在
'魔幻'这种现实主义文学传入之前几千年就有了，以写鬼成为经典
的蒲松龄，没有人给他'魔幻'称谓；鲁迅的《祝福》里的祥林嫂最
后也被鬼缠住了，似乎没有人把它当作'魔幻'，更不必列举传统戏
剧里不少的鬼事了；我写的几个涉及鬼事的情节，也应不属'魔
幻'，是中国传统的鬼事而已……"② 值得一提的是，类似的现象也
发生在拉丁美洲，那里的许多拉丁美洲作家拒绝使用"魔幻现实主
义"来对他们的作品进行分类。其原因正是对"魔幻现实主义"的
过分简化使得作者对这个术语感到不舒服。

在"魔幻现实主义"深深影响中国三十多年后，像阎连科这样
的有世界影响力的中国当代作家仍然坚持对拉美"魔幻现实主义"
的敬意："其影响之剧，可能超出世界上任何一个时期的任何一个流

① 陈忠实:《打开自己》,载邱华栋选编《我与加西亚·马尔克斯》,北京:华文出版
社,2014 年,第 42—43 页。
② 陈忠实:《打开自己》,载邱华栋选编《我与加西亚·马尔克斯》,北京:华文出版
社,2014 年,第 44 页。

派、主义和文学团体，对中国文学造成的震动基本和地震或火山爆发一样。这儿，最有代表性的作家自然是马尔克斯，对中国文坛影响最大的作品自然是《百年孤独》。"① 阎连科提到，至少有十部中国小说的开头，"也同样一字不差地用'许多年之后——'如何如何"。他将拉美"魔幻现实主义"文学对中国的影响与欧美文学、俄罗斯文学等重要文学对中国的影响进行比较，指出拉美文学是最适合中国作家写作的模式，"无论是俄罗斯文学还是欧美文学，比起拉美文学来，都没有中国作家更容易理解、消化和那么巧妙地本土化、个人化的借鉴与整合，并使之完全的中国化、个性化地成为中国土地中的种子与花果"。②

在阎连科的分析中，"魔幻现实主义"的文学价值是与特定的现实相联系的。从这个意义上说，中国对"魔幻现实主义"的诠释始终是对"魔幻现实主义"中"现实主义"成分的修正；换言之，"现实主义"始终是中国作家理解拉美"魔幻现实主义"的出发点。在中国作家的理解中，拉美"魔幻现实主义"试图对拉丁美洲现实的不同特征进行详细的描述。例如，它代表了拉丁美洲历史的多个阶段；它试图分析不同拉丁美洲国家的政治斗争；它提供了对拉丁美洲地理和自然的详细描述；从社会学的角度来看，它代表了拉丁美洲社会的多民族构成和这些不同群体之间的矛盾；它提供了一种融合着口语、方言的模式。所有这些元素都表明，拉美"魔幻现实主义"从未放弃拉美的"现实"。中国作家一直深知"魔幻现实主义"的这一方面，"无论是魔幻现实主义，还是神奇的现实，他们的出发点和立足点也都绝不脱离作家生存的土地、社会和现实。兴起于中国文学 80 年代中期那一浪潮的新探索小说，无论是作为文学史

① 阎连科：《重新认识拉美文学》，载邱华栋选编《我与加西亚·马尔克斯》，北京：华文出版社，2014 年，第 62 页。

② 阎连科：《重新认识拉美文学》，载邱华栋选编《我与加西亚·马尔克斯》，北京：华文出版社，2014 年，第 63 页。

的意义，还是作为每个作家的文学意义，都是有着相当的价值，但之后余华、格非、苏童的写作转向，大约与他们所处的现实的思考不无关系"①。也就是说，"魔幻现实主义"作品对社会、土地和现实之间错综复杂关系的描写是打动中国作家的地方，也是中国作家接受"魔幻现实主义"的基本前提。

阎连科认为，拉美"魔幻现实主义"已成为几乎每一位中国当代作家文学形态的一部分。拉美"魔幻现实主义"在中国当代文学中具有如此大的关联性，这一点令人惊叹。直到今天，"魔幻现实主义"仍未丧失其影响力，这也令人惊异，"带来震撼的原爆力，自然是莫言的创作，但给莫言的写作带来启悟的，正是拉美文学，正是马尔克斯和他的《百年孤独》及他的一系列创作。在之后的许多年里，无论是莫言的创作，无论是拉美文学，一直对中国文学，保持着旺盛的影响。直到今天，我们从任何一位优秀的当代作家中，无论是正当年轻力壮的中年作家，还是风头强劲的青年作家，几乎我们从任何一个人的口中，都可以听到大家对马尔克斯和他的《百年孤独》的尊重和崇敬，这种情况颇似于我们大家对《红楼梦》和曹雪芹的敬重样"②。

二 中国批评家对拉美"魔幻现实主义"的解读

与上述中国作家有关拉美"魔幻现实主义"的观点相映成趣的是同时期的中国文学理论家对拉美"魔幻现实主义"的认知。与中国作家大多将拉美"魔幻现实主义"理解为一种艺术风格或写作方法不同，中国文学理论家们则在介绍拉美"魔幻现实主义"的美学

① 阎连科:《重新认识拉美文学》,载邱华栋选编《我与加西亚·马尔克斯》,北京:华文出版社,2014年,第67页。
② 阎连科:《重新认识拉美文学》,载邱华栋选编《我与加西亚·马尔克斯》,北京:华文出版社,2014年,第64—65页。

特征的同时，提醒我们关注拉美"魔幻现实主义"的政治性。

从20世纪70年代末至今，中国的文学理论家和文学评论家对拉美"魔幻现实主义"这一概念进行了专门的、富有独创性质的研究。在整个80年代和90年代，第一代"魔幻现实主义"理论家的地位得到了巩固，他们也是最杰出的一代。在这一时期的文学评论家和理论家中，有四位杰出的代表人物，他们分别是陈光孚、陈众议、林一安和段若川。

对拉美"魔幻现实主义"的主要研究始20世纪于80年代初，陈光孚在其80年代写作的文章和著作中创立了自己的理论，后来又进行了改进。在1980年发表的文章《"魔幻现实主义"评介》中，他开启了"拉美现实主义"研究的先河。文章从拉美"魔幻现实主义"的起源与发展、"魔幻现实主义"手法的多样性、"魔幻现实主义"的一些思想特征等方面进行了论述。陈光孚指出"魔幻现实主义"本源观的三个基本特征。首先，"魔幻现实主义"体现为拉丁美洲团体(印第安人和阿拉伯人)的神话传说和西方现代派(卡夫卡和福克纳)的综合："拉丁美洲的魔幻现实主义的形成来自两方面的影响：一方面是印第安人古老的神话传说和东方阿拉伯的神话故事；另一方面则来自西方卡夫卡和福克纳的现代派文学。简而言之，它是在继承印第安古典文学的基础上，兼收并蓄东、西方的古典神话、某些创作方法，以及西方现代派的异化、荒诞、梦魇等手法，借以反映或影射拉丁美洲的现实，达到对社会事态的揶揄、谴责、揭露、讽刺和抨击的目的。"① 其次，"魔幻现实主义"一词起源于德国的罗。最后，米赫尔·安格尔·阿斯图里亚斯被认为是第一位拉美"魔幻现实主义"作家，这主要是因为他大量运用了当地神话的内容和技巧。此外，《百年孤独》(加西亚·马尔克斯)和《佩德罗·巴拉莫》(鲁尔福)均被认为是拉美"魔幻现实主义"的经典作品。

---

① 陈光孚：《"魔幻现实主义"评介》，《文艺研究》1980年第5期，第131页。

陈光孚通过对《佩德罗·巴拉莫》的分析,确定了"魔幻现实主义"的三种基本技法:(1)打破了生与死、人与鬼的界限;(2)打破了时空界限;(3)对西方现代派手法的妙用。对生者与死者之间关系的扭曲是多元文化的本质特征,这个特征在阿兹特克文明的神话、《聊斋志异》的故事、希腊悲剧和《圣经》中均有所体现。它旨在扭曲自然法则(人与鬼)、传统文学的不同类别(现实与虚构),将读者带入梦幻世界或灵异世界。扭曲时间和空间的界限是对线性时间的质疑和对现实空间边界的拓展。陈光孚认为,这两种机制都是将读者从时间和空间的障碍中解放出来的方法。与此不同的是,现代派倾向于采用意识流和留白,旨在唤起读者的参与感,还有一些电影的表现手法也得到了使用,如平行蒙太奇。在对《百年孤独》的分析中,陈光孚指出了另外两种叙事手法。第一,"魔幻现实主义"小说中大量存在与活人共存的鬼魂这一类角色。而鬼魂没有邪恶行为的特征,他们表现得和正常人一样。第二,在"魔幻现实主义"中存在大量的象征表达,其中最为明显的是,某些角色直接代表了某一种概念,如"美""帝国主义"等等。

陈光孚在"魔幻现实主义"的思想方面进行了开拓性的分析,用马克思主义的方法确定了"魔幻现实主义"与现实的关系。"魔幻现实主义"被认为是一种表现现实的创造性机制。为什么"魔幻现实主义"中鬼魂的形象同西方文学中的有差别?陈光孚认为,在"魔幻现实主义"文学中,鬼魂象征着同拉美现实的对抗,如帝国主义、封建主义和社会现实。鬼魂也是"魔幻现实主义"作家(小资产阶级)用以表达对拉美寡头政治的不满的主要机制。陈光孚通过大量事实来论证,"魔幻现实主义"的意识形态存在着矛盾,一方面,存在一种对封建制度、帝国主义、独裁的受害者表示同情的机制,另一方面,马克思主义理论并不能提供一个对于拉美历史问题的根本解决方案。

在 1983 年发表的《关于"魔幻现实主义"》一文中，陈光孚提出的对于"魔幻现实主义"作家的分类方法引起了争议。他只把那些情节由拉美印第安人神话构成的作品归类为"魔幻现实主义"，这样就将那些运用其他神话（如黑人神话）的作者排除在外。这种分类把像阿列霍·卡彭铁尔这样的作家从"魔幻现实主义"作家的名单中剔除了，因为卡彭铁尔的小说更为关注的是加勒比黑人文化。"据我们所看到的拉丁美洲一些评论家的论文，'魔幻现实主义'最根本的特点是以印第安人传统的观念反应拉丁美洲大陆的现实。脱离了印第安的传统观念，即便情节再离奇，鬼怪和幻景的描述再多，也不是'魔幻现实主义'的作品。换言之，'魔幻现实主义'具有强烈的民族性。遗憾的是这个根本原则却被忽略了，以至给读者一种错觉，觉得'魔幻现实主义'是汲取西方现代派手法所形成的。"[①]

1984 年，陈光孚发表了《拉丁美洲当代小说创作的特点及趋势》一文。在这篇文章中，他解释了"拉美文学爆炸"这一现象，拉美文学成功地获得了西方的认可，还赢得了几个举足轻重的文学奖项。"魔幻现实主义"作为其中最重要的组成部分之一，在这篇从宏观层面介绍当代拉美小说的文章中占有主体地位。为什么拉丁美洲的"魔幻现实主义"是成功的？陈光孚指出这与四个方面的特征有关。其中三个同拉丁美洲文化、文学或意识形态的固有特征有关，另外一个则是外在特征。第一，"魔幻现实主义"题材与拉丁美洲的现实有着深刻的联系。这个特征在"魔幻现实主义"表现国家文化的方式或对拉丁美洲特色的探索中尤为明显。卡彭铁尔在拉美文化中（在梦中或无意识中）发现神奇元素的方式，加西亚·马尔克斯描述拉美历史及其本质的方式，以及小说中的政治表达方式，这一切都表明"魔幻现实主义"努力使拉丁美洲的现实成为一种新的小说形式的基础。第二，"魔幻现实主义"具有强烈的正义感，它强烈反对西方对

---

① 陈光孚:《关于"魔幻现实主义"》,《读书》1983 年第 2 期,第 150 页。

拉美人民的剥削和统治。因此，小说的特点是反帝国主义、反殖民主义、反寡头政治，同时推动民主和民族主义的政治运动。第三，印第安人和黑人神话(陈光孚已经将黑人文化作为 "魔幻现实主义" 材料的一部分)提供了一套新的技巧，使得拉丁美洲原始人的宗教信仰能够作为一种全新的材料在小说中得到体现。小说中最重要的技巧是对死者与生者之间关系的扭曲和高度的符号化。

"魔幻现实主义" 的第四个(外在)特征是成功地借鉴了适应拉美现实审美需要的西方文学技巧。陈光孚强调了萨特、福克纳、波伏娃、加缪、多斯·帕索斯等现代作家对 "魔幻现实主义" 发展的影响。西方现代主义在小说内容与形式之间建立新的关系方面尤为重要。

在《拉丁美洲当代文学论评》一书的前言中，陈光孚强调不同文化的融合是拉丁美洲文化的精髓，同时也分析了新拉丁美洲小说通过借鉴西方的手法试图消解过去殖民主义的包袱。陈光孚敏锐地观察到 "魔幻现实主义" 研究的关键就在于探究拉美人对西方世界模糊而矛盾的态度，"当代拉丁美洲的繁荣并不是偶然的现象。其中汇聚着惊人的爆炸力，因此，才形成了本世纪六十年代的 '文学爆炸'。从历史来看，拉丁美洲是世界各种文化的汇合点。最早有古印第安文化——至今仍是拉丁美洲魔幻现实主义作家的寻根之处。后来，西班牙殖民主义者入侵，带来了西方文化，而刚刚受过摩尔人侵袭的宗主国——西班牙，同时把阿拉伯文化带入拉丁美洲。嗣后，非洲大量的黑奴贩进美洲，又带来了非洲的黑人文化，这种文化影响尤以巴西、古巴等加勒比地区更为浓重。随着西班牙殖民主义者被逐出拉丁美洲，大批作家为了消除宗主国文化长期的影响，借鉴法国、美国和德国的文学，产生了多次的文学运动和多种的文学流派。不少知名作家长期寄居巴黎接受欧洲各种文学思潮的影响"①。

　　1986年，陈光孚在《魔幻现实主义》一书中将他先前的研究系统化了。这本书的前三章提供了对于拉美"魔幻现实主义"作品的历史性分析，书中他将拉美作者分为两组：早期的三位先驱和成熟期的两位中流砥柱。不同作者在"魔幻现实主义"特定阶段的地位，是中国理论家关注的根本问题。第一章分析了拉美"魔幻现实主义"的三位先驱米赫尔·安格尔·阿斯图里亚斯、阿图罗·乌斯拉尔·彼特里和卡彭铁尔。与他的前几篇文章相比，陈光孚扩展了"魔幻现实主义"的定义，在其中囊括了一些他曾经排除在外的作家，如卡彭铁尔等。这一部分最重要的贡献是对"魔幻现实主义"和"超现实主义"之间关系的分析。陈光孚认为"超现实主义"在阿斯图里亚斯、彼特里和卡彭铁尔的美学中占有重要地位，因为他们20世纪二三十年代都生活在法国。在"超现实主义"的影响下，卡彭铁尔阐述了他眼中的拉美神奇的现实。受其影响，阿斯图里亚斯从一个新的角度研究了印第安文化在拉丁美洲文化中的重要性。"超现实主义"使"梦"与"潜意识"成为重新评价拉美现实的新概念。

　　在书的第二章，陈光孚分析了加西亚·马尔克斯和鲁尔福（该书中译为"卢尔福"）的作品，主要是《百年孤独》和《佩德罗·巴拉莫》。与此前的文章相比，陈光孚引入了"魔幻现实主义"的两个新元素。他引用乌拉圭著名女评论家莫妮卡·曼索尔的观点，"魔幻现实主义"是一种不同矛盾在复杂关系中并存的文学形式，"'对西方意识（如生与死的二元论）而言，他的小说在许多时候都产生了不同于常规价值的意义。卢尔福作品中的"魔幻"是由于两种一系列的文化价值（指西方和印第安文化）的并列出现而产生的'……'魔幻现实主义'作品本身即是对立和矛盾的统一体，这里有两种文化

---

　　①　陈光孚选编：《拉丁美洲当代文学论评》，桂林：漓江出版社，1988年，"前言"，第1页。

观念的对立,也有生与死、现实与过去、时间与非时间的并列与对立。……对立的并列是'魔幻现实主义'的精髓。对立的并列反映在作品的各个方面,当然也反映到语言方面"①。他还认识到时间的建构是"魔幻现实主义"小说中最重要的方面之一。"魔幻现实主义"的复杂的时间结构是成功地借鉴了多斯·帕索斯、劳伦斯和福克纳等现代主义手法才得以形成的。在陈光孚看来,"魔幻现实主义"小说中最重要的时间特征是循环性。由于这一特点,在情节、人物、姓名上的重复非常普遍。这种循环和重复贯穿整部小说。"无论是情节、人物的名字和性格以及作品的结构,循环、反复的现象比比皆是,不胜枚举。这是读懂这本小说的一个纲,不然则不好弄懂。无论是大循环,还是小循环,在交接点的当口,往往有一次戛然而止的收笔。这种现象被拉美一些评论家称之为'轰毁'或'顿悟'。这也是魔幻现实主义作品中往往出现的特殊现象"②。

在书的第三章,陈光孚分析了"魔幻现实主义"创作的各个方面。这些方面可以大致归结为使这种新文学形式在拉丁美洲成为可能的意识形态因素。首先是不同文化的融合,拉丁美洲文化受到不同文化的影响,如印第安人文化、非洲文化、西班牙文化等。在这些文化中,印第安文化同"魔幻现实主义"的相关性最大。其次是拉丁美洲作家对表达方式的不断探索和独立文学的发展。这种探索一直与对西方文学的研究和借鉴联系在一起。与此同时通过对本土文化的关注,"魔幻现实主义"找到了一种真实的方式来表达拉丁美洲的现实。陈光孚认为,对拉丁美洲人民的压迫(特别是独裁和寡头政治等政府形式)触发了"魔幻现实主义"的形成。换句话说,"魔幻现实主义"试图用自己的方式来避免拉丁美洲寡头统治阶级对其进行的审查。"魔幻现实主义"也的确总是把独裁作为其最常见的话题之一。最后,陈光孚解释了"魔幻现实主义"是如何表达拉美小

---

① 陈光孚:《魔幻现实主义》,广州:花城出版社,1987年,第76—77页。
② 陈光孚:《魔幻现实主义》,广州:花城出版社,1987年,第114页。

资产阶级对变革的渴望，从而使他们的作品表现出明显的意识形态矛盾。换句话说，这些作品表达的是人道主义情感，而不是拉美的历史解决方案。"这种虚无主义的答案证明作者感到了社会的弊病，但对弊病的根源及社会的前途还处于迷惘的状态。这一点正象古代希腊人，由于知识不足，对自然现象感觉到了，但无法正确解释和对其控制，于是'用想象和借助想象以征服自然力，支配自然力，把自然力加以形象化'（《马克思恩格斯选集》第二卷 113页），从而产生了神话一样。"①

陈光孚的理论著作对后来的拉美"魔幻现实主义"在中国的研究产生了深远的影响。他最重要的贡献是阐述了"魔幻现实主义"从早期"魔幻现实主义"作家到成熟作家的历史演变。他对以印第安人文化为核心的"魔幻现实主义"美学的分析，对其他文化（欧洲、阿拉伯、非洲）在"魔幻现实主义"中的关联性的分析，决定了中国理论家将"魔幻现实主义"视为一种民族斗争形式的倾向。他的著作也阐释了西方现代主义对现代"魔幻现实主义"技巧上的影响，另外还体现了中国学界对"魔幻现实主义"意识形态方面的关注，尤其是在反对西方文化政治统治的同时，拉美文学寻找原创和民族文学的必要性。

他运用马克思主义理论来分析拉美社会矛盾、作品的社会根源以及这些因素对"魔幻现实主义"内容的制约，使得人们对"魔幻现实主义"内在矛盾的认识成为可能。陈光孚观察到，人道主义（及其所有的矛盾）是拉丁美洲作家最本质的意识形态特征。

第二位对"魔幻现实主义"做出理论解释的重要人物是陈众议。在其著作《南美的辉煌——魔幻现实主义文学》中，陈众议拓展了陈光孚的研究结果，提出了理解"魔幻现实主义"的新概念。首先，陈众议纠正了陈光孚将"魔幻现实主义"的历史分为三个阶段

---

① 陈光孚：《"魔幻现实主义"评介》，《文艺研究》1980 年第 5 期，第 137 页。

的做法。这三个阶段分别为早期"魔幻现实主义"、中期"魔幻现实主义"和后期"魔幻现实主义"。他对伊莎贝尔·阿连德(Isabel Allende)等拉丁美洲"文学爆炸"之后出现的一些拉美"魔幻现实主义"作家和作品进行了分析。因此,同陈光孚不同,陈众议的历史分析涵盖了"魔幻现实主义"从起源到衰落的所有阶段。其次,陈众议分析了当时的文学条件和政治条件,特别是20世纪40年代以后的文学和政治因素是如何催生拉美"文学爆炸"和拉美"魔幻现实主义"的。在这种新环境中,一方面博尔赫斯等作家在其作品中不断进行新的叙事实验,同时也存在着拉丁美洲文学在西方世界的"商品化"。陈众议还提到了拉丁美洲的经济发展、欧洲移民到拉丁美洲以及本土文化的重新发现,这些都是"魔幻现实主义"产生的因素。另外一个重要因素是新的文学理论家的出现,以及古巴革命所创造的新的政治条件。陈众议是众多强调拉美文化繁荣和经济落后这种落差的学者之一,他使用马克思主义的"经济基础"和"上层建筑"的概念来理解拉美的矛盾现实。鉴于拉丁美洲被视为一个非常落后的社会,其文学的非凡发展被认为是一个奇迹。"当中国文人正在战争和运动的漩涡中艰难挣扎的时候,拉丁美洲文学轰然'炸'开了。它以磅礴的气势、令人眼花缭乱的姿态,使所有文学爱好者为之慨叹:一个经济相对落后的地区,一夜之间将其文学推向了世界,这不能不说是一种奇迹。"① 在陈众议看来,"魔幻现实主义"的悲观主义来自拉美国家的社会经济状况。他没有将"魔幻现实主义"作为全球当代小说的一部分进行评价,而是认为拉丁美洲的情况与西方不同。因此,加西亚·马尔克斯决定在小说结尾表现马孔多的毁灭,这与消费主义社会的问题无关,而是与拉丁美洲作为"第三世界"一部分的特殊特征有关:"也正是因为这一文化历史渊源,拉丁美洲魔幻现实主义才如此充满了对帝国主义、

---

① 陈众议:《南美的辉煌——魔幻现实主义文学》,海口:海南出版社,1993年,第1页。

殖民主义的谴责，表现了专制制度重压下拉丁美洲各色人等的反抗情绪、批判精神甚而悲凉心境、绝望心理；在暴露现实社会愚昧、落后、贫穷和孤独的同时，流露出了对土著民族及其文化的欣赏与阐扬。"①

陈众议引入的一个新元素是"魔幻现实主义"与"神奇现实主义"的区别。他分析的目的是找出"魔幻现实主义"作家之间的差异，特别是强调卡彭铁尔（他首先提出了"神奇现实主义"这个概念）的作品有着其他作家所没有的特点。何为魔幻？何为神奇？拉美"魔幻现实主义"作家描绘的拉美现实是魔幻的、神奇的。陈众议还试图通过分析超现实主义与拉美"魔幻现实主义"之间的联系来解决什么是"魔幻现实主义"这一根本问题。他展示了拉丁美洲独特的历史、神话和文化元素。对于"魔幻现实主义"这一概念本身，陈众议引入了一些新的分析元素，如马西莫·邦滕佩利在欧洲"魔幻现实主义"理论化中的作用，以及安赫尔·弗洛雷斯（Ángel Flores）关于拉美"魔幻现实主义"的理论著作。在他看来，拉美"魔幻现实主义"既是现实、神话、社会状况、愚昧的表现，又是对现实的变形。

在对"魔幻现实主义"小说的分析中，陈众议将印第安人和黑人的文化与神话的关联作为"魔幻现实主义"的基本元素。他分析了小说情节的原型及其与拉美历史的关系。在他看来，"魔幻现实主义"的意识形态冲突与西方世界和印第安人世界的文化斗争有关。原始神话成为拉美各国不同历史斗争的隐喻。"难说魔幻现实主义与神话-原型批评有什么关联瓜葛，但魔幻现实主义所展示的种种现象又无不印证了神话-原型批评家们的想象和推断。众所周知，神话-原型批评实际上是一种文学人类学，在那里，文学不再是新批评派眼里的孤独的文本，而是整个人类文化创造的有机组成部分，它同

---

① 陈众议：《南美的辉煌——魔幻现实主义文学》，海口：海南出版社，1993 年，第 111 页。

古老的神话传说、宗教信仰、民间习俗乃至巫术迷信等有着密不可分的血缘关系。"① 他用一种独特的视角来理解 "魔幻现实主义",这种视角与人类学有着特殊的联系。他的分析还体现了一种新的理解视角,即把神话理解为一种原始的叙述形式。原始神话改变了时间、空间、自然规律的逻辑,改变了生与死的对立,体现了拉美文化与西方文化的明显差异。对于加西亚·马尔克斯作品的解释,陈众议将集体无意识视为 "魔幻现实主义" 的一个重要方面。因此,在与西方文化的对抗中,"魔幻现实主义" 以大众文化和集体文化为主要内容来源。他论证了拉丁美洲文化的魔幻元素也与拉丁美洲的野蛮和无知及不发达的条件有关。他还指出 "魔幻" 的逻辑是如何用一整套系统来代表整个世界的,在这种逻辑下,自然界的每一个元素都被赋予了一个特定的意义,创造了一个丰富的隐喻和符号网络(动物、植物、物体)。对于 "魔幻现实主义" 的研究,陈众议是对某些人类学概念与神话内容联系的研究最为深入的中国评论家。他探讨了拉丁美洲原始人的宗教信仰和 "魔幻现实主义" 小说的内容,认为印第安人文化只有在与殖民势力的对抗中才能被理解。正如陈众议在《拉美当代小说流派》一书中所说:"此外,与世隔绝使印第安文化传统、宗教信仰和风俗习惯与旧世界大相径庭。因而,对于旧世界说来,美洲文化充满了神奇色彩。反之,对印第安人而言,欧洲文化更有其不可思议之处。他们的帆船、骑兵、火枪、盔甲等等,无不使印第安人望而生畏、不知所措。譬如西班牙骑兵,所到之处,不是被奉若神明,便是被当作妖魔。因为在印第安人看来,他们'可分可合'(指骑手与坐骑),法力无边。当然,真正神奇的还是印欧两种截然不同的文化的并存与混合。"②

从形式上看,陈众议强调了 "魔幻现实主义" 的两个基本方面。

---

① 陈众议:《南美的辉煌——魔幻现实主义文学》,海口:海南出版社,1993年,第91页。

② 陈众议:《拉美当代小说流派》,北京:社会科学文献出版社,1995年,第55页。

一是他论证了这种神话内容对于现代读者来说所产生的陌生化效果，现代读者并不习惯原始神话丰富而复杂的隐喻式表达。"正因为这样，魔幻现实主义作品仿佛插上了神话的翅膀；一旦进入它的境界，我们似乎感到自己久已麻木的童心之弦被重重的弹拨了一下。我们从他们(如马孔多人)对冰块对磁铁对火车对电灯或电影等曾经激荡过我们童心但早已淡忘的或惊讶或恐惧或兴奋或疑惑的情态中重新体味童年的感受(而不仅仅是理性认识)。"① 正是这种陌生感让现实变得"不可思议"。二是他指出"魔幻现实主义"体现为复杂的符号结构，它利用魔幻逻辑的不同原理，如预言、梦境、循环等。他重点解释了《百年孤独》的封闭循环是如何基于这些原则，在过去、现在和未来之间建立起错综复杂的关系。陈众议对《百年孤独》的时间结构进行了非常精确的分析，突出了人物角色、章节的划分、不同的视角是如何影响读者对时间的感知的：

> 在《百年孤独》的特殊时序中，马孔多既是现实(对于人物)，又是过去(对于叙述者)，也是将来(对于预言者梅尔加德斯)，因而是过去、现在和将来三个时空并存并最终合为一体的完全自在的、形而上的世界——最后，三个时态在小说终端打了个结并把所有的连环捏在了一起。②

在《南美的辉煌——魔幻现实主义文学》的最后一章中，陈众议比较了拉美"魔幻现实主义"与中国"寻根"文化，发现了两种文化或者文学拥有共同的路径。拉丁美洲或中国都有着悠久而丰富的神话历史，都受到殖民进程的严重影响，造成了贫穷和落后。拉美"魔幻现实主义"和"寻根"的目的都是重新发现拉丁美洲或中国

---

① 陈众议:《南美的辉煌——魔幻现实主义文学》,海口:海南出版社,1993 年,第103—104 页。

② 陈众议:《南美的辉煌——魔幻现实主义文学》,海口:海南出版社,1993 年,第106 页。

文化的精髓,以区别于西方世界。因此,无论是拉美"魔幻现实主义"还是"寻根",都试图通过寻找过去文化的本质来重建身份。

关于"魔幻现实主义"在中国的理论发展,还有一位重要的学者是林一安。林一安对于中国的外国文学翻译政策非常感兴趣,在20世纪70年代末80年代初,他对拉丁美洲文学的认识得到了加强。80年代的中国文学与拉美文学有许多相似之处。"用中国作家自己的话来讲,形成了'拉美文学热'。中国作家对拉美文学感到亲切,贴近,很重要的一个原因是,解放前的中国在遭受殖民统治以及外国的渗透和掠夺方面,和今天的拉丁美洲各国有着几乎相同的命运。在反对外来压迫和剥削、维护民族权益的斗争中,中国和拉丁美洲人民有着共同的语言。因此,中国作家和拉丁美洲作家对文学所起的作用以及作家的使命的认识,观点很容易接近,甚至完全一致。"① 林一安强调,了解拉美作家的政治承诺是解读"魔幻现实主义"非常重要的一点。他认为,拉美"魔幻现实主义"以一种独特的形式描述现实,真实与想象不断交织在一起,这代表着拉美的民族特色。对于他来说,"魔幻现实主义"带来了一种新的历史态度。"魔幻现实主义"作家不断审视历史的参照点,以突出历史的矛盾和新的观点。"可以说,拉丁美洲作家在中国的同行中找到了真正的知音,两者都深切地意识到历史赋予自己的严重责任。确实,加西亚·马尔克斯的《百年孤独》中浸淫着的孤独感,其主要内涵是整个苦难的拉丁美洲被排斥于现代文明世界的进程之外的愤懑和抗议,是作家在对拉丁美洲近百年的历史,以及这块大陆上人民独特的生命强力、生存状态、想象力进行独特的研究之后形成的倔强的自信。"②

林一安还分析了拉美"魔幻现实主义"对于中国少数民族文学的影响,尤其是西藏文学。拉美"魔幻现实主义"文学的目标与中

---

① 林一安:《拉丁美洲当代文学与中国作家》,《中国翻译》1987年第5期,第49页。
② 林一安:《拉丁美洲当代文学与中国作家》,《中国翻译》1987年第5期,第49页。

国边缘文学的目标有着特殊的联系：一是传统文化，二是国家历史中民族元素的意义。"值得注意的是，拉丁美洲这一文学流派还打破了外国文学历来只在中国内地传播的保守局面，居然穿过了西藏高原的雾屏云障，降临这块与拉丁美洲同样有着魔幻氛围的神奇的土地。以扎西达娃为代表的一批青年藏族作家对本民族历史文化和现实的思考为他们对拉丁美洲魔幻现实主义的直接借鉴提供了可能。"① 林一安从 20 世纪 80 年代中国文学和拉美文学共同面临的新挑战，如国家观念等方面，探索了其中的思想因素。对于拉美"魔幻现实主义"的作家归属问题，他始终坚持博尔赫斯属于"魔幻现实主义"的观点。中国学界的普遍观点是把博尔赫斯看作"魔幻现实主义"作家的一员，不过陈众议和段若川似乎是其中少有的例外。

段若川的著作《安第斯山上的神鹰——诺贝尔奖与魔幻现实主义》提供了一种对于拉美历史中不同意识形态因素的理解。这种意识形态因素与拉丁美洲人民的特性有关，但这一度是由欧洲人建构的。在被发现和被殖民期间，欧洲通过一套特定概念来建构其身份的方式来认识它。这种观念构成了拉丁美洲"魔幻现实主义"形成的文化背景。拉美"魔幻现实主义"既是对拉美历史的重构，也是对拉美过去形象的强调或反驳。段若川指出了欧洲人所建构的拉丁美洲形象的一些积极方面，这些方面在"魔幻现实主义"小说中被大量使用。古代印第安文明(印加文明、玛雅文明和阿兹特克文明)曾经非常辉煌，在不同领域(天文学、建筑、数学等)有着惊人的发展。为了解释美洲的发现，欧洲创造了一个神话，认为美洲大陆是"黄金国"或"青春之泉"的所在地。美洲大陆被视为一片神秘之地，一片全新之地，一片无名之地。由于其自身特点，包括地理、动植物的特征，拉美的自然环境最初就被认为是神秘莫测的。"拉丁美洲是一块充满历史的大地，在西班牙、葡萄牙征服者到来之

---

① 林一安:《拉丁美洲当代文学与中国作家》,《中国翻译》1987 年第 5 期,第 50 页。

前,那里就有了如此灿烂多彩的文明,这是值得阿兹台克人、玛雅人、印加人、阿劳乌加人骄傲的。拉丁美洲又是一块富饶的、充满生机与活力的大地,那里的土地肥沃得令人难以置信。"①

另一方面,段若川揭示了地理大发现和欧洲殖民如何定义着拉美身份中的意识形态,这些意识形态成分与其对西方世界的态度有关。征服过程中印第安文明的毁灭成为"魔幻现实主义"最重要的主题之一。印第安文明的湮灭在拉丁美洲产生了两种主要影响。第一,它加剧了人们对西方世界的抵触情绪,而拉美人则一直在寻找一种自主的身份认同。这种抵抗情绪导致拉丁美洲文化先后产生对西班牙文化和美国文化的排斥。第二,印第安文明的湮灭导致了印第安人和欧洲人之间的大规模种族通婚。新的价值体系、新的语言、新的宗教(都与西班牙、葡萄牙和法国文化有关)取代了原始的印第安世界。对于历史和意识形态因素如何影响了拉丁美洲的身份认同,段若川在这一方面研究颇多。"自从1492年西班牙征服者登上美洲大陆以来,500多年过去了,他们的后代,有的是欧洲人的后裔,是与来自欧洲的白人妇女结合的产儿,这种人称为克里奥约,是土生白人的意思。不少征服者与土著妇女结合,他们的后代称为梅斯蒂索,意为印欧混血人。几百年的混血,一个拉丁美洲人已经很难保证自己纯正的欧洲血统了。梅斯蒂索人应占拉美人口中很大比例。"②

段若川本人的著作也因其对于和"魔幻"相关的两个元素的历史分析而脱颖而出。首先,从美洲大陆的发现到后拉丁美洲"文学爆炸"这段时期,段若川对拉丁美洲小说的发展做了精彩的分析。拉丁美洲小说的发展与建立一种同西方世界迥异的原始文学形式的

---

① 段若川:《安第斯山上的神鹰——诺贝尔奖与魔幻现实主义》,武汉:武汉出版社,2000年,第86页。

② 段若川:《安第斯山上的神鹰——诺贝尔奖与魔幻现实主义》,武汉:武汉出版社,2000年,第93页。

必要性有关。这种矛盾只有在 20 世纪通过博尔赫斯的新叙事、"魔
幻现实主义"小说以及与拉丁美洲"文学爆炸"等相关的新现象才
能得到解决。其次，段若川认为"超现实主义"是"魔幻现实主
义"的起源，并强调了欧洲超现实主义运动对拉美文学的深远影响。
"有的评论家认为，来源于欧洲——主要是法国，还有西班牙——的
超现实主义流传到西班牙美洲，与拉丁美洲的神奇结合起来，产生
了魔幻现实主义。还有人认为，拉美的神奇历来有之，魔幻现实主
义的渊源可以从自己的土壤中追溯到上世纪末。然而，在拉丁美洲
小说史中，超现实主义的功劳是不可否定、不可低估、不可磨
灭的。"①

最后，通过对拉美印第安神话的深刻理解，段若川强调了拉美
"魔幻现实主义"的宗教元素。在《神话传说与拉丁美洲魔幻现实主
义》一文中，他分析了墨西哥和中美洲神话的不同方面，如梦、预
言、名字、预言、神奇植物、鬼魂等内容是如何对"魔幻现实主义"
的内容和形式产生巨大影响的。"然而人们也注意到《总统先生》开
始具有魔幻现实主义的特点，理由有三：第一，印第安人的传统观
点，其中预感和预示是这种观念的重要组成部分；第二，梦魇、幻
想和幻觉是印第安人的现实的重要因素，它与历史的现实同样真实；
第三，在作品中'死亡'这个题材十分重要，在书中扮演了主人公
的角色。"②

2000 年后，新一代中国评论家带着对拉美"魔幻现实主义"的
新兴趣登上了舞台。他们更关注拉美"魔幻现实主义"与中国当代
文学的关系。2007 年曾利君出版了《魔幻现实主义在中国的影响与
接受》一书，这本书对全球"魔幻现实主义"的研究以及拉美"魔

① 段若川：《安第斯山上的神鹰——诺贝尔奖与魔幻现实主义》，武汉：武汉出版社，2000 年，第 55 页。
② 段若川：《神话传说与拉丁美洲魔幻现实主义》，载罗鹏、任光宣主编《欧美文学论丛》（第五辑），北京，人民文学出版社，2007 年，第 11 页。

幻现实主义"作品在中国的翻译和研究进行了总体评价。曾利君提
出了一些有意思的问题：为什么有些作家认可"魔幻现实主义"的
影响，而有些作家却不认可？有必要给"魔幻现实主义"下个定义
吗？"魔幻现实主义"是拉丁美洲独有的现象吗？此外，曾利君试图
对幻想文学和"魔幻现实主义"的区别提供一种解释，对于两种文
学在主题和现实的处理上进行了区分。"在神奇文学作品中，人物、
情节与背景大多与现实脱离，作者常常利用魔幻、巫术、精灵、古
堡、吸血鬼等素材来建构奇异的艺术世界(《哈利·波特》就十分典
型)，神奇的想象则更为自由和不受限制，故事往往不具有写实的性
质(神奇故事必须发生在另一个空间，排除在我们习以为常的生活场
景之外)。所以，魔幻现实主义文学与神奇文学虽然都有奇异的特
征，二者却是不能画等号的。"① 曾利君同时还强调了在不同的历史
时期，中国文学中始终存在魔幻元素。

此外，她还考察了中国接受"魔幻现实主义"的特殊历史背
景，分析了20世纪80年代中国产生的新形式的"主体"，以及与此
同时拉丁美洲文学在世界上获得的声誉，还介绍了一套将拉美"魔
幻现实主义"和中国作家联系起来的共同的文学价值观。曾利君提
出的一个有趣的观点是，非理性是拉美文学与中国文学中的一个共
同点。"在中国魔幻文学的漫长发展历程中，由《山海经》所激发起
的那种超乎寻常的想象力得到了淋漓尽致的发挥，这使得志怪、神
魔小说成为中国小说中非理性描写最多亦最具幻想力的作品。'拉美
魔幻现实主义'的一个重要的资源，也是神话。在魔幻现实主义作
品中，神话素材的吸纳和神话思维的融入带给作品极富创造性和想
象力的艺术表现，同时也在一定程度上使作品带上了非理性色

---

① 曾利君：《魔幻现实主义在中国的影响与接受》，北京：中国社会科学出版社，2007
年，第34页。

彩。"① "魔幻现实主义"能够将神话融入现代性,这是中国多年来无法解决的问题。但不同的是,拉美作家对自己的传统文化非常自豪,而中国作家对自己的传统文化却持批判态度。

曾利君的另一个贡献是她对"魔幻现实主义"对于中国当代文学影响展开的分析。首先,她肯定了拉美"魔幻现实主义"和一些文学现象之间的联系,如"寻根文学"、西藏的文学和"新笔记小说"。其次,在更具体的层面上,她还研究了"魔幻现实主义"与一些中国作家之间的关系,如莫言、扎西达娃、贾平凹等。这些联系部分与作品的某种特定特征有关,体现为 20 世纪 80 年代"寻根文学"和其他类型中国小说中出现的非理性元素(神话、民间传说和宗教信仰)。最后,曾利君认为中国作家通过建立一套同中国文化相关的新隐喻,以自己的方式突破了拉美"魔幻现实主义"。

2008 年,河北大学出版社出版了陈黎明的博士论文《魔幻现实主义与新时期中国小说》。陈黎明分析了一些文学评论家或作家对于"魔幻现实主义"的定义,如罗、彼特里、路易斯·莱阿尔、弗洛雷斯。陈黎明否认了最初由罗提出的"魔幻现实主义"概念同随后其他评论界提出的其他概念之间存在的关联。他认为莱阿尔对于"魔幻现实主义"的定义是最准确的。从这个意义上说,这是中国首部尝试从历史的角度将"魔幻现实主义"的定义系统化的著作。这部著作还介绍了分析"魔幻现实主义"的新的理论方法,如将"魔幻现实主义"解释为"第三世界"和西方世界之间的斗争的后殖民主义,并指出全球化与本土文化互动的关联性是拉美"魔幻现实主义"发展的根本因素。陈黎明认为,由于拉美历史的特点,"魔幻现实主义",尤其是加西亚·马尔克斯的作品往往侧重于孤独和反抗等概念。"魔幻现实主义文学孤独母题的特殊性主要体现在以下几个方

---

① 曾利君:《魔幻现实主义在中国的影响与接受》,北京:中国社会科学出版社,2007 年,第 105 页。

面。首先，魔幻现实主义文学中的孤独意识无处不在，无时不在。由于地理位置的特殊性，在哥伦布尚未登临这块神秘而古老的大陆之前拉丁美洲一直处于同外在大陆的隔绝状态，从总体上来说这块大陆连同生活在其中人民一起都处于一种孤独与封闭的状态。近代以降，伴随着西方殖民者的入侵而出现的各色人种与各种文化的进入，拉丁美洲陷入了长期的独裁统治与西方殖民者政治、经济、文化多重侵略的不断循环。"① 另一方面，孤独作为一种民族、文化和道德元素也常常出现在中国文学中。

对于中国当代文学与拉美"魔幻现实主义"的关系，陈黎明强调了两个重要的方面。首先是新的"人"的概念取代了 20 世纪 80 年代以前的"阶级"观念。拉美"魔幻现实主义"通过对民族文化和传统文化的再发现，提供了一个全新的"人"的概念。"人"与"文化"的概念可以调节拉美与中国传统中理性与非理性的关系，也可以解决客观世界与主观世界的矛盾引发的问题。"这种'人'的观念，推动了文学从内容到形式的革新，人、主体、自我、内心世界成了现代主义文学关注的中心。与欧美现实主义文学和现代主义文学所体现出来的'人'的观念不同，魔幻现实主义在对人的认识上并没有走向理性主义与非理性主义的两极，从而避免了一种顾此失彼的缺憾。魔幻现实主义文学体现出的'人'的观念是一种'全人'的观念，即对'人'的内涵的理性主义层面与非理性主义层面的双重揭示。"②

陈黎明对"魔幻现实主义"的分析让人印象深刻的是他对文学形象的评价。"魔幻现实主义"的文学形象来自自然与宗教，是真实与奇迹之间新关系的典范。这些形象也存在于 20 世纪 80 年代的中

---

① 陈黎明：《魔幻现实主义与新时期中国小说》，保定：河北大学出版社，2008 年，第 87 页。

② 陈黎明：《魔幻现实主义与新时期中国小说》，保定：河北大学出版社，2008 年，第 52 页。

国文学中。这些形象还来自作家的个人经历、作家家乡的文化元素，并且在大多数情况下，还与拉丁美洲和中国文化的古老传统有关。在陈黎明看来，这些形象（雨、蝴蝶、花、特定的色彩）在情节的阐述中起着核心作用，具有深刻的象征意义和哲学意义。它们不仅改变了空间和时间，改变了现实和虚构之间的局限，也改变了历史的意义。形象的复杂性旨在感动读者，因为形象同时也是一种文化和民族身份的建构。陈黎明提到了这些形象对读者的另一种影响："魔幻现实主义"使读者通过分离、冷淡、客观的描述来相信"魔幻"。他总结道，"魔幻现实主义"打破了全球化与大众文化的矛盾，将全球化与地方文化的冲突界定为创新小说形式的机会。

2011 年，滕威根据她在北京大学的博士论文修改出版了《"边境"之南：拉丁美洲文学汉译与中国当代文学》一书，她的著作从新的视角研究了拉美文学与中国当代文学的关系。它的聚焦点在于：在 20 世纪的不同时刻，拉美文学的翻译是与中国的某些特殊价值观和期望相联系的。该书的第一部分讲述了 20 世纪 50 年代至 70 年代，中国对拉丁美洲作品的选择和翻译受到了每个作家政治立场的深刻影响，因此倾向于翻译那些左派作家的作品。在此背景下，拉丁美洲与亚洲和非洲一起被视为"第三世界"的重要组成部分，中国与拉丁美洲发展了重要的意识形态和外交关系。显然，在这一时期，对拉丁美洲作品的翻译体现出一种"翻译的政治"。在 20 世纪 80 年代的中国，对拉美文学的翻译和接受则以一个全新的框架呈现出来。"1980 年陈光孚撰文专论'魔幻现实主义'，强调魔幻现实主义是在'继承印第安古典文学的基础上'，'兼收并蓄东、西方的古典神话的某些创作方法，以及西方现代派的异化、荒诞、梦魇等手法，借以反映或影射拉丁美洲的现实，达到对社会事态的揶揄、谴责、揭露、讽刺或抨击的目的'。这就赋予了'魔幻现实主义'某种接近'批判现实主义'的特质，使之成为借鉴了西方现代派文学手法的、某种深化了的现实主义，既使它与'现代主义'保持一定距离，也应合了当时中国大陆对批判现实主义的呼唤。"① 拉美文学是在中国文学渴望获得诺贝尔奖、参与世界文学（西方文学）并成为现代文学的框架内被评价的。确立具有民族特色的文化和重新评估传统文化的愿望抵消了这些面向外部世界的价值观。在 20 世纪 90 年代文学的全球化和商业化达到顶峰时，大多数拉美作家失去了在中国的影响力。有趣的是，在 90 年代，中国人对博尔赫斯的兴趣不降反升，并最终使博尔赫斯成为超越民族或文化的特殊性的后现代主义文学的象征。

滕威对拉美 "魔幻现实主义" 研究的贡献涉及了许多不同的方面。首先，她认为在 20 世纪 70 年代到 80 年代，"魔幻现实主义" 热潮的兴起是受资产阶级文学或苏联人道主义的影响，中国人对其进行了谴责；但同时她又从美学分析的角度赞扬了 "魔幻现实主义" 运用复杂的现代写作技术描绘现实的能力。这种相互冲突的立场显示出她对 "魔幻现实主义" 与政治关系的不同理解。滕威也说明了拉美 "魔幻现实主义" 与 "寻根" 作家之间的关系是十分成问题的，因为一些作家，比如李陀，公开承认 "魔幻现实主义" 对中国作家的影响，而另一些作家比如韩少功等，则几乎完全否认了 "魔幻现实主义" 在他们作品中的重要性。

"不过，对于 '寻根' 与魔幻现实主义之间的关联，当事人在后来却出现了不同的讲述。关于后来被视为寻根文学肇始的 1984 年的 '杭州会议'，组织者之一蔡翔说，'其时，拉美 '文学爆炸'，尤其是马尔克斯的《百年孤独》对中国当代文学刺激极深'"，它 "给我们刚刚复兴的文学这样一个启发：要立足本土文化'。而韩少功 2004 年在接受访谈时却断然否认 '杭州会议' 上有过 '拉美

---

① 滕威：《"边境" 之南：拉丁美洲文学汉译与中国当代文学》，北京：北京大学出版社，2011 年，第 77 页。

热',否认参加会议的作家在会议之前读过加西亚·马尔克斯的作品"。① 滕威还指出关于"魔幻现实主义"的阐释,体现了一个重要问题:西方的解读抛弃了加西亚·马尔克斯作品中描述现实的政治因素和描述现实的能力;寻根文学也忽视了"魔幻现实主义"的政治元素,只突出文化方面。此外,由于拉丁美洲文化(种族和文化的融合)属于西方世界,滕威也质疑"魔幻现实主义"的文学模式是否可以应用于中国。她认为,中国人对 20 世纪 80 年代的政治语境缺乏批判的态度。滕威指出,所谓的拉美"魔幻现实主义"在西方世界的成功(包括诺贝尔文学奖)很可能有赖于两个基本方面:(1)以西方价值观的形式去解释"魔幻现实主义",因此失去了其政治意义;(2)通过成为主流产品,"魔幻现实主义"无法保持自主性为自己说话。

　　一种第三世界文学如何面对"后殖民"的世界?这也许是魔幻现实主义留给我们的又一重要课题。当我们羡慕拉美文学"成功"走向世界的时候,没有看到"成功"的背后失去的是什么,没有反思获得西方承认的代价是什么。尤其是拉美文学虽然同时借重本土文化资源与西方现代文学传统完成文学现代化,但最终只是被书写为"融入主流"。②

与上述博士论文相似,中国大学的硕士论文对"拉美魔幻现实主义"的关注,大多集中于"魔幻现实主义"与 20 世纪 80 年代中国文学的关系,特别是"寻根文学"。例如,刘欢在《中国寻根文学对魔幻现实主义的接受研究》一文中评估了 20 世纪 80 年代中国接纳"魔幻现实主义"的政治、社会和文化条件。刘欢着眼于中国作家如

---

　　① 滕威:《"边境"之南:拉丁美洲文学汉译与中国当代文学》,北京:北京大学出版社,2011 年,第 80 页。
　　② 滕威:《"边境"之南:拉丁美洲文学汉译与中国当代文学》,北京:北京大学出版社,2011 年,第 89 页。

何通过对“魔幻现实主义”进行不同方式的解读、改编和误读，将中国文化的几个方面融入小说中，如鬼、转世、风水、宗教实践等。他介绍了拉美和中国之间的相似性如何对中国的“魔幻现实主义”接受产生至关重要的作用。这些相似的特征，是共同的社会现实（殖民主义）、相似的文学美学，尤其是两种文化都有伟大的神话传统。① 刘现法在他的硕士论文《1985 年寻根文学与拉美魔幻现实主义》中分析了“寻根文学”的艺术文化目标，以及 1985 年出版的中国小说和《百年孤独》的共同特点。刘现法引入的一个有趣论点是拉美“魔幻现实主义”倾向与寻根文学倾向之间的区别，前者处于衰落的过程中，而后者持续获得西方世界的认可。刘现法强调拉美“魔幻现实主义”对寻根文学的影响是一个存在若干误解的过程，这两种文学之间只存在很少的共同点。② 肖凡在硕士论文《本土与世界的贯通——拉美魔幻现实主义文学与中国寻根文学的共相》中从不同的角度分析了拉丁美洲“魔幻现实主义”与寻根文学之间的关系。通过把民族认同建设作为根本联系，肖凡指出可以通过三个共同概念理解两种文学之间的关系：（1）农村生活，（2）家庭生活，（3）宗教生活。通过比较分析，肖凡指出，其他话题决定了寻根文学与世界文学的拉美“魔幻现实主义”之间的关系。这些主题是“死亡”“孤独”和“荒谬”。③

　　值得深思的是，上述中国学者对拉美“魔幻现实主义”的政治性认知，几乎很少出现在 20 世纪 80 年代中国作家的视野中。这种差异取决于中国作家和理论家接受拉美“魔幻现实主义”的不同途径：与中国作家主要从诺贝尔文学奖以及加西亚·马尔克斯的《百年

---

① 刘欢:《中国寻根文学对魔幻现实主义的接受研究》,吉首大学硕士学位论文,2015 年。

② 刘现法:《1985 年寻根文学与拉美魔幻现实主义》,天津师范大学硕士学位论文,2008 年。

③ 肖凡:《本土与世界的贯通——拉美魔幻现实主义文学与中国寻根文学的共相》,湖南师范大学硕士学位论文,2011 年。

孤独》这样的作品理解拉美"魔幻现实主义"不同，中国的理论家大都是翻译家，不仅熟悉西语，许多人还曾有过在拉美学习、工作和生活的经历。他们不仅理解拉美的文学，同时还能对拉美的历史、现实乃至文化政治感同身受。因此，他们对拉美"魔幻现实主义"的介绍和分析会比作家要深入和全面得多。但遗憾的是，理论家的社会影响力远在作家之下，尤其是在 20 世纪 80 年代这个现代史上少有的文学繁荣时代。理论家的工作，不仅被作家掩盖，更被忽略，他们的见解也很少被专业以外的社会大众看见和听见。这也是我在阅读这些中国理论家的著作时被深深打动并深以为憾的事。

三　小　结

"魔幻现实主义"是"新时期文学"中最重要的外来影响。中国的翻译家和学者从 20 世纪 80 年代初开始相继翻译、诠释了大量的拉美相关作品，中国得以迅速接受"魔幻现实主义"。但是，中国作家和学者与拉美文学界对"魔幻现实主义"的认知与诠释却有着惊人的差异。中国作家和学者对拉美"魔幻现实主义"主要有两种不同的诠释。一方面，中国作家强调传统题材和非写实的艺术技巧是"魔幻现实主义"的基本特点。他们认为，正是由于这些因素，拉美"魔幻现实主义"才得以获得西方世界的认可。拉美"魔幻现实主义"于是成为可以被中国文学借鉴的一种模式，后者试图借此加入以西方标准为主导的全球化文学。在接受西方文学价值观的过程中，"魔幻现实主义"成为中国作家的一条捷径。另一方面，中国学者则强调"魔幻现实主义"是对西方世界的一种抵抗。通过这种诠释，中国评论家强调"新时期文学"中存在几种重要的对立因素：（1）原始文化（神话）与现代性；（2）地方文化与全球化文化；（3）民族传统文化与西方文化；（4）少数民族文化与主流文化。

中国作家通过对拉美"魔幻现实主义"的诠释，特别是对其文化和艺术成就的强调，认识到了这种文学模式在中国的潜力。他们没有指出"魔幻现实主义"的政治方面，而是倾向于找到拉美"魔幻现实主义"取得成功的原因，并着眼于发掘拉美文化与中国文化之间的共通之处。这种诠释使中国作家不仅可以学习借鉴拉美"魔幻现实主义"，而且促进了他们对小说的创作机制进行独立探索。直到今天，这种文学对话都富有成果，并且仍然是中国文学作品的重要组成部分。从莫言到阎连科，拉美"魔幻现实主义"一直是中国作家经久不息的灵感源泉。

与作家们的理解不同，同时期的中国学者对拉美"魔幻现实主义"的研究则更倾向于意识形态分析，强调西方世界与拉美的历史斗争（殖民和帝国主义）是拉美"魔幻现实主义"发展的一个基本因素。学者们强调文明的冲突是"魔幻现实主义"的本质，从而鼓励"魔幻现实主义"作家们去寻找一种建立民族文化和文学的方法，同时反对西方文化日益霸权化的历史和政治动机。与欧洲对"魔幻现实主义"的诠释不同，中国学者强调"魔幻现实主义"的人道主义方面，既强调它有能力使拉美的穷人、弱者或少数民族投身斗争，也强调它反抗西方世界新殖民主义的作用。这就是为什么中国研究者可以看到小说的"魔幻"元素与拉美现实之间的根本关联。中国研究者不断对"魔幻现实主义"与"现实"的关系进行阐释，从而确定了"魔幻现实主义"与"现实主义"传统的重要联系。这一方面在拉美却很少被关注和强调。中国学者关注历史、社会现实、政治背景，这是他们对"拉美魔幻现实主义"研究的重要贡献。

中国学者强调神话内容在拉美文学中的基础性作用，并对印第安人文化及其与"魔幻现实主义"小说的关系表现出极大的兴趣。陈光孚、陈众议、段若川认为神话是塑造"魔幻现实主义"小说结构的重要因素。他们还对拉美"魔幻现实主义"的艺术技巧，如时间的循环、象征和陌生化等进行了深入的辨析。年轻一代的中国学者则尝试用新的方法来阐释"魔幻现实主义",如人类学、后殖民主义或翻译理论,并且就西方世界和"第三世界"之间错综复杂的关系提出了一些有意思的话题。例如,陈黎明和滕威的研究都表明:建立拉美文学与中国文学之间的联系,这件事本身就含有矛盾性,两个历史背景迥然不同的文明很难直接联系起来。另外他们认为西方对"第三世界"文学的理解忽略了很多历史因素,所以也需要重审西方世界对"第三世界"文学的诠释。

中国关于"魔幻现实主义"的研究也有一定的局限性。比如,很少有中国学者在"魔幻现实主义"和"幻想文学"之间做出明确区分。由于中国学者家往往高估小说的某些主题(鬼、死人世界与活生生的世界、超自然人物、魔幻等),并将其理解为"魔幻现实主义"最重要的因素,因此很难将"魔幻现实主义"与其他类型文学区别开来,尤其是幻想和民间故事。这就是为什么博尔赫斯的名字被错误地与"魔幻现实主义"联系到一起,尽管他在拉美不被认作"魔幻现实主义"作家。这也是为什么一些中国学者认为,拿《聊斋志异》或者《红楼梦》来与拉美"魔幻现实主义"进行比较是恰当的。

讨论"魔幻现实主义"的形式时,许多中国作家断言:本土神话提供了新的叙事技巧(对直线时空的改变、符号化、重复等)。然而,这些技巧很难与西方"现代派"的技巧明确区分开。尽管中国作家甚至批评家正确地将拉美文化的原始神话确定为"魔幻现实主义"的基本特征之一,他们却很难解释这种元素如何创造出一种具有全新内容和形式的小说。中国学者深入分析了"魔幻现实主义"与拉美现实的关系,但是,这些关系如何凭借全新的技巧改变了叙述者和读者的关系,却留下了巨大的阐释空间。

中国的拉美"魔幻现实主义"研究近年停滞不前。首先,尽管第一代中国评论家在诠释"魔幻现实主义"时取得了巨大进展,开拓了不同的观点和概念,但最近的批评者和研究者却放弃了对"魔幻现实主义"本身的研究,更多地关注中国文学与拉美"魔幻现实主义"的关系。因此,最近的研究(大多数在 2005 年之后)在深化以前的研究、弥补理论差距、拓展"魔幻现实主义"阐释空间等方面几乎没有取得任何进展。这就是为什么陈光孚、陈众议、段若川的著作直到今天仍然是拉美"魔幻现实主义"研究最重要的参考书。其次,几乎所有的中国学者都参考了 20 世纪 70 年代以前拉美本土的理论研究,包括弗洛雷斯、莱阿尔、卡彭铁尔、彼特里、罗或邦滕佩利在欧洲开创的早期"魔幻现实主义"理论。一方面,这忽视了 20 世纪 80 年代拉美本土在拉美"魔幻现实主义"研究方面取得的巨大进步,特别是蔷彼和冈萨雷斯的研究;另一方面,弗洛雷斯、莱阿尔、彼特里等人的理论著作当中存在的知识性错误,并未在中国学者那里得到有效反思,这使他们未能批判性地看待这些著作,而在研究中直接接受和继承了拉美批评家的一些误解和理论缺陷。最后,中国作家与学者对"魔幻现实主义"与寻根文学(或 20世纪 80 年代中国文学)之间关系的研究往往更多地注重两种文学在主题上的异同。至于这两种形式的文学如何创造出新的文学形式、如何探寻一种融合西方文学和"第三世界"意识形态的新方式,以及创造新的读者等方面,中国的相关研究寥寥无几。

拉美理论家对"魔幻现实主义"的诠释更侧重哲学和文化意义,强调"魔幻现实主义"是生活的一种再现。大多数拉美批评家和作家都倾向于将"魔幻现实主义"视为作家看待现实的一种特殊态度,或者是拉美现实本身具有的一种特殊结构。拉美的批评家称这两种倾向为"现象学"和"本体论"方法。在第一种倾向下,"魔幻现实主义"被认为是作家用来改变或夸大现实,使其变得更加丰富、复杂的一种方式。在第二种倾向下,人们认为拉美的现实本身就带有一种从历史、文化和社会发展中可以观察到的神奇特征。在这两种倾向中,"魔幻现实主义"都是作家改造现实或在日常现实中发现新元素的方法。

拉美对"魔幻现实主义"的诠释取得了丰富的成果。首先，拉美学者探究了"魔幻现实主义"如何在"现实"与"虚幻"之间建立一种新的联系，探索了文学认识世界的理性和非理性逻辑。他们还探究了"魔幻现实主义"作家与"现实"的关系。这种分析往往强调主体(作者)和对象(现实)之间、代表不同现实的主体(现实和"魔幻"现实)之间的经典哲学二分法。因此，从彼特里的早期作品到弗洛雷斯和莱阿尔的后期作品，都能够帮助人们理解"魔幻现实主义"作家不同于其他作家的特征。"魔幻现实主义"作家如何看待现实，是理解"魔幻现实主义"的关键要素。但是，在拉美的理论著作中，确定"普通"现实和"魔幻"现实之间的区别，也是一个反复出现的话题。其次，由于卡彭铁尔的影响，拉美的评论家们不断将"魔幻现实主义"解释为一种只可能在拉美背景中产生的文学创造。换句话说，拉美现实包含神奇的元素，它使"现实"与"虚幻"产生奇特的互动，而这在世界上其他地区，特别是西方世界是不可能发生的。因此，"魔幻现实主义"体现了拉美的文化独特性。

不少拉美评论家并不认为土著和西方世界之间的文明冲突，使这两个世界完全被分离开来。相反，他们将这两个世界的融合视为拉美独特的文化特征。拉美文化不一定反对西方文化，它是西方文化发展过程中出现的新的独特文化。在拉美文化中，理性(欧洲文化)与非理性(土著文化)达成了和解。这个想法在蔷彼的著作中尤为明显。

拉美的评论家们也关注"魔幻现实主义"与西方先锋派以及西方现代派的关系。但是，大多数拉美评论家没有把这种关系视为一个充满矛盾的过程，而倾向于把拉美"魔幻现实主义"视为西方文学的变体或延伸。例如，彼特里、卡彭铁尔和莱阿尔的作品在若干方面，都展现了法国"超现实主义"对"魔幻现实主义"理论阐述的直接影响。对于像冈萨雷斯这样的批评家来说，拉美"魔幻现实主义"只是欧洲先锋派态度的延伸，在欧洲耗尽势能之后，它在拉美现实中找到了一个新的发展领域。第一批"魔幻现实主义"作家(尤其是卡彭铁尔)试图在对拉美"魔幻现实主义"的理论建构中否认"超现实主义"的影响。但是，这种态度正好证明了拉美作家的矛盾态度：他们在寻求拉美的本真身份，却往往有意或无意地提出拉美文化与欧洲文化的联系。弗洛雷斯的作品也指出了西方现代派(特别是卡夫卡)对拉美"魔幻现实主义"风格造成的根本影响。其他一些评论家对此亦有所补充，如指出福克纳、约翰·多斯·帕索斯、海明威等作家也影响了拉美"魔幻现实主义"。

拉美评论家对"魔幻现实主义"的诠释有一定的局限性。直到20世纪70年代，大多数拉美的评论家还在争论"魔幻现实主义"的出现，到底要归功于作者对"现实"的感知，还是拉美"现实"的特殊性。这种争论把所有注意力都放在文本的外部因素上，强调作者个人的艺术特点是促使拉美现实成为"魔幻"世界的因素。这种倾向的主要问题是，它在分析的过程中忽略了文学文本，因此，"魔幻现实主义"作为一种不同于西方现代派的文学话语，其独特机制是难以确定的。在分析拉美的社会和文化特征时，拉美的批评家未能将这些特征与小说的形式和内容联系起来。

此外，"魔幻现实主义"的意识形态在拉美几乎没有得到研究。例如，拉美"魔幻现实主义"是西方现代派的变体，拉美文化可以被视为西方文化的延伸，这种观念忽视了一些决定性因素，如西方世界和"第三世界"的对抗。当弗洛雷斯和莱阿尔发现拉美"魔幻现实主义"最重要的技巧时，他们不承认这些技巧与"魔幻现实主义"的反西方价值观有密切的关系。蓍彼是第一个分析"魔幻现实主义"意识形态问题的评论家，旨在承认"魔幻现实主义"是一种独特的话语。蓍彼认为，魔幻现实主义的意图在于将种族融合确立为拉美文化的真实特征，使"魔幻现实主义"成为解决拉美身份和历史矛盾的一种解决方案。然而，蔷彼的工作忽略了意识形态的诠释只能够分析不同声音之间的斗争，它并不是这场斗争的解决办法。蔷彼将"魔幻现实主义"视为解决所有拉美矛盾的办法，无法识别在"魔幻现实主义"中相互竞争的各种意识形态。

　　拉美评论家分析了拉美"魔幻现实主义"与欧洲先锋派之间的联系，强调西方文学在拉美文学中的影响或西方价值观在拉美文学作品中的延续。这一想法在冈萨雷斯的著作中尤为明显，他认为"魔幻现实主义"不能创造出独立的文学作品，而拉美"魔幻现实主义"是"超现实主义"美学的延续。这种分析的根本问题是，它忽视了欧洲"先锋派"本身就是一种"反西方"的文学。大多数先锋运动都质疑西方主流意识形态（理性主义），并强调欧洲的衰落是推出新艺术形式的大好机会。因此，学者必须从完全不同的角度来研究欧洲"先锋派"与拉美"魔幻现实主义"的关系。同样明显的是，拉美评论家主要关注拉美的作者，而忽视了"魔幻现实主义"在其他文化中的重要影响。因此，"魔幻现实主义"的最新发展被忽视了，一个典型例子就是中国的"新时期文学"。

第六章 结 语

本书通过对"魔幻现实主义"起源的梳理，加深了对西方文学与拉美"魔幻现实主义"关系的认识。同时，追溯"魔幻现实主义"的起源，也是研究欧洲、拉美和中国文化政治的开端，以及在这三个世界之间创造对话的一种方式。

超越西方文学的"政治无意识"在一定程度上是欧洲"先锋派"、拉美"魔幻现实主义"和中国"新时期文学"中持续存在的文化元素。欧洲"先锋派"（尤其是"超现实主义"运动）与"第三世界文化"建立了复杂联系，并赋予了"魔幻现实主义"一个更详尽的概念。拉美"魔幻现实主义"作家借用了"超现实主义"美学，反过来，"超现实主义"思想的重要方面是由于"超现实主义"艺术家对"第三世界文化"（特别是拉美文化）的兴趣而产生的，"超现实主义"也从拉美文化中获得了启发。这种超越西方文学的"政治无意识"在拉美"魔幻现实主义"和中国"新时期文学"（尤其是"寻根文学"）中变得特别重要，这一共同目标使这两种文学产生了交集和相似之处，因为它承诺解决"第三世界"所特有的问题，如神话在现代世界中的位置或者在全球化世界中的身份认同问题。本书从"政治无意识"的角度研究"魔幻现实主义"，试图理解以往研究中被忽视的意识形态和形式特征。通过展示"第三世界文化"和西方文化之间的文化矛盾如何产生了一些新的文学选择，"政治无意识"让我们对欧洲、拉美和中国文学有了新的理解。

通过研究"魔幻现实主义"的知识谱系，可以发现，在全球化扩张的时代，该文学是如何与"第三世界"和西方世界之间的文化政治结构强相关的。"魔幻现实主义"不断地试图通过质疑"第三世界"的西方形象来反抗这种权力结构。

欧洲文化与拉美文化具有多个共同点，但帝国主义和殖民历史在两者之间产生了深刻的政治斗争；虽然拉美文化和中国文化在语言上没有联系，但这两种文化在全球化进程中所采取的政治取向创造了文学联系，这种联系一直持续到今天。在这三种文学之间的文化交流中，"魔幻现实主义"建立了政治和文化相似性，成为沟通的关键。"第三世界"文学受制于与西方文化的矛盾关系，促使其模仿西方文学，也促使其超越西方文学。这种接受和反抗并存的复杂关系，已成为"第三世界"文学中的一种普遍现象。如果说全球化的进程促使"第三世界"的许多国家受西方价值观的普遍影响，那么"魔幻现实主义"似乎就是"第三世界"文学的最后一道防线。但在某种程度上，"魔幻现实主义"也是"第三世界"文学开始进入全球化的证明。因此，"魔幻现实主义"是介于"第三世界"和西方世界之间的前沿领土。在这一特定领土，拉美"魔幻现实主义"和中国"新时期文学"相遇。历史将拉美文学和中国文学置于同样的戏剧性境地：处于过去和未来的十字路口，身后，是传统文化，前方，是全球化的世界。于是，它们建立了对话和文化交流。"第三世界"文学拥有复杂的政治文化，因此，拉美"魔幻现实主义"与中国"新时期文学"之间的对话也具有鲜明的特征。

作为一种全球文化现象，"魔幻现实主义"在各个国家与地区的诠释各有特点。在"后现代主义"（包括福柯、雅克·德里达、罗兰·巴特以及许多文学理论如阐释学、读者反映批评、接受美学等都讨论过这个问题）中，福柯说过，所有的阅读其实都是"误读"。但每种"误读"都有其现实与历史的动力，因此，为了深入挖掘这种动力，本书通过追溯"魔幻现实主义"在不同文化背景下的起源和发展，希望为理解全球化视域下的"魔幻现实主义"提供一种新的思路。利用比较文学理论和跨语言、跨文化研究，本书亦定位为全球化时代下文化交融的一个范例，通过探寻"魔幻现实主义"在不同时期、不同文明与文化中的演变，以期在不同文化和文明之间建立交流、对话和协商。

参考文献

拉美"魔幻现实主义"作品：

Asturias M. Á. *El señor presidente*（《总统先生》）. Madrid：Alianza Editorial，2018。

Asturias M. Á. *Hombres de maíz*（《玉米人》）. Madrid：Alianza Editorial. 2006。

Asturias M. Á. *Leyendas de Guatemala*（《危地马拉传说》）. Madrid：Cátedra，2014。

Carpentier A. *El reino de este mundo*（《人间王国》）. Madrid：Alianza Editorial，2018。

Carpentier A. *Los pasos perdidos*（《消失的足迹》）. Madrid：Alianza Editorial，1998。

García Márquez G. *Cien años de soledad*（《百年孤独》）. Madrid：Alianza Editorial，2018。

García Márquez G. *El otoño del patriarca*（《族长的秋天》）. New York：Random House，2014。

García Márquez G. *La hojarasca*（《枯枝败叶》）. Madrid：Contemporánea，2004。

Rulfo J. *Pedro Páramo y el llano en llamas*（《燃烧的平原》）. Madrid：Alianza Editorial，2018。

中文文献：

阿来：《世界：不止一副面孔》，载邱华栋选编《我与加西亚·马尔克斯》，北京：华文出版社，2014 年，第 45—51 页。

奥斯瓦尔德·斯宾格勒：《西方的没落》，吴琼译，上海：上海三联书店，2006 年。

白乐晴：《全球化时代的文学与人》，香港：中国文学出版社，1998 年。

博尔赫斯：《博尔赫斯全集·散文卷》（上），王永年、徐鹤林等译，杭州：浙江文艺出版社，1999 年。

陈光孚：《"魔幻现实主义"评介》，《文艺研究》1980 年第 5 期，第 131—138 页。

陈光孚：《关于"魔幻现实主义"》，《读书》1983 年第 2 期，第 150—151 页。

陈光孚选编：《拉丁美洲当代文学论评》，桂林：漓江出版社，1988 年。

陈光孚：《拉丁美洲当代小说创作的特点及趋势》，《文艺研究》1984 年第 6 期，第 125—136 页。

陈光孚：《魔幻现实主义》，广州：花城出版社，1987 年。

陈黎明、汪雪荣：《魔幻现实主义与 20 世纪后期中国文学人的观念的嬗变》，《云南社会科学》2007 年第 1 期，第 121—125 页。

陈黎明：《魔幻现实主义与新时期中国小说》，保定：河北大学出版社，2008 年。

陈忠实：《打开自己》，载邱华栋选编《我与加西亚·马尔克斯》，北京：华文出版社，2014 年，第 36—44 页。

陈众议：《拉美当代小说流派》，北京：社会科学文献出版社，1995 年。

陈众议：《南美的辉煌——魔幻现实主义文学》，海口：海南出版社，1993 年。

段若川：《安第斯山上的神鹰——诺贝尔奖与魔幻现实主义》，武汉：武汉出版社，2000 年。

段若川：《关于魔幻现实主义的几个问题》，《外国文学动态》1998 年第 5 期，第 23—26 页。

段若川：《拉丁美洲"文学爆炸"的由来》，《外国文学》1994 年第 4 期，第 26—31 页。

段若川：《马尔克斯宝刀不老又有新作》，《外国文学》1995 年第 2 期，第 93—94 页。

段若川：《神话传说与拉丁美洲魔幻现实主义》，载罗鹏、任光宣主编《欧美文学论丛》(第五辑)，北京：人民文学出版社，2007 年，第 1—21 页。

《范稳：我的枕边书是〈百年孤独〉》，《今日玉环》2010 年 7 月 6 日。

冯翠翠：《影响与接受——〈百年孤独〉与扎西达娃后期小说创作》，南京师范大学硕士学位论文，2008 年。

弗雷德里克·詹姆逊：《政治无意识》，王逢振、陈永国译，北京：中国人民大学出版社，2018 年。

高岩：《中国寻根文学与拉美魔幻现实主义的关系比较研究》，《现代交际》2017 年第 17 期，第 3—4 页。

格非：《加西亚·马尔克斯：回归种子的道路》，载邱华栋选编《我与加西亚·马尔克斯》，北京：华文出版社，2014 年，第 133—142 页。

贺桂梅：《"新启蒙"知识档案：80 年代中国文化研究》，北京：北京大学出版社，2010 年。

洪子诚：《中国当代文学史》，北京：北京大学出版社，2007 年。

胡铁生、孙宇：《莫言魔幻现实主义的是非曲直》，《社会科学战线》2015 年第 8 期，第 166—175 页。

加西亚·马尔克斯：《百年孤独》，范晔译，海口：南海出版公司，2011 年。

卡彭铁尔：《人间王国》，江禾译，《世界文学》1985 年第 4 期，第

48—134 页。

李洱：《它来到我们中间寻找骑手》，载林建法、乔阳主编《中国当代作家面面观：汉语写作与世界文学》（上卷），沈阳：春风文艺出版社，2006 年，第 227—235 页。

林一安：《〈马尔克斯的一生〉中译之失误令人叹息》，《中华读书报》2013 年 6 月 12 日。

林一安：《拉丁美洲当代文学与中国作家》，《中国翻译》1987 年第 5 期，第 49—51 页。

林一安：《再谈〈加西亚·马尔克斯传〉之中译》，《中华读书报》2012 年 11 月 21 日。

刘欢：《中国寻根文学对魔幻现实主义的接受研究》，吉首大学硕士学位论文，2015 年。

刘欢：《中国寻根文学作家对拉美魔幻现实主义的接受》，《安徽文学（下半月）》2015 年第 5 期，第 31—35 页。

刘蜀鄂、唐兵：《论中国新时期文学对〈百年孤独〉的接受》，《湖北大学学报（哲学社会科学版）》1993 年第 3 期，第 105—110 页。

刘伟达：《莫言对马尔克斯的接受发展——〈丰乳肥臀〉与〈百年孤独〉比较》，《湖北师范大学学报（哲学社会科学版）》2018 年第 3 期，第 18—25 页。

刘现法：《1985 年寻根文学与拉美魔幻现实主义》，天津师范大学硕士学位论文，2008 年。

鲁尔福：《佩德罗·巴拉莫》，屠孟超译，南京：译林出版社，2016 年。

罗文敏、韩晓清、刘积源：《外国文学经典导论》，北京：民族出版社，2013 年。

马·巴尔加斯·略萨、林一安：《加西亚·马尔克斯评传》，《世界文学》1988 年第 4 期，第 5—79 页。

马原：《加西亚·马尔克斯笔下的"杀人者"》，载邱华栋选编《我与加西亚·马尔克斯》，北京：华文出版社，2014 年，第 114—116 页。

莫言：《故乡的传说》，载邱华栋选编《我与加西亚·马尔克斯》，北京：华文出版社，2014 年，第 1—7 页。

滕光：《莫言与马尔克斯魔幻现实主义文学创作技法比较研究——以〈生死疲劳〉和〈百年孤独〉为例》，《戏剧之家》2016 年第 1 期，第 228—229 页。

滕威：《"边境"之南：拉丁美洲文学汉译与中国当代文学》，北京：北京大学出版社，2011 年。

滕威：《从政治书写到形式先锋的移译——拉美"魔幻现实主义"与中国文学》，《文艺争鸣》2006 年第 4 期，第 99—105 页。

滕威：《拉丁美洲文学翻译与中国当代文学》，《中国比较文学》2007 年第 4 期，第 86—94 页。

滕威：《拉美"文学爆炸"神话的本土重构》，《文艺理论与批评》2006 年第 1 期，第 85—91 页。

屠羽希：《马尔克斯与莫言的魔幻现实主义对比——以〈百年孤独〉与〈生死疲劳〉为例》，《文教资料》2015 年第 28 期，第 14—16 页。

王安忆：《一堂课：马尔克斯的〈百年孤独〉》，载邱华栋选编《我与加西亚·马尔克斯》，北京：华文出版社，2014 年，第 19—35 页。

夏定冠：《拉丁美洲文学在中国：《新疆大学学报（哲学社会科学版）》1994 年第 1 期，第 93—100 页。

肖凡：《本土与世界的贯通——拉美魔幻现实主义文学与中国寻根文学的共相》，湖南师范大学硕士学位论文，2011 年。

谢尚发：《"杭州会议"开会记——"寻根文学起点说"疑议》，《中国现代文学研究丛刊》2017 年第 2 期，第 72—84 页。

徐迟：《现代化与现代派：《外国文学研究》1982 年第 1 期，第 115—117 页。

阎连科：《重新认识拉美文学》，载邱华栋选编《我与加西亚·马尔克斯》，北京：华文出版社，2014 年，第 62—68 页。

伊莎贝尔·阿连德、段若川:《"魔幻交织在一切事物之中"》,《外国文学动态》1994 年第 3 期,第 41—42 页。

余华:《胡安·鲁尔福与加西亚·马尔克斯》,载邱华栋选编《我与加西亚·马尔克斯》,北京:华文出版社,2014 年,第 52—58 页。

曾利君:《魔幻现实主义与中国当代文学关系的再思考》,《重庆社会科学》2006 年第 2 期,第 59—61 页。

曾利君:《魔幻现实主义在中国的影响与接受》,北京:中国社会科学出版社,2007 年。

曾利君:《新时期文学魔幻写作的两大本土化策略》,《文学评论》2010 年第 2 期,第 77—82 页。

曾小逸主编:《走向世界文学——中国现代作家与外国文学》,长沙:湖南文艺出版社,1985 年。

张颐武:《从现代性到后现代性》,南宁:广西教育出版社,1997 年。

张颐武:《马尔克斯与中国:一段未经授权的旅程》,载邱华栋选编《我与加西亚·马尔克斯》,北京:华文出版社,2014 年,第 128—132 页。

赵小妹:《百余年拉美文学在中国的翻译出版——传播中数次大起大落的特点及启示》,《出版发行研究》2016 年第 5 期,第 102—105 页。

周吉本:《马尔克斯与扎西达娃创作比较》,《西藏民族学院学报(社会科学版)》1988 年第 4 期,第 62—70 页。

西班牙文文献:

Ayala M. "Estrategias canónicas del neobarroco poético latinoamericano." *Revista de Crítica Literaria Latinoamericana*, 2012, (76):33-50.

Ben-Ur L. E. "El realismo mágico en la crítica hispanoamericana." *Journal of Spanish Studies: Twentieth Century*, 1976, 4(3):149-163.

Călinescu M. *Cinco caras de la modernidad*. Madrid: Alianza editorial, 1993.

Chanady A. "La focalización como espejo de contradicciones en El reino de este mundo. " *Revista nanadiense de Estudios Hispánicos*, 1988, 12 (3): 446-458.

Chiampi I. "Alejo Carpentier y el surrealismo. " *Revista de la Universidad de México*, 1981, (5): 1-10.

Chiampi I. *El realismo maravilloso.* Caracas: Monte Avila Editores, 1983.

Enríquez Hureña P. *Siete ensayos en busca de nuestra expresión.* Buenos Aires: Editorial Babel, 1928.

Espina E. "Neo-no-barroco o Barrococó: Hacia una perspectiva inexacta del neobarroco. " *Revista Chilena de Literatura*, 2015, (89): 133-156.

González Boixo J. C. *Pedro Páramo y el llano en llamas.* Madrid: Alianza Editorial, 2018.

González Echavarría R. "Isla a su vuelo fugitiva: Carpentier y el realismo mágico. " *Revista Iberoamericana*, 1974, 15(86): 9-63.

González Echavarría R. *Mito y Archivo: Una teoría de la narrativa latinoamericana.* D. F: Fondo de Cultura Económica, 2011.

Hart S. "Magical Realism in Gabriel Garcia Marquez's Cien Años de Soledad. " *Inti revista de literatura hispánica*, 1983, (17): 37-52.

Ianni O. "El realismo mágico. " *Boletín de Estudios Latinoamericano y del Caribe*, 1986, (40): 5-14.

Joset J. *Introducción. Cien años de soledad.* Madrid: Alianza Editorial, 2018.

Leal L. "El realismo mágico en la Literatura hispanoamericana. " *Cuadernos Americanos*, 1967, 153(4): 230-235.

Llarena A. "Claves para una discusión: el 'realismo mágico' y 'lo real maravilloso americano'. " *Inti revista de literatura hispánica*, 1996, (46): 21-44.

Llarena A. "Pedro Páramo: el universo ambivalente. " *Pedro páramo: diálogos en contrapunto (1995 - 2005).* México D. F: Colegio de Méjico,

Fundación para las letras mexicanas, 2008:321–336.

Lonoël–d'Aussenac A. *El señor presidente*. Madrid: Alianza Editorial, 2018.

Mabille P. *Egrégores o la vida de las civilizaciones*. Barcelona: Ediciones Octaedro, 2007.

Marguerite C. "Suárez – Murias. El realismo mágico hispanoamericano: una definición étnica." *Caribbean Studies*, 1976, (3):109–124.

Mariátegui J. C. *Siete ensayos sobre la realidad peruana*. Caracas: Biblioteca Ayacucho, 2007.

Mays Vallenilla E. *El problema de América*. D. F: Universidad Nacional Autónoma de México, 1979.

Müller Bergh K. "El prólogo a El reino de este mundo, de Alejo Carpentier (1904 – 1980) Apuntes para un centenario." *Nueva revista de Filología Hispánica*, 2006, (2):489–522.

O'Gorman E. *La invención de América: investigación acerca de la estructura histórica del Nuevo Mundo y del sentido de su devenir*. México D. F: Fondo de Cultura Económica, 2006.

Padilla Chasing I. *Sobre el uso de la categoría de la violencia en el análisis y explicación de los procesos estéticos colombianos*. Bogotá: Filomena Edita, 2017.

Paz O. *El laberinto de la soledad*. D. F: Fondo de Cultura Económica, 1998.

Planels A. "El realismo mágico hispanoaméricano frente a la crítica." *Chasqui revista de literatura latinoamericana*, 1988, 17(1):9–23.

Rodríguez I. "Principios estructurales y visión circular en Cien años de soledad." *Revista de Crítica Literaria Latinoamericana*, 1997, 5(9):79–97.

Roh F. *Realismo Mágico: Post Expresionismo; Problemas de la pintura europea más reciente*, translated by Fernando Vela. Madrid: Revista de occidente, 1927.

Saldívar D. *García Márquez: El viaje a la semilla*. Torraza Piemonte: Amazon Italia Logistica, 2013.

Ubidia A. "Cinco tesis acerca del ' Realismo mágico '. " *Hispamérica*, 1997, (78):101-107.

Uslar Pietri A. *Nuevo mundo, mundo nuevo.* Buenos Aires: Editorial del Cardo, 2006.

Volek E. "El realismo mágico entre la modernidad y la posmodernidad. " *Inti revista de literatura hispánica*, 1990, (31):3-20.

Weinberg L. "Fundación mítica de Comala. " *Pedro páramo: diálogos en contrapunto(1995-2005).* México D. F: Colegio de Méjico, Fundación para las letras mexicanas, 2008.

法文文献:

Mabille P. *Le Miroir du merveilleux.* Paris: Les Éditions de Minuit, 1962.

英文文献:

Adorno T. W. *Aesthetic Theory.* New York: Continuum, 1997.

Adorno T. W. *Negative Dialectics.* New York: Continuum, 1981.

Althusser L. *The humanist controversy and other writings.* London: Verso, 2003.

Bakhtin M. *Problems of Dostoevsky´s poetics.* Minneapolis: University of Minnesota Press, 1984.

Berman M. *All that is Solid Melts into Air—The Experience of Modernity.* New York: Penguin Books, 1988.

Cohn D. " ' He was one of us ' : The reception of William Faulner and the U. S South by Latin American Authors. " *Comparative Literature Studies*, 1997, 34(2):149-169.

Columbus C. *The Diario of Christopher Columbus' first voyage to America.* Oklahoma: University of Oklahoma, 1989.

Flores Á. "Magical realism in Spanish American Fiction. " *Hispania*, 1955, 38(2):187-192.

Foucault M. *History of madness*. Oxfordshire: Routledge, 2009.

Foucault M. *The Archaeology of Knowledge*. London: Routledge, 2004.

Foucault M. *The order of things*. London: Tavistock Publications, 2005.

Goldmann L. *Essays on Method in the Sociology of Literature*. St. Louis: Telos Press, 1980.

Goldmann L. *Towards a Sociology of the Novel*. London: Tavistock Publications, 1964.

Hartz L. *The Liberal Tradition in America*. New York: Harcourt, Brace and World, 1955.

Hobsbawm E. *Age of Extremes – the Short Twentieth Century 1914–1991*. London: Abacus, 1994.

Imbert E. A. "Magical Realism" in Spanish–American Fiction. Boston: *The International Fiction Review*, Harvard University, 1975.

Iser W. *Prospecting: from reader response to literary anthropology*. Baltimore: The Johns Hopkins University Press, 1993.

Iser W. *The Act of Reading: A Theory of Aesthetic Response*. Baltimore: The Johns Hopkins UniversityPress, 1980.

Jameson F. "On Magic Realism in Film." *Critical Inquiry*, 1986, 12 (2):301–325.

Jameson F. *Postmodernism, or, The Cultural Logic of Late Capitalism*. Durham: Duke University Press, 1991.

Jameson F. *The Political Unconscious*. London: Cornell University Press, 1983.

Jameson F. Third–World Literature in the Era of Multinational Capitalism. *Social Text*, Autumn 1986, No. 15: 65–88.

Jauss H. R. *Aesthetic Experience and Literary Hermeneutics*. Minneapolis: University of Minnesota Press, 1982.

Jauss H. R. *Towards an Aesthetic of Reception*. Minneapolis: University of

Minnesota Press, 1982.

Jung C. G. *Man and His Symbols.* New York: Anchor Press, 1988.

Latham M. *Modernization as Ideology.* Chapel Hill: The University of North Carolina Press, 2000.

Leal L. "Myth and Social Realism in Miguel Angel Asturias." *Comparative Literature Studies*, 1968, 5, (3):237-247.

Lévi-Strauss C. *The Savage Mind.* London: The Garden City Press, 1966.

Mabille P. *Mirror of the Marvelous.* Rochester: Inner Traditions, 1998.

Mannheim K. *Ideology and Utopia: an Introduction to the Sociology of Knowledge.* New York: Routledge, 1954.

Matthews J. H. "Poetic Principles of Surrealism." *Chicago Review*, 1962, 15(4):27-45.

McMurray G. R. "Reality and Myth in García Márquez' 'Cien Años de Soledad'." *The Bulletin of the Rocky Mountain Modern Language Association*, 1969, 23(4):175-181.

Propp V. *The Russian Folk Tale.* Detroit: Wayne State University Press, 2012.

Roh F. *German Art in the 20th Century*, translated by Catherine Hunter. Connecticut: Graphic Society Ltd, 1968.

Sartre J. P. *Existentialism from Dostoyevsky to Sartre.* Bromborough: Meridian Publishing Company, 1989.

Spengler O. *The Decline of the West.* London: George Allen and Unwin, 1928.

Wallerstein I. *World - Systems Analysis.* Durham: Duke University Press, 2006.

Zhang Y. J. *A Companion to Modern Chinese Literature.* Chichester: Wiley Blackwell, 2016.

意大利文文献:

Bajoni M. G. "Apuleio e Bontempelli: Alcune note sul reale e sul magico." *Milano: Aevum*, 1989:301-325.

Eco U. *Lector in Fabula*. Milano: Bomiani, 2001.

Eco U. *Opera Aperta*. Milano: Bompiani, 2006.

Bontempelli M. *Realismo magico e altri scritti sull' arte*. Milano: Abscondita, 2006.

后　记

　　本书的撰写始于多年前在波哥大（哥伦比亚），后于 2020 年在北京大学完成。2003 年，我开始在哥伦比亚国立大学学习西班牙语和古典语言学。加布里埃尔·加西亚·马尔克斯也是在这所大学学习了几学期的法律专业后，放弃了大学学业，成为一名记者，随后又成为哥伦比亚最重要的作家。哥伦比亚国立大学是哥伦比亚最负盛名的大学，哥伦比亚许多总统、政治家、知识分子和各专业最优秀的人员都在这所大学受过教育。像马尔克斯一样，我也并非出生于哥伦比亚首都波哥大，而是桑坦德省一个叫蓬特纳雄耐尔（Puente Nacional，意思为国家桥）的小镇，搬到波哥大是为了寻求最好的教育。波哥大是一座国际化的城市，这里的西班牙语柔和而优雅。因海拔高度较高（平均海拔 2640 米），这里比其他的海岸城市更冷一些。波哥大是学习的绝佳场所，究其原因，首先，它是一座文化之城，经常举办各种流派的音乐会和戏剧节、电影节和学术会议等活动。在咖啡馆和街头，边喝咖啡边聊天是市民的主要活动之一。这些文化和艺术活动使波哥大成为拉丁美洲最受年轻的大学生欢迎、最有趣的一个首都。其次，波哥大拥有巨大的包容性和承载力，欢迎来自该国其他地区的人，为他们提供学习和工作机会。而我，正是享受到这些宝贵机会的众多人中的一员。

　　在攻读学士学位期间，我对拉丁美洲文学越来越感兴趣，这不仅是因为我阅读了最出色的拉丁美洲作家的作品，还因为我游历过哥伦比亚各个地区和多个拉丁美洲国家。本科阶段的学习在以下两个方面对我非常重要：第一，古典语言学的学习使我熟悉了古希腊和罗马神话、希伯来传统和一些哥伦比亚土著人的思想。这四个神话来源代表了"魔幻现实主义"最杰出的神话文学内容。从第一个学年起，我对《圣经》、荷马史诗、希腊悲剧和《埃涅阿斯纪》展开学习研究，希望借此追溯拉丁美洲身份界限及各种文学和文化来源。这期间最有趣的经历之一是研究这些文化和维托托语（Witoto），即研究一群居住在哥伦比亚东南部的土著的文化和语言。拉丁美洲祖传文化是我们的宝贵财富之一。这项研究对我思考"魔幻现实主义"如何提出关于土著世界新意识形态的建议很有启发，挑战了过去以欧洲为中心的认为土著文化落后的立场。第二，本科期间我学习了西班牙文化，以及从古至今的拉美文化。这些知识使我能够通过殖民化、语言和文化了解拉丁美洲的身份及其与欧洲两者间相互矛盾的联系。2006年，我开始集中精力，投身于文学研究。尤其在本科学习阶段的最后一年，我致力于分析柏拉图和亚里士多德作品中的诗歌概念。对古希腊文学的研究让我重视文学形式及其对读者的影响，这是我研究的基本主题之一，比如本书第四章就分析了"魔幻现实主义"的形式与读者的关系。2008年，我获得了哥伦比亚国立大学西班牙语和古典语言学学士学位，这使我对西方文明和拉丁美洲的文化基础有了更全面更深刻的了解。

同年，哥伦比亚国立大学给了我在拉丁美洲和哥伦比亚文学领域继续深造的机会，我开始攻读硕士学位，主要研究方向是对哥伦比亚和拉丁美洲文学进行批判性的历史调查。这期间撰写的硕士毕业论文《瓦列霍与语言危机：*Trilce*中的不确定性与否定性；瓦列霍面对先锋派》意义重大，因为写作此文让我有机会深入了解西方文学和哲学的批判理论，能够对国内外文学作品进行详尽研究。我学到的一些最重要的概念，都与文学的历史化、知识领域、文学影响力、作品思想和作者思想等有关。事实上，意识形态与文学作品的关系成为我关注的重心，其影响完整地体现在许多年后我的博士论文写作中。

我在哥伦比亚国立大学学习期间，还有机会参与了教学工作。自 2008 年以后，学校邀请我为本科生讲授文学理论和文学史课程。其后，基于我的硕士论文选题及古典语言学方面的知识，哥大文学系委派我进行更多的专业课程教学，如希腊-拉丁文学，以及向学生介绍文学理论的基本概念和文学的基本流派：戏剧、小说、亚里士多德的诗学和解释，以及加达默尔、海德格尔、保罗·利科等人的理论，我还向学生讲述博尔赫斯、巴尔加斯·略萨、昆德拉、谷崎润一郎等被布鲁姆定义为"西方正典"的作家作品，以及乔治·卢卡奇和阿多诺等人的马克思主义理论（包括文学理论），帮助我的学生提高写作能力和阅读拉丁美洲文学作品的能力。

在给哥大学生讲解文学经典的过程中，我对日本文学产生了越来越强烈的兴趣。我带领学生多次进行拉丁美洲文学与日本文学的比较分析。2009 年，我甚至在文学系开设了一门关于现代日本小说的课程，向同学们介绍日本现代作家的生活与创作，这些作家包括夏目漱石、谷崎润一郎、芥川龙之介、川端康成、三岛由纪夫、大江健三郎等。对我来说，这是一个值得纪念的时刻。正是在学习和讲授日本文学的过程中，或许是因为一种文化连带性，或许是因为日本文化所具有的"东亚性"，我对中国文化及现代文学产生了兴趣。起初，我只是对中国古代文化日益好奇，后面发展成对其现代化进程和 20 世纪政治变革的好奇。几个月后，我获得了奖学金，决定去中国学习普通话和政治学。我先在南京师范大学学习了一年普通话，之后，在复旦大学国际关系学院开始了硕士课程的学习。

在复旦大学国际关系学院学习期间，我师从苏长和教授，加深了对马克思主义、依附理论、现代化理论、"第三世界"政治理论、西方与"第三世界"关系、新殖民主义进程、革命和独立进程等的认识。这些让我从政治角度理解了"魔幻现实主义"。在复旦大学的学习,为我后来的博士论文写作提供了重要的政治视角。在此期间,我仍然在继续攻读哥伦比亚国立大学的硕士课程。就这样,文学研究和政治研究走到了一起。在复旦大学的经历也让我了解到"魔幻现实主义"在中国的重要性,尤其是马尔克斯对中国当代文学的重要影响。我从未想过马尔克斯的作品会以如此重要的方式影响中国当代文学,而且很少有哥伦比亚人知道这一事实,因为在哥伦比亚学习中文并不十分普及。一位常常手上拿着《百年孤独》的学生(也是国际关系学院中最好的学生之一)对我说:"20 世纪,中国没有人能写出这么优秀的书。"他的话让我发现,中国人比我们更敬佩马尔克斯。毫无疑问,意识到马尔克斯的作品在中国的这些影响,是本书诞生的种子。

2014 年,我同时获得了两个硕士学位。第一个是哥伦比亚国立大学的拉丁美洲文学硕士学位。我的硕士论文《瓦列霍与语言危机:*Trilce* 中的不确定性与否定性;瓦列霍面对先锋派》,重点论述了拉美诗歌与欧洲超现实主义、未来主义、达达主义等欧洲先锋运动的关系,获得了哥伦比亚国立大学授予的硕士文学研究卓越奖。同年,该论文还获得巴列霍运动理事会和圣地亚哥-德丘科(塞萨尔·巴列霍的家乡)政府联合授予的"白石上的黑石桂冠奖"(Laurel Piedra Negra sobre Piedra Blanca),该奖项专门授予已经出版了一部以上的书的作家或者在文化领域做出重要贡献,对研究巴列霍作品有突出贡献的学者。同时我还获得了复旦大学国际关系硕士学位。我的硕士论文分析了美国在拉美反毒品战争中的政治作用。这篇文章加深了我对西方世界与"第三世界"关系的了解,特别是加深了我对这种关系的政治和意识形态矛盾的认识。

2014 年至 2016 年,我去了意大利和哥伦比亚。在意大利,我学习意大利语和文化,这给了我进一步解欧洲文化的机会。在意大利学习期间，我阅读了邦滕佩利关于"魔幻现实主义"的文章，尤其是了解了"魔幻现实主义"在意大利的生成史。能够阅读欧洲第一手材料成为我日后澄清欧洲"魔幻现实主义"和拉丁美洲"魔幻现实主义"的关系和差异的重要条件。比较欧洲文化历史与拉丁美洲、中国的文化历史，使我能够直观地表达出本书第一章中的一些内容，特别是指出欧洲"魔幻现实主义"的局限性。

在哥伦比亚，我还有机会在哥伦比亚教育和科技大学、拉萨尔大学讲授各种文学课程。其中一门课程为"文学与社会"，探讨的主要是对文学作品中社会问题的批判性的思考和理解，我选择了当代中国文学和当代日本文学作为分析对象。讨论的主题包括：今日日本与过去日本的冲突关系（品读夏目漱石、谷崎润一郎和芥川龙之介的小说）、孤儿院的战后意识（品读川端康成、三岛由纪夫、大江健三郎的小说）、莫言和余华的历史叙事、张艺谋的电影、日本后现代文学（安部公房、村上春树）。这是我第一次依据我对一些中国历史事件的了解，在我自己的国家宣传中国当代文学的价值。在准备这些课程的过程中，我产生了继续深入研究拉丁美洲"魔幻现实主义"与中国当代文学之间关系的强烈愿望。2016年，我获得为期四年的中国孔子学院"新汉学计划"资助，有幸进入北京大学中文系，在李杨教授指导下攻读文学博士学位。我为自己获得这样的学习机会感到庆幸，在体会北京大学在中国乃至世界的极高声望的同时，也在不断回应严峻的学习挑战并提升自己的问题意识及学术能力。

在北京大学学习和生活的四年中，我逐渐积累了一些原来缺乏的重要知识，这成为我的论文写作的基础。尤其是对大量中国现当代作家作品的阅读，使我了解了中国文学的分期与历史和政治的关系，同时我接触、了解了许多中国文学批评的重要概念，以及外国文学、理论与中国文学的互动。尤其是我遇到了中国改革开放之后的"新时期文学"，这一时期中国文学与拉美文学的互动，留下了让人震惊的跨文化体验。在北京大学,我的阅读能力也有了很大的提高,在阅读中国作家作品的同时,我还阅读了中国第一代拉美文学研究者的著作,如陈光孚、陈众议、段若川、林一安等等,他们为拉美文学在中国的传播所做出的贡献让人难以忘怀。在北大的课堂上,许多老师都开拓了我的学术视野,贺桂梅老师对 20 世纪 80 年代中国文学的讲述,让我印象深刻。在我的博士论文写作过程中,我的导师李杨老师帮助我了解了 "魔幻现实主义" 在中国传播中复杂的文化政治意义。正是在李杨老师的启发之下,我才产生了用弗雷德里克・詹姆逊的 "政治无意识" 理论来解释拉美和中国 "魔幻现实主义" 的想法,创造了一个分析和解释 "魔幻现实主义" 的全新视角。在我写作博士论文的同时,我的硕士导师和好友 Iván Padilla 继续指导我,帮助我用不同方式理解拉丁美洲 "魔幻现实主义" 和与之相关联的拉丁美洲历史及意识形态问题。他在哥伦比亚为我提供源源不断的帮助,为我找到了许多能够深化 "魔幻现实主义" 研究的新材料。因此,本书可视为 Iván Padilla 教授和李杨教授支持下产生的成果,这一成果不仅体现了两位教授丰富的学识,更可视为拉丁美洲文学和中国文学这两种伟大的文学在学术层面的又一次相遇,其绽放的火花,将经久不息。同时,本书也是对本人学习生涯的一个总结,是本人力图跨越的两大领域——文学和政治——的结合。

最后,我要借此机会表达我的感谢。

第一,感谢李杨老师对我在北京大学四年的教导,他的知识、支持与鼓励,以及开放的思想都是我最终选择研究中国文学和拉美文学关系的基础,他关于中国当代文学与外国文学影响的专业性建议在我的博士生涯中至关重要。

第二,我想感谢北京大学的老师们与我分享他们优秀的想法。他们的建议促进了我的研究,对完成本书具有很大的帮助。

感谢远在哥伦比亚国立大学的 Iván Padilla Chasing 老师,他让我更加深刻地了解到哥伦比亚文学的历史、拉美文学的发展和拉美"魔幻现实主义"的相关理论，我收获很大。

我还要感谢以各种方式帮助我改进本书的朋友们，他们的建议和帮助使我受益良多。